鼓篋斋学术随笔

凤凰枝文丛

范子烨 著

凤凰枝文丛／孟彦弘 朱玉麒 主编

凤凰出版社

图书在版编目（CIP）数据

鼓簧斋学术随笔 / 范子烨著. -- 南京 : 凤凰出版社，2021.8
（凤凰枝文丛 / 朱玉麒，孟彦弘主编）
ISBN 978-7-5506-3441-1

Ⅰ. ①鼓… Ⅱ. ①范… Ⅲ. ①随笔一作品集一中国一当代 Ⅳ. ①I267.1

中国版本图书馆CIP数据核字(2021)第095572号

书　　名	鼓簧斋学术随笔
著　　者	范子烨
责任编辑	李相东
书籍设计	徐　慧
出版发行	凤凰出版社(原江苏古籍出版社) 发行部电话025-83223462
出版社地址	江苏省南京市中央路165号,邮编:210009
出版社网址	http://www.fhcbs.com
照　　排	凤凰零距离数字印前中心
印　　刷	苏州市越洋印刷有限公司 江苏省苏州市吴中区南官渡路20号　邮编:215104
开　　本	880毫米×1230毫米　1/32
印　　张	10.5
字　　数	210千字
版　　次	2021年8月第1版
印　　次	2021年8月第1次印刷
标准书号	ISBN 978-7-5506-3441-1
定　　价	68.00元 (本书凡印装错误可向承印厂调换,电话:0512-68180638)

范子烨

1964 年生，文学博士。现任中国社会科学院文学研究所研究员，中国社会科学院研究生院文学系教授、中国古典文学专业博士生导师，兼任中国《文选》学会常务理事，中国魏晋南北朝史学会常务理事，中国作家协会会员。主要研究领域为中古文学、历史和北方游牧民族音乐文化史。

弁言

“凤凰台上凤凰游”，是李白《登金陵凤凰台》之诗句，昔年我江苏古籍出版社立足南京、弘扬文史，而更名所由也。

“碧梧栖老凤凰枝”，是杜甫《秋兴八首》所吟咏，今日我凤凰出版社为学林添设新枝，而命名所自也。

30多年来，凤凰出版社围绕中华传统优秀文化，彰显传承文明、传播文化、服务大众、贡献学术的出版理念，坚持以整理出版中国文、史、哲古籍及其研究著作为主的专业化方向，蒙学界旧雨新知之厚爱、扶持，渐已长大成为“碧梧”，招引了学界“凤凰”翩然来栖。箫韶九成，凤翥凰翔！嘤其鸣矣，求其友声！

“凤凰枝文丛”是本社与学界同人共同打造之文史园地，除学术研究论文外，举凡学人往事、经典品评、学术札记之文化随笔，旧学新知，无所不包。是作者出诸性情而诗意栖息之地，读者信手撷取而涵泳徜徉之处。

“凤凰鸣矣，于彼高冈。梧桐生矣，于彼朝阳。”

愿“凤凰枝文丛”成为我们共同的文化家园。

2019.5.22

“再包一个！”（代序）

求学这么多年，治学这么多年，我总结自己的长处，想来想去，似乎只有一个，那就是比较善于学习，具体表现就是知道自己的短处。学习是研究的基础。譬如，我不会不通读《史记》，就跟在柯马丁（Martin Kern）大人屁股后边鹦鹉学舌，也不会没读过两《唐书》，便大肆讴歌陈寅恪的《读书札记一集》。最近逐字逐句通读了《史记》，发现至多能够读懂 60%，读列传部分总体上觉得容易一些，可是面对《扁鹊仓公列传》又傻了眼。料想柯大人读《史记》的能力不会比我更强吧。大概在三四年前，我在中国社会科学院文学研究所，曾经分别就读书问题，请教过五位学者，我提出的问题是：哪些书对你影响最大？能否给我开个书目？他们在不同的时间，或以电邮或以口头的方式回答了我的问题。

金惠敏教授开的书目有 10 部书：

（1）朱光潜：《西方美学史》（两卷本）

（2）马克思：《1844 年经济学哲学手稿》，刘丕坤译

（3）康德：《未来形而上学导论》，庞景仁译

（4）黑格尔：《美学》第 1 卷，朱光潜译

（5）叔本华：《作为意志和表象的世界》，石冲白译

（6）海德格尔：《艺术作品的本源》（篇，也有单行本），孙周兴译

（7）沃・伊瑟尔：《阅读行为》，金惠敏等译

（8）德里达：《论文字学》，汪堂家译

（9）斯图亚特・霍尔：《编码 / 解码》（篇）

（10）麦克卢汉：《理解媒介：论人的延伸》，何道宽译

书目后他特别提醒："注意：如果做研究，必须读原文。"

我对蒋寅教授说，给我开书目，不要开古典文学方面的，于是他发来了这样一份目录：

（1）卡西尔《人论》

（2）屠格涅夫《爱之路》

（3）罗曼・罗兰《约翰・克利斯朵夫》

（4）韦勒克《近代文学批评史》

（5）勃兰兑斯《十九世纪文学主流》

（6）马克・吐温《幽默随笔选》

（7）韦勒克、沃伦《文学理论》

（8）金庸《神雕侠侣》

（9）《希腊罗马神话传说》

（10）丹纳《艺术哲学》

也是10部。

李建军教授开的书目，规模最大，可能是我未给限额、未限定范围的缘故，不过也好，这对研究这位我国文坛上的杰出批评家很有帮助，我一直想写一篇论文，题目是《论李建军》。他的这份书目分为“中国作品”和“外国作品”两部分，前者包括：

（1）《四书集注》

（2）《史记》

（3）《世说新语》

（4）《读杜心解》

（5）《呻吟语》

（6）《红楼梦》

（7）《鲁迅全集》（1 16卷）

（8）《胡适全集》（1—44卷）

（9）《创业史》

（10）《汪曾祺全集》

（11）《路遥全集》

有 11 部。后者包括：

（12）《理想国》

（13）《诗学》（亚里斯多得）

（14）《莎士比亚全集》（1—11 卷）

（15）《列夫托尔斯泰文集》（1—11 卷）

（16）《陀思妥耶夫斯基全集》（1—22 卷）

（17）《契科夫小说全集》（1—10 卷）

（18）《雨果文集》（1—12 卷）

（19）《别林斯基选集》（1—6 卷）

（20）《巴赫金全集》（1—6 卷）

（21）《生存与命运》（格罗斯曼）

（22）《静静的顿河》

（23）《变形记》（卡夫卡）

（24）《小说修辞学》

有 13 部。总计 24 部。

叶舒宪教授是当面告诉我的，最少，只有两部：

（1）《马克思恩格斯全集》（48 卷本，人民出版社 2007 年版）

（2）《世界：一部历史》（菲利普·费尔南德兹 - 阿迈斯托著）

还有另一位学者，当我面说出了《庄子》和柏拉图的《忏悔录》，这里就不提他的名字了。此人很有趣，记得当时他说："老范，你问完我，是不是就去问他？"他指了指从走廊里刚刚走过去的一位所里的领导同志。我这人有时心眼小，故隐其名，不予表彰。

内子有一次讲她一位同事的趣事给我听，大致说有一次那人去日本，看见一位雅人买了一个很好看的钟，他对店家说："再包一个！"这人缺乏独立的品味，但是很聪明，受到雅人的肯定和嘲笑。后来我请这"再包一个"的哥们儿到某出版社要一套《余英时文集》，他很快要来了，并且告诉内子："我顺便多要了一套，子烨要的书肯定值得收藏。"我对内子说："这是不是'再包一个'的意思？"内子大笑。

其实，我请以上各位学者开列书目，不是故意装小学生，以获取好感，更不会以此讨好某某领导，让对方高兴，究其实，不过是"再包一个"的心理在起作用而已。这些学者水平都很高，造诣都很深，研究一下他们读的书，肯定比自己东看西翻的要好多了，特别是在理论方面，一向是我的短板。

希望您随我"再包一个"。

2017 年 3 月 18 日于京城啸史主人山房

目录

第三辑

第四辑

第五辑

第一辑

陆云诗中的曹魏遗音

——说《为顾彦先赠妇往返》四首其四的音乐描写

陆云《为顾彦先赠妇往返》诗共有四首，徐陵《玉台新咏》收录之[①]，而《文选》卷二五“赠答”类选录了其中二首，题作“为顾彦先赠妇”。李善所作解题说：“《集》亦云为顾彦先，然此二篇，并是妇答，而云赠妇，误也。”所谓《集》，就是指《陆云集》。《隋书》卷三五《经籍志》载：“《晋清河太守陆云集》十二卷，梁十卷，录一卷。”李善所见，或即此本。看来《文选》的题误，由来已久。李善的意见是正确的。这种低级错误的发生，是因为与陆机的《为顾彦先赠妇》二首（见《文选》卷二四）发生了混淆。类似的情况在《文选》中有不少，如陶渊明《饮酒》诗被误题为《杂诗》，与陶渊明的《杂诗》混淆。萧

①（清）吴兆宜《玉台新咏笺注》，上册，中华书局 2017 年版，第 119—122 页。

《选》编纂工作的粗糙可见一斑。其实，陆云的这组诗在东晋时代就已经是驰誉诗坛的名篇了。其一之“我在三川阳，子居五湖阴。山海一何旷，譬彼飞与沉”四句，为陶渊明《庚子岁五月中从都还阻风于规林》二首其二所本：“自古叹行役，我今始知之。山川一何旷，巽坎难与期。”“目想清慧姿，耳存淑媚音”二句，为陶渊明《始作镇军参军经曲阿》“目倦川涂异，心念山泽居”所本。其二之“悠悠君行迈，茕茕妾独止。山河安可逾？永路隔万里”四句，为陶渊明《赠羊长史》“岂忘游心目？关河不可逾。……闻君当先迈，负痾不获俱”所本①。可见陶渊明对陆云的这组诗是非常欣赏的。后来其中的第二、第四两首进入《文选》和整组诗进入《玉台新咏》，更标志着其诗歌经典地位的确立。刘运好先生所撰《陆士龙文集校注》择善而从，也以《为顾彦先赠妇往返》这一诗题为正。对于这四首诗，刘先生的校勘、注释、赏析与汇评，都非常全面、深刻，能够集文献整理的工夫与诗学审美的精髓于一体，令人钦佩。这里，我仅就此组诗的第四首所反映的音乐史问题加以分析。全诗共 20 句，其中有 10 句是对音乐的描写：

① 陶诗化用陆云诗，上举例一和例三，古直已经揭示出来，分别见其《陶靖节诗笺定本》，台湾广文书局 1999 年版，第 71 页、第 63 页。

西城善雅舞，总章饶清弹。鸣簧发丹唇，朱弦绕素腕。轻裾犹电挥，双袂如雾散。华容溢藻幄，哀响入云汉。知音世所希，非君谁能赞？

这 10 句诗隐含着关于魏晋音乐史的重要文化信息，了解和理解这些信息对于正确解读陆云这首诗是一个重要的前提条件。

首先是“西城善雅舞，总章饶清弹”二句。李善注：

陆机《洛阳记》曰：金墉城在宫之西北角，魏故宫人皆在中。崔豹《古今注》曰：魏文帝宫人尚衣，能歌舞，一时冠绝。孙盛《晋阳秋》，傅隆议曰：其总章伎，即古之女乐。

据此可知，所谓“西城”是指金墉城，位于西晋首都洛阳皇宫的西北角。在魏晋易代以后，曹魏的宫人居住在这里，其中包括曹魏的宫廷乐人。崔豹说的魏文帝宫人尚衣是其中之一。“雅舞”是宫廷乐舞。陆机《日出东南隅行》：“悲歌吐清响，雅舞播幽兰。”又《百年歌》：“罗衣綷粲金翠华，言笑雅舞相经过。”宋陈旸《乐书》卷一百八十三“雅舞”条：

古者雅舞用之郊庙燕享，莫不以金石奏之，大抵不过文、武二舞而增损之，所以示不相袭也。三代之际，更增缦乐野舞夷乐而兼奏之，迨至秦汉，用之宴私，率多哇淫，而雅舞废矣。

曹魏宫人之雅舞自然属于文舞，属于曹魏时期的宫廷宴乐。“总章”，是乐官名。《后汉书·献帝纪》：“八年冬，十月己巳，公卿初迎冬于北郊，总章始复备八佾舞。”李贤注：“总章，乐官名。”北周庾信《华林园马射赋》：“总章协律，成均树羽。”女乐属于总章的管辖范围。“总章饶清弹”说的是居住在西城中曹魏女乐的首领。“饶”，是多有的意思。“清弹”是指清美的琴曲。陆机《拟今日良宴会》：“齐僮梁甫吟，秦娥张女弹。”又《拟西北有高楼》：“玉容谁能顾，倾城在一弹。”“一弹”即一曲。潘岳《笙赋》：“辍《张女》之哀弹，流《广陵》之名散。”“哀弹”即情调哀伤的琴曲。

其次是“鸣簧发丹唇，朱弦绕素腕”二句。李善注：

《毛诗》曰：吹笙鼓簧。《神女赋》曰：朱唇的其若丹。《礼记》曰：清庙之瑟，朱弦而疏越。《洛神赋》曰：攘皓腕。

唐刘良注：

簧，笙也；朱弦，谓筝琴也。素腕在上弹，故云绕也。[①]

刘氏认为陆诗中之“簧”是笙的代名词，而“朱弦”是筝、琴的代名词。吴兆宜注：

晋张骏《薤露》：义士扼素腕。案：《汉武内传》：许飞琼鼓震灵之簧。又：邢疏：簧者，笙中金薄叶也。笙必有簧，故或谓笙为簧。《乐记》郑注：朱弦，练朱弦也。不练则体劲而声清，练则丝熟而声浊。[②]

吴氏所引《乐记·乐记》的原文是：“清庙之瑟，朱弦而疏越，壹倡而三叹，有遗音者矣。”清陈澔注：

鼓清庙之诗之瑟，练朱丝以为弦，丝不练则声清，练之则音浊。疏通也，越瑟底之孔也，疏而通之，使其声迟缓，瑟声沖而迟，是质素之声，非要妙之音也。[③]

①《六臣注文选》，中册，中华书局 1987 年版，第 464 页。
②（清）吴兆宜《玉台新咏笺注》，上册，中华书局 2017 年版，第 121 页。
③《礼记》，上海古籍出版社 1987 年版，第 205—206 页。

可知吴氏认为陆诗中的“朱弦”是指瑟。琴、瑟、筝是三种不同的乐器。在以上各家训释的基础上，刘运好对此二句诗概括如下：

此二句言鸣簧之声，发于朱红之唇；筝瑟之弦，绕于洁白之腕。[①]

但“筝瑟之弦”，如何“绕于洁白之腕”呢？如果琴弦缠绕在手腕上，还能够演奏吗？在琴、筝、瑟这三种乐器的演奏中，这种情况是闻所未闻见所未见的。其实，这两句诗描写的是另外一种特殊乐器的演奏，这种乐器叫做口簧，俗称口弦琴，古人又称为口琴或嘴琴（西方人称为 Jew’s Harp 或者 Jawharp）。具体说来，陆云写的是一种拉线式竹簧，又称绳振式竹簧（如下图所示）。这种乐器在演奏时如果在拉线上没安装横棍，那么，将拉线缠绕在手腕上是比较稳固的，能够很好地震动簧舌，产生乐音。

实际上，“朱弦绕素腕”这句诗的描写本身即蕴含着一个极大的错误。这里诗人使用“朱弦”一词，这是很不恰当的，因为“朱弦”本指用熟丝（蚕丝）制的琴弦。《荀子·礼论》：“《清庙》之歌，一唱而三叹也。县一钟，

① 刘运好《陆士龙文集校注》，上册，凤凰出版社 2010 年版，第 617 页。

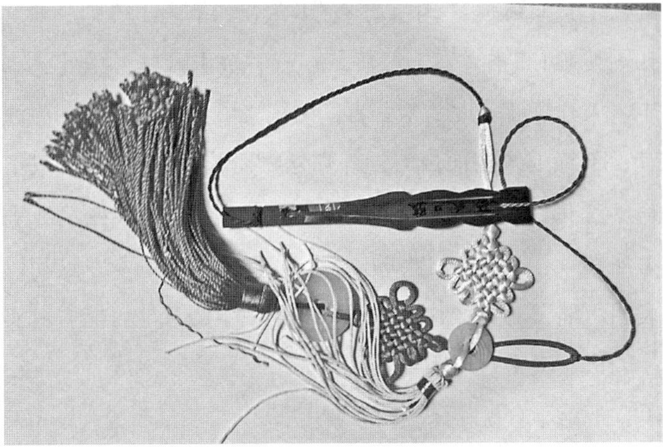

宁夏回族口簧与演奏者

尚拊之膈，朱弦而通越也。”《礼记·乐记》：“《清庙》之瑟，朱弦而疏越。”郑玄注：“朱弦，练朱弦。练则声浊。”孔颖达疏：“案《虞书》传云：古者帝王升歌《清庙》之乐，大瑟练弦。此云朱弦者，明练之可知也。云练则声浊者，不练则体劲而声清，练则丝熟而弦浊。”古人一般把宫廷瑟弦称为“朱弦”。把蚕丝制成的柔弱的琴弦绕在手上演奏琴、筝、瑟之类的乐器，无异于痴人说梦。这句诗表明，陆云对口簧这种乐器是非常陌生的，他可能看过实际的口簧演奏，但距离较远，如果近距离观察或者把玩在手，他就不会说“朱弦绕素腕”了。

对口簧的基本形制和演奏方式的记载最早出现在汉代。汉刘熙（生卒年不详）《释名》卷七：

竹之贯匏，象物贯地而生也，以匏为之，故曰匏也。竽亦是也，其中注空以受簧也。簧，横也，于管头横施于中也；以竹、铁作，于口横鼓之，亦是也。[①]

在这里，刘熙明确记载了两种簧：一种是管乐器内的簧片，即笙簧和竽簧，这是笙、竽发声的关键性部件，前人对陆云这两句诗实际是按照笙簧来解释的，认为是以簧代笙，这是

① 王先谦撰集：《释名疏证补》，上海古籍出版社 1984 年版，第 333—334 页。

完全错误的；另一种是作为独立乐器的口簧，或用竹制，或用铁制。所谓“于口横鼓之”，正是口簧的基本演奏方式。

在民间艺术的层面上，口簧艺术的主要功能在于它的娱乐性，即为歌舞伴奏；同时，口簧多用于男女社交活动，特别是青年男女的爱情生活，表达爱情也是口簧的基本功能之一。陆云在诗中对口簧的描写，正是这些功能的体现，而笙则不具备这种艺术表达功能。宋陈旸《乐书》卷一三一“雅簧”条：

> 《三礼图》有雅簧，上下各六声韵谐律，亦一时之制也。……唐乐图以线为首尾，直一线，一手贯其纽，一手鼓其线，横于口中，嘘吸成音，直野人之所乐耳。[1]

这里说的是拉线式竹簧。对这种竹簧的制作和演奏技巧，清檀萃《滇海虞衡志》卷之五《志器》“口琴”条记载颇详：

> 剖竹成篾，取近青，长三寸三分，宽五分，厚一分，中开如笙之管中簧，约二分。簧之前笋相错处，状二尖人牙，刮尖极薄，近尖处厚如纸。约后三分渐凹薄，至离相

① 陈旸《乐书》，《影印文渊阁四库全书》第211册，台湾商务印书馆1997年版，第588页。

连处三四分，复厚。两头各凿一孔，前孔穿麻线如缳，以左手无名指、小指挽之，大、食二指捏穿处如执柄，横侧帖腮近唇，以气鼓簧牙。其后孔用线长七八寸，尾作结，穿之线过结。阻以右手之食、中二指，挽线头徐牵动之，鼓顿有度，其簧闪颤成声。民家及夷妇女多习之，且和以歌。[①]

这是关于清代云南地区彝族妇女演奏绳振式口簧的准确记载。“嘘吸成音”“闪颤成声”的说法足以表明，古代正统的口簧音乐与演奏者的口腔气息有密切关系，即在持续低音（基音）的基础上不断调整口腔、唇、颊、舌的位置而发出闪颤的实音与泛音交替的旋律，从而形成二重或三重结构的复音音乐。

口簧是一种自三代以来就流行于宫廷和民间的乐器。《诗经》有四首诗涉及了这种乐器。其中最著名的是《小雅·巧言》的“巧言如簧”。这个比喻蕴含着非常专业、非常精准的乐理机制。牛龙菲指出：“所谓‘巧言如簧’，是说巧伪人之舌像口弦那样，可以发出变化多端的音调。如若是指笙中之簧，那只能是一簧一音，哪里还有什么‘巧舌’可言。”[②]曾遂今说：“人的口腔、咽腔仿佛是一根

①《云南丛书》（1914年），云南图书馆重校刊本，中华书局2011年版。
②牛龙菲《古乐发隐》，兰州人民出版社1985年版，第293页。

一端闭合的开口管，平均长度约 17 厘米。……当口形一定时，舌面向里收缩，位置放低，固有频率相应变小；舌面外延，向上抬起，固有频率相应变大。……变化嘴形与口腔舌位，口腔的固有频率有产生变化。”[①] 这两位音乐学者的解释是非常科学的。目前，这种乐器已经退出汉族文化系统，但在其他民族中还有很多遗存。

“轻裾犹电挥”等六句，前二句写舞蹈之美丽，次二句写歌声之悠扬，后二句写“知音”之难觅，唯君可以当之。就本诗文本的生成而言，这六句诗实际上导源于陆机的诗作：

馥馥芳袖挥，泠泠纤指弹。悲歌吐清响，雅舞播幽兰。丹唇含九秋，妍迖陵七盘。赴曲迅惊鸿，蹈节如集鸾。绮态随颜变，沈姿无定源。俯仰纷阿那，顾步咸可欢。（《日出东南隅行》，《文选》卷二八）

哀音绕栋宇，遗响入云汉。（《拟今日良宴会》，《文选》卷三十）

佳人抚琴瑟，纤手清且闲。芳气随风结，哀响馥若兰。玉容谁能顾，倾城在一弹。（《拟西北有高楼》，《文选》卷三十）

① 曾遂今《口弦的发音原理初探》，《乐器》1986 年第 4、第 5 期。

而陆云这组诗的创作，总体上离不开对陆机《为顾彦先赠妇》二首的依拟：

辞家远行游，悠悠三千里。京洛多风尘，素衣化为缁。修身悼忧苦，感念同怀子。隆思乱心曲，沉欢滞不起。欢沉难克兴，心乱谁为理？愿假归鸿翼，翻飞浙江汜。

东南有思妇，长叹充幽闼。借问叹何为？佳人眇天末。游宦久不归，山川修且阔。形影参商乖，音息旷不达。离合非有常，譬彼弦与筈。愿保金石志，慰妾长饥渴。①

二陆诗属于同一题材，陆云诗前三首的思想情调与陆机诗相近，而第四首的思想情调则与之差异甚大。以上两点为历代注家所忽略，故特为拈出之。

陆云这首诗涉及了器乐演奏——琴（清弹）和口弦琴（鸣簧），还有舞蹈（雅舞）和声乐（哀响）。这些乐人均在总章的统摄之下。可见陆云这首诗反映了这支前朝宫廷乐队的大致情况。这支乐队在当时应当有很大的名气，所以能够进入“洛阳三俊”（二陆一顾）这些出自江南望族的文化名人的视野。当然，这也说明曹魏的文化影响力还是很大的。

① 刘运好《陆士衡文集校注》，下册，凤凰出版社 2007 年版，第 421—424 页。

在曹魏（220—266）覆亡23年后，即西晋太康十年（289），二陆入洛，此时距曹操辞世也已有60年之久。但是，魏武帝的流风遗韵依稀尚存。陆机在《吊魏武帝文并序》中写道："元康八年，机始以台郎出补著作，游乎秘阁，而见魏武帝遗令，慨然叹息伤怀者久之。"元康八年就是公元298年，陆机在秘阁见到了曹魏的机密档案，"魏武帝遗令"也就是曹操的临终遗言，他提到了曹操的四条遗言，其中的一条是：

吾婕妤妓人，皆着铜雀台。于台堂上施八尺床、繐帐，朝晡上脯糒之属，月朝十五日，辄向帐作妓。汝等时时登铜雀台，望吾西陵墓田。[①]

据此，陆机写道："悼繐帐之冥漠，怨西陵之茫茫。登雀台而群悲，眝美目其何望。"铜雀台正是著名的邺城"三台"之一（还包括金凤台和冰井台）。陆云在《登台赋并序》中说：

永宁中，参大府之佐于邺都，以时事巡行邺宫三台。登高有感，因以言崇替，乃作赋云：承后皇之嘉惠兮，

① 刘运好《陆士衡文集校注》，下册，第905页。

翼圣宰之威灵。肃言而述业兮，乃启行乎北京。巡华室以周流兮，登崇台而上征。……曲房荣而窈眇兮，长廊邈而萧条。于是迴路逶夷，邃宇玄芒，深堂百室，曾台千房。[①]

永宁年间（301—302），陆云任职于邺都（今河北临漳县）。根据他的描写，“三台”是非常雄伟壮丽的，其中长廊回绕，栋宇萧森，有成百上千的房间，不仅如此，他在这里还亲眼看到了曹操的许多遗物并且偷走了几个小物件，具体情况见于他的《与兄平原书》[②]。由此，我们可以推断，陆云诗中所写的曹魏宫廷女乐即发源于当年曹操对酒当歌的邺城铜雀园（即西园）的女乐。这就是陆云此诗所写“西城总章”的历史背景。

“凄凉蜀故妓，来舞魏宫前。”“商女不知亡国恨，隔江犹唱后庭花。”历史总有一些惊人的相似。

本文原载《文史知识》2018年第12期

① 刘运好《陆士龙文集校注》，上册，第121—122、128页。

② 刘运好《陆士龙文集校注》，下册，第1034—1041页。

弓弦初音与龙马精神：马头琴的前世今生

在蒙古民族的潮尔艺术中，马头琴处于器乐潮尔的峰巅，特别是经过色拉西、桑都仍、齐·宝力高、布林巴雅尔和达日玛等诸多卓越艺术家的改良和升华以后，这种乐器得到了广泛的普及，成为世界音乐艺术之林中的瑰宝。这是蒙古民族对人类音乐艺术的重要贡献之一。唯有民族的才可能成为世界的，马头琴的文化个案充分地体现了这

马头琴大师齐·宝力高与著名马头琴制作师布和

一文化史的规律。但是，关于马头琴的起源问题，学术界一直悬而未决，没有定论。毋庸讳言，马头琴是19世纪晚期以来的新兴乐器；尽管如此，其出现却并非突发的，而是经历了漫长的发展过程，在此过程中受到了多元文化因素的影响；此外，就造型而言，人们对马头琴的历史渊源也所知甚少。由于蒙古民族曾经是横跨欧亚草原的强势民族，其四大汗国（金帐汗国、察合台汗国、窝阔台汗国和伊儿汗国）覆盖了今日欧亚大陆诸国的大部分地区，所以对马头琴的研究必须具有世界性的大格局和音乐人类学的大视野。基于此种认识，近二十年，笔者对世界范围内的弓弦乐器遗存进行了广泛的田野调查，同时对相关的历史文献进行了深入的研究，在这里和读者共同分享一些心得体会。

（一）独弦的弓拉乐器：马头琴的远祖

蒙古草原有一个古老的传说：人们把酸奶勺子加工之后蒙上牛皮，拉上两根马尾弦，当乐器演奏，称之为“勺形胡琴”。这个传说具有合理的内核，但是，不应该是两根弦，而是一根弦。因为在弓弦乐器的发轫时期，人们对音程关系还缺乏明确的认识，不可能直接进入二弦阶段。

世界上独弦的弓拉乐器有四种。

首先是西非地区的RITI。这件乐器的来源地是西非港口城市达客尔，独弦，马尾制成，带一马尾琴弓，琴箱用蟒蛇皮蒙面。

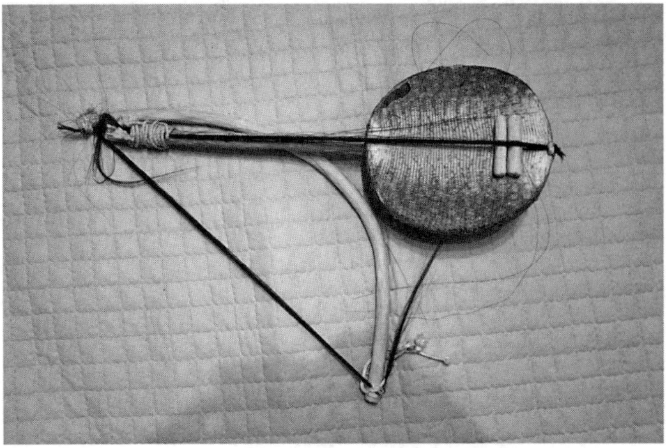

RITI，呼和浩特马头琴艺术博物馆藏品

其次是非洲埃塞俄比亚的 Masenqo（又写作 Masinko，范子烨鼓簧斋藏品）。西方学者称之为“Primitive Musical String Instrument”，意思是具有初音性质的弓弦乐器。这件乐器的音箱是方形的，用牛皮蒙面，独弦。风格厚重而质朴。以上两种独弦的弓拉乐器属于极其古老的形制，可能和元代蒙古人与非洲的贸易以及海上丝绸之路的文化传播有一定关系。

再就是目前在欧洲巴尔干草原地区仍然流行的传统独弦乐器 Gusle（克罗地亚语，又写作 Gusla，或称 lahuta）。演奏者被称为 Gusler 或 Guslar。Gusle 一般用于民歌或史诗吟唱的伴奏。演奏时，Guslar 将乐器竖直地夹在两膝中间，左手手指拨弦，但琴弦从不接触琴颈，其声婉转而

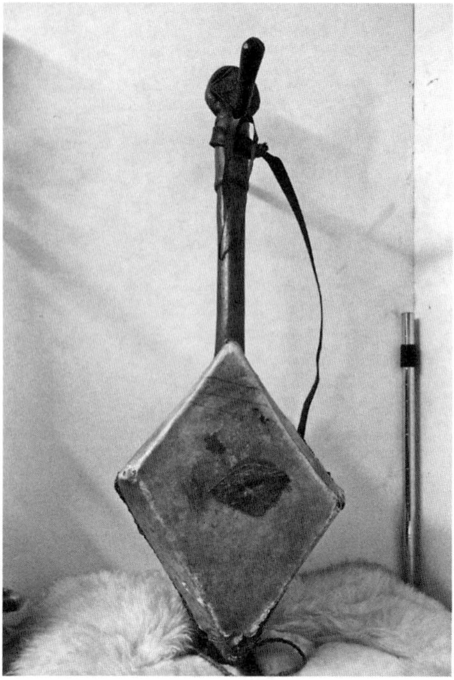

Masenqo，范子烨鼓簧斋藏品

独特。Gusle 的共鸣箱为木制，枫树（maple）被认为是最好的材料，共鸣箱上蒙的动物皮，以羊皮居多，琴头雕饰精美。演奏之时，用马尾制作的琴弓拉奏琴弦，产生一种富于表现力的锐利声音，感染力极佳，演奏难度很大。琴弦则由三十根马鬃制成，单弦是最常见最传统的形式。Gusle 流传地域极为广泛，包括波黑、克罗地亚、南克罗地亚腹地、利卡，以及波斯尼亚和西波斯尼亚。而且

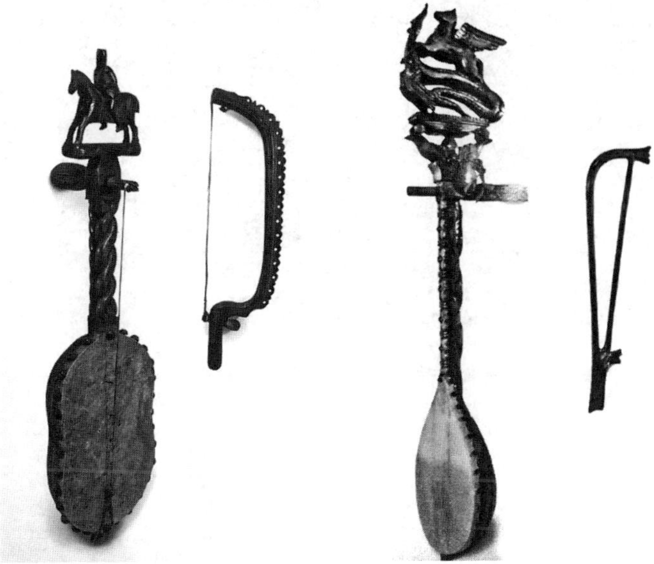

精雕细刻的 Gusle（古斯拉）

Gusle 通常是由歌手或演奏者自己亲手制作，也有的出自牧民以及来自乡间的专业的 Gusle 工匠之手。

大多数的史诗都以彪炳史册的历史人物（他们常常是悲壮而死的民间英雄人物）或是重大的历史事件（大多是反抗侵略者）为中心。史籍记载 13 世纪在塞尔维亚国王斯特凡·尼曼基奇（Stefan Nemanjić）的宫殿中，曾经演奏过 Gusle。现知最早的塞尔维亚 Guslar，出自 1551 年的匈牙利历史学家塞巴斯蒂安·提诺迪（Sebastian Tinody）的记载，他说：匈牙利的众多 Gusler，无人可及塞尔维亚

塞尔维亚1762年油画，目盲的游吟诗人和他的女儿；克罗地亚1876年油画，目盲的史诗歌唱者在商店里用左手演奏Gusle

的迪米奇杰·卡拉曼（Dimitrije Karaman）。另外，塞巴斯蒂安还描述了Gusle的演奏情形，他记述Guslar将Gusle置于自己的两腿膝盖中，表演得极富深情，极具表现力。Gusle的艺术造型特别丰富，如马、羊和鹰等等皆属司空见惯，比较全面地体现了草原文化生态。在公元12—15世纪，巴尔干地区属于蒙古金帐汗国的势力范围，所以，Gusle很可能是蒙古人的文化遗存，具有重要的音乐学、民族学、民俗学和历史学价值。同时，手艺精湛的民间工艺大师往往能够把这种乐器创造为精美绝伦的雕刻艺术品，极具观赏和收藏价值。

与以上三种独弦弓拉乐器最为酷似的乐器是蒙古人的Suuhun khuur（苏恒胡尔）。这是蒙古族古老的独弦擦奏乐器。它以公牛的苏胡（布里亚特方言，意为膀胱袋）蒙面，用马尾制作琴弦，其演奏采用坐地姿势，用五指自由按弦。苏恒胡尔历史悠久，传说产生于布里亚特民间。19世纪90年代蒙古地区布尔干，以及库苏古尔的瑙日图、松嘎丽、扎德、都特勒尔地区的布里亚特人经常弹奏苏恒胡尔。直到1940年代，在俄罗斯、蒙古的布里亚特和我国青海的蒙古人中尚有流传。此后一度失传。苏恒胡尔的音域在一个八度加一个五度区间。非常适合演奏这个音域之内的蒙古民歌，尤其适合由三四个乐音构成的活泼的布里亚特民歌和舞曲。蒙古国民族歌舞图门伊赫乐团的苏恒胡尔大师巴拉登车林，于1984年从布尔干省布里亚特民间发现该乐器，并按原样复制，使之复活，重光于世。

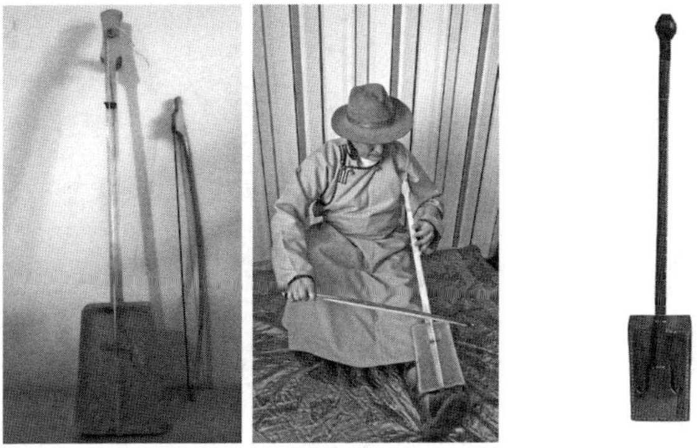

恢复的苏恒胡尔演奏和清代蒙古喇嘛寺苏恒胡尔，范子烨鼓簧斋藏品

以上四种独弦的弓拉乐器都是现代马头琴的鼻祖。它们代表了弓弦乐器的初音形态。

（二）以龙为首：胡琴与奚琴——马头琴的近祖

根据我国史籍的记载，蒙元宫廷和清代宫廷的马头琴，其造型均为龙头，至十九世纪，以马头为首的马头琴乐器最后定型。就此种乐器造型的历史发展而言，从龙到马的演变是一个极富文化意味的历史过程，这一过程隐含着极其深厚的文化背景。

《元史》卷七一《礼乐志》载：

胡琴制如和必斯，卷颈，龙首，二弦，用弓捩之，弓之弦以马尾。

《元史》卷七九《舆服志》载：

天乐一部。……次琵琶二，箜篌二，和必斯二，板二，筝二，胡琴二，笙二，头管二，龙笛一，响铁一，工十有八人，徒二人。

这里所说的龙首胡琴最早出现在蒙古宫廷之中，是蒙古最重要的宫廷乐器之一。随着清人对蒙古人所取得的一系列军事胜利，这种乐器进入了清代的宫廷，蒙古人又以自己的民族音乐的魅力征服了清代的最高统治者。

学术界的普遍观点是马头琴来源于奚琴。《御制律吕正义后编》卷七三《乐器考》十二《庆隆舞乐器》:

奚琴，刳木为体，二弦。以木杆系马尾，轧之，长二尺八寸八分，为五倍姑洗之度。龙头，长五寸七分六厘，为姑洗之度，阔一寸九分六厘，为姑洗三分之一，厚三寸二分四厘，为太蔟半度。柄长一尺一寸五分二厘，为姑洗倍度，上阔一寸零一厘，为夹钟六分之一，下阔二寸八分八厘，为姑洗半度，即槽之肩。上厚一寸二分一厘，为夹钟十分之二，下厚与上阔等，槽长与柄长等。径阔四寸九分九厘，为蕤宾林钟相和之度，端阔三寸八分四厘，为应钟之度。背后二寸二分七厘，为夷则半度，槽面覆板长五寸一分二厘，为蕤宾之度。槽头留圆柱，施皮，扣以结弦。端龙头下唇为山口，后开槽以设弦轴。槽长三寸零三厘，为夹钟半度，阔三分六厘，为黄钟二十分之一，轴长四寸零四厘，为无射之度。槽面覆板正中设柱以承弦，计弦度长二尺零四分八厘，为四倍蕤宾之度。木杆长与柄槽共长等，系马尾八十一茎。通体用桐木。弦柱及轴用紫檀。龙头贴金。槽柄里背用朱红。自山口至弦柱，油柄面，五彩夔龙，槽面五彩，正面龙为饰。

其实这种奚琴与今日的库布孜比较接近，而《御制律吕正义后编》卷七十四《乐器考》十三《箛吹乐器》所载胡琴:

胡琴，似琵琶而下锐，龙首，皮腹，背有脊棱。二弦，以木杆系马尾轧之。龙头长四寸零四厘，为无射之度，阔一寸六分一厘，为仲吕十分之三，厚三寸二分四厘，为太蔟半度；颈长一尺三寸六分五厘，为大吕倍度，上阔八分一厘，为太蔟八分之一，下阔二寸三分，为姑洗十分之四，厚九分七厘，为太蔟百分之十五；腹长一尺二寸五分四厘，为太蔟、夹钟共度，阔七寸二分九厘，为黄钟之度；背脊厚三寸五分二厘，为黄钟大吕相和之半度；边厚五分三厘，为仲吕十分之一；腹阔背厚处距腹末三寸八分九厘，为太蔟十分之六。腹末安木如簪头，以扣弦龙头，下际为山口，后开槽以设弦轴。槽长二寸零二厘，为夹钟三分之一，阔三分，为夹钟二十分之一，轴长三寸八分四厘，为应钟之度；腹阔处设柱以承弦，计弦度长二尺二寸三分，为四倍姑洗、仲吕相和之度。木杆长二尺六寸一分九厘，与颈腹共长等。系马尾八十一茎。通体金漆，龙头贴金为饰，自山口至弦柱。

这种胡琴是蒙古人的叶克勒。奚琴和胡琴都是马头琴的前身，其造型均以龙为首。因此，现代所谓马头琴，按照其实际的历史情况而言，应该称为龙头琴。这是人类历史上的非常重要的旋律乐器，它的诞生与发展，为世界弓弦乐器艺术的发展开拓了巨大的发展空间。

奚琴和胡琴的造型从龙头变为马头，与我国古代传

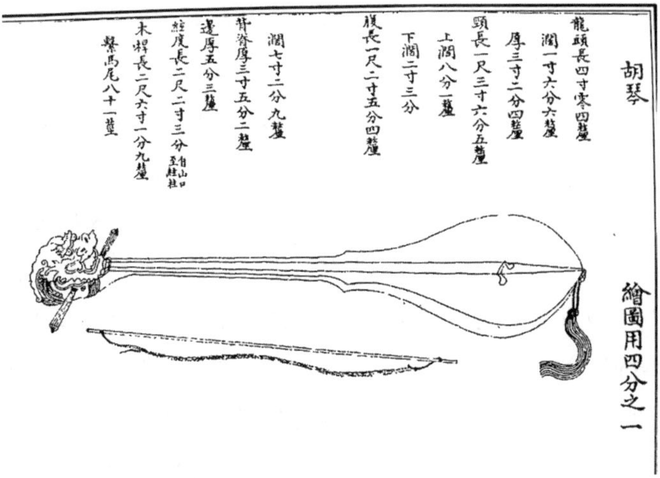
胡琴
龍頭長四寸零四釐
闊一寸六分六釐
厚三寸二分四釐
頸長一尺三寸六分五釐
上闊八分一釐
下闊二寸三分
腹長一尺二寸五分四釐
闊七寸二分九釐
背脊厚三寸五分二釐
邊厚五分三釐
絃度長二尺二寸三分 自山口至絃柱
木桿長二尺六寸一分九釐
繫馬尾八十一莖
繪圖用四分之一

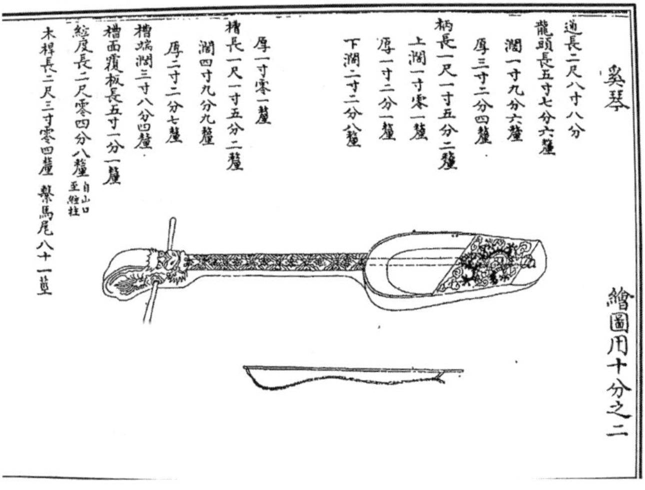
奚琴
通長二尺八寸八分
龍頭長五寸七分六釐
闊一寸九分六釐
厚三寸二分四釐
柄長一尺一寸五分二釐
上闊一寸零一釐
厚一寸二分一釐
下闊二寸二分八釐
厚一寸零一釐
槽長一尺一寸五分二釐
闊四寸九分九釐
厚二寸二分七釐
槽端闊三寸八分四釐
槽面覆板長五寸一分一釐
絃度長二尺零四分八釐 自山口至絃柱
木桿長二尺三寸零四釐 繫馬尾八十一莖
繪圖用十分之二

清代宫廷奚琴

统文化有密切关系。马在《周易》中代表着阳性，属于乾卦："乾为马。为良马，为老马，为瘠马，为驳马。""月几望，马匹亡。""牝马地类，行地无疆。"《周礼·夏官·司马》说："廋人掌十有二闲之政教，以阜马、佚特、教駣、攻驹及祭马祖、祭闲之先牧及执驹、散马耳、圉马。……马八尺以上为龙，七尺以上为騋，六尺以上为马。"而龙作为一种人文动物，其本质正是马首图腾。在人类历史上，马是一种拥有史诗般品格的神奇动物。从周秦到汉唐，从汉唐到清代，我国的古典诗歌充满了对马文化的倾情书写，而其所彰显的文化精神更多地与帝王功业发生着联系。其所彰显的积极进取、昂扬向上的精神，我们称之为龙马精神。"多少恨，昨夜梦魂中。还似旧时游上苑，车如流水马如龙。花月正春风。"（李煜《望江南》）马头琴经历了从多元到一元的发展历程，这个过程也就是从民间到宫廷，再从宫廷走向民间的过程。从辽阔的草原到君王的宫殿，马头琴的声音缭绕在历史的长空，令人回味无穷。

本文原载《中国艺术时空》2018 年第 4 期

才绝与痴绝：晋人吟咏艺术发微

晋人酷爱吟咏。吟咏作为一种口头的诗学艺术，也从一个方面呈现了晋人的文采风流。以永嘉末年（316）北方士人南渡为节点，晋人吟诗大致分为前后两期：前期主要是以“洛生咏”为核心的北音吟咏，后期则是“洛生咏”南下，与南音之吟咏并存，各放异彩。关于“洛生咏”，张永言主编的《世说新语辞典》释云：“指晋室南迁，中原人物渡江后所操的以洛阳音调为准的北方话，其音‘重浊’。与南方以金陵为代表的吴音分属当时方言的两大系统。”[①] 北方的世家大族与南方土著世族在文化上的碰触、交流与融合在吟咏方面也有充分的体现。这一历史过程是颇有文化意味的。这是一种由士族的口头诗学呈现出来的

①《世说新语辞典》，张永言主编，四川人民出版社 1992 年版，第 286 页。

独特文化现象，这是一种雅文化，其本身具有重要的文学价值和审美意义。

一

《晋书·顾恺之传》曰：

顾恺之字长康，晋陵无锡人也。父悦之，尚书左丞。恺之博学有才气，尝为《筝赋》成，谓人曰："吾赋之比嵇康琴，不赏者必以后出相遗，深识者亦当以高奇见贵。"桓温引为大司马参军，甚见亲昵。温薨后，恺之拜温墓，赋诗云："山崩溟海竭，鱼鸟将何依！"或问之曰："卿凭重桓公乃尔，哭状其可见乎？"答曰："声如震雷破山，泪如倾河注海。"恺之好谐谑，人多爱狎之。后为殷仲堪参军，亦深被眷接。仲堪在荆州，恺之尝因假还，仲堪特以布帆借之，至破冢，遭风大败。恺之与仲堪笺曰："地名破冢，真破冢而出。行人安稳，布帆无恙。"还至荆州，人问以会稽山川之状。恺之云："千岩竞秀，万壑争流。草木蒙笼，若云兴霞蔚。"桓玄时与恺之同在仲堪坐，共作了语。恺之先曰："火烧平原无遗燎。"玄曰："白布缠根树旒旐。"仲堪曰："投鱼深泉放飞鸟。"复作危语。玄曰："矛头淅米剑头炊。"仲堪曰："百岁老翁攀枯枝。"有一参军云："盲人骑瞎马临深池。"仲堪眇目，惊曰："此太逼人!”……恺之矜伐过实，少年因相称誉以为戏弄。又为吟咏，自谓得先贤风制。或请其作洛生咏，答曰:“何至作老婢声!”义熙初，为散骑常侍，与谢瞻连省，夜于月下长咏，瞻每遥赞之，恺之弥自力忘倦。瞻将眠，令人代己，恺之不觉有异，遂申旦而止。[1]

上引《晋书·顾恺之传》，涉及顾恺之平生的七个故事，其中有六个故事来自《世说新语》:

1.或问顾长康:“君《筝赋》何如嵇康《琴赋》?”顾曰:“不赏者，作后出相遗。深识者，亦以高奇见贵。”(《世说·文学》第98条)

2.顾长康拜桓宣武墓，作诗云:“山崩溟海竭，鱼鸟将何依。”人问之曰:“卿凭重桓乃尔，哭之状其可见乎?”顾曰:“鼻如广莫长风，眼如悬河决溜。”或曰:“声如震雷破山，泪如倾河注海。”(《世说·言语》第95条)

3.顾长康作殷荆州佐，请假还东。尔时例不给布帆，顾苦求之，乃得发。至破冢，遭风大败。作笺与殷云:“地名破冢，真破冢而出。行人安稳，布帆无恙。”(《世说·排调》第56条)

① 《晋书》，第八册，中华书局1974年版，第2404—2405页。

4. 顾长康从会稽还，人问山川之美，顾云："千岩竞秀，万壑争流，草木蒙笼其上，若云兴霞蔚。"（《世说·言语》第 88 条）

5. 桓南郡与殷荆州语次，因共作了语。顾恺之曰："火烧平原无遗燎。"桓曰："白布缠棺竖旒旐。"殷曰："投鱼深渊放飞鸟。"次复作危语。桓曰："矛头淅米剑头炊。"殷曰："百岁老翁攀枯枝。"顾曰："井上辘轳卧婴儿。"殷有一参军在坐，云："盲人骑瞎马，夜半临深池。"殷曰："咄咄逼人！"仲堪眇目故也。（《世说·排调》第 61 条）

6. 人问顾长康："何以不作洛生咏？"答曰："何至作老婢声！"洛下书生咏，音重浊，故云老婢声。（《世说·轻诋》第 26 条）

只有一个故事来自《世说》之外的史书：

7. 恺之矜伐过实，诸年少因相称誉，以为戏弄。为散骑常侍，与谢瞻连省，夜于月下长咏，自云得先贤风制，瞻每遥赞之。恺之得此，弥自力忘倦。瞻将眠，语搥脚人令代，恺之不觉有异，遂几申旦而后止。（《世说·文学》第 98 条刘孝标注引《续晋阳秋》）

从这些文本的情况来看，《晋书·顾恺之传》乃是集录《世说》并杂取其他史传作品而成。《世说》本来是纂辑旧文之作，主要来源是裴启《语林》、郭澄之《郭子》一类志人小说。当然，以上《晋书》的文本不如《世说》的文本为佳，如“吾赋之比嵇康琴”“白布缠根树旒旒”，所谓“嵇康琴”“白布缠根”都是说不通的表述，再如《续晋阳秋》“语搥脚人令代” 反映的事实也比《晋书》“令人代己”的笼统记述有趣，因为这更能反映恺之“痴绝”的个性特点。尽管如此，这种文本建构方式本身就反映出不同时代的作者和读者对顾恺之的看法与态度。顾恺之的“才绝、画绝、痴绝”素来著称于世，“才绝”表现在文学创作领域，而“痴绝”则主要表现在日常的艺术活动方面，他在月下的彻夜长咏就是一个显例。《晋书》把这些轶事汇集在一起，全面地展现了顾恺之的文化内涵，一位杰出的诗人、画家和音乐家的形象跃然纸上。显然，与《世说》分门别类的记述相比，《晋书》的叙述方式更具有优越性。

顾恺之的吟咏艺术与音乐有密切的关系，这是最值得我们关注的问题。

例 1 表明，顾恺之非常看重自己的《筝赋》，自认为不比嵇康的《琴赋》逊色，该赋足以表明顾恺之的音乐修养，我们试读其残存之片段：“其器也，则端方修直，天隆地平，华文素质，烂蔚波成。君子喜其斌丽，知音伟其含清。罄虚中以扬德，正律度而仪形。良工加妙，轻缛璘彬，玄漆缄响，庆云被身。”[1] 其文采确有可观，但旨趣之深刻，则远远逊色于嵇康的《琴赋》。例 2 表明，顾恺之不仅善于作诗，而且善于对仗，如“鼻如广莫长风，眼如悬河决溜”，“声如震雷破山，泪如倾河注海”都是很好的对仗句子。例 3 的“行人安稳，布帆无恙”和例 4 的“千岩竞秀，万壑争流”也是精工优美的对仗名句。例 5，所谓“了语”，张永言《世说新语辞典》释云：“一种语言游戏。要求句末一字与‘了’同韵，而且句子要有‘了’的意思（完结、终了）。”[2] 又释“危语”云：“一种语言游戏。陈述危险之事而每句末字须与‘危’字同韵的话。”[3] 其实准确地说，这是一种言语游戏，是口头的诗学游戏，而不是书面的语言游戏。这种诗学游戏既有汉代柏梁体的特点，即句句押韵，也有自己的特色，那就是士人的“尚智”倾向——在兼顾韵和义两个方面的因素前提下，要求反映机敏，应对迅速，出语准确，这是晋人智慧的口头诗学呈现。例 6 反映了顾恺之对北方的传统吟咏艺术“洛生咏”的态度，说详下文。例 7 足以表明顾恺之对吟咏的酷爱，其月下长咏本身就非常富有诗性之美。当时有这种雅

① 《全晋文》卷一百三十五，严可均《全上古三代秦汉三国六朝文》，第 3 册，中华书局 1958 年版，第 2236 页。

② 《世说新语辞典》，第 267 页。

③ 《世说新语辞典》，第 458 页。

好者并不止他一人，许多清流名士都喜欢吟咏。

晋人的吟咏大都具有音乐艺术的背景，并与晋人崇尚自然与回归自然的审美追求密切相关。

个案之一：成公绥之啸吟发叹。《晋书》卷九十二《文苑传·成公绥传》：

绥雅好音律，尝当暑承风而啸，冷然成曲，因为《啸赋》曰："……若乃游崇冈，陵景山，临岩侧，望流川，坐盘石，漱清泉，藉皋兰之猗靡，荫修竹之蝉蜎，乃吟咏而发叹，声骈骈而响连，舒蓄思之悱愤，奋久结之缠绵，心涤荡而无累，志离俗而飘然。"

成公绥的吟咏艺术完全依托于美好的自然背景，并与长啸艺术相结合，是其声乐艺术的重要组成部分。所谓"吟咏而发叹"，是指在吟诗的过程中吐出悠长的气息，气出丹田，发于两肋，冲击声带，是以喉音为主的吟咏方式；由于汉字是单音字，故所谓"声骈骈而响连"，是说主人公的吟咏是由单字形成的拖腔式吟咏，似歌非歌，似唱非唱，本质上是具有音乐旋律的喉啭吟咏。这种吟咏是深沉有力的，是雄浑厚重的，也是震撼人心的，其抒情特色也最为突出[①]。

① 参见范子烨《"互文性"解构与音乐学透视——成公绥的〈啸赋〉及啸史的相关问题》，《文学评论》2013 年第 6 期。

个案之二：王敦之击缺唾壶。《世说·豪爽》第4条：

王处仲每酒后辄咏“老骥伏枥，志在千里；烈士暮年，壮心不已”。以如意打唾壶，壶口尽缺。

曹操的《龟虽寿》唱出了建安时代最为高亢、激越的人生音调。王敦不甘寂寞，意欲有所作为，因而特别喜爱其中的名句。用如意击打唾壶，是为其吟咏伴奏，相当于节奏性乐器的功能。王敦是武将，他用的如意是铁制的，而唾壶则是青瓷器具，所以唾壶就被打缺了口。《世说·汰侈》第8条：

石崇与王恺争豪，并穷绮丽以饰舆服。武帝，恺之甥也，每助恺。尝以一珊瑚树高二尽许赐恺，枝柯扶疏，世罕其比。恺以示崇；崇视讫，以铁如意击之，应手而碎。

可知这种如意的打击力量是很大的[①]。王敦本来是击鼓的行家。《世说·豪爽》第1条：

① 铁如意比较坚硬、沉重，具有自卫的功能。方以智《通雅》卷四四《杂考之属》“如意因于爪杖而谈者以代麈尾”条：“齐高祖赐隐士明僧绍竹根如意，梁武帝赐昭明太子木犀如意，石季伦、王敦皆执铁如意。《音义指归》云：‘如意者，古之爪杖也。或骨、角、竹、木作人手指，柄三尺许。背痒可搔，如人之意，清谈者执之，铁者兼藏御侮。’”

王大将军年少时，旧有田舍名，语音亦楚。武帝唤时贤共言伎艺事。人皆多有所知，唯王都无所关，意色殊恶，自言知打鼓吹。帝令取鼓与之，于坐振袖而起，扬槌奋击，音节谐捷，神气豪上，傍若无人。举坐叹其雄爽。

“田舍”是晋人口语，意思是乡下人、乡巴佬，楚也是晋人口语，意思是语音鄙俚土气。由此事可以推断，王敦以如意敲击唾壶乃是其击鼓技艺的转化，同样具有“音节谐捷”的艺术效果，也就是说，王敦演奏出来的是一种音节繁密、乐律和谐的打击乐，可以很好地配合他吟咏曹操的名句。在崇尚音辞的时代风气中，王敦当然没有口才的优势，但是，他却创造性地将吟咏艺术与击鼓技艺相结合，以一种独特的慷慨豪迈的艺术形式征服了朝中公卿。

个案之三：桓玄之笳鼓高咏。阮籍《咏怀诗》八十二首其三十一：

驾言发魏都，南向望吹台。箫管有遗音，梁王安在哉！战士食糟糠，贤者处蒿莱。歌舞曲未终，秦兵已复来。夹林非吾有，朱宫生尘埃。军败华阳下，身竟为土灰。[①]

① 《黄节注汉魏六朝诗六种》，人民文学出版社 2008 年版，第 504 页。

魏都是指战国时代魏国首都大梁，在今河南开封西北，吹台是一座著名的音乐建筑，产生在梁王时代。阮籍是河南尉氏人，该县毗邻大梁，今日亦属开封地区。因此，阮籍对大梁的历史是非常了解的。这首诗通过对战国时代梁王无道、沉醉歌舞以致覆灭的历史悲剧的描写，委婉地批评了曹魏末年的腐败政治，而桓玄借用诗中的名句来表达其入据石头城并取代晋室统治地位的自信：

桓玄西下，入石头，外白："司马梁王奔叛。"玄时事形已济，在平乘上笳鼓并作，直高咏云："箫管有遗音，梁王安在哉？"（《世说·豪爽》第13条）

司马梁王是指梁孝王司马彤的后嗣司马珍之，桓玄篡位，国臣孔璞奉珍之奔寿阳，此即所谓"奔叛"。桓玄借吟咏阮籍的诗，巧妙地表达了对此事的态度。此事与郭澄之吟诵王粲《七哀诗》的名句非常相似。《晋书》卷九十二《文苑传》：

郭澄之字仲静，太原阳曲人也。少有才思，机敏兼人。调补尚书郎，出为南康相。值卢循作逆，流离仅得还都。刘裕引为相国参军。从裕北伐，既克长安，裕意更欲西伐，集僚属议之，多不同。次问澄之，澄之不答，西向诵王粲诗曰："南登霸陵岸，回首望长安。"裕便意定，谓澄之曰："当与卿共登霸陵岸耳。"因还。

显而易见，晋人吟诗不仅出于对诗意之美的赏爱，更主要的是为了抒情达意。他们吟诵的诗句与其特定的思想情绪是密切相关的。

个案之四：王胡之的楚声吟咏。《世说·豪爽》第12条：

王司州在谢公坐，咏“入不言兮出不辞，乘回风兮载云旗”，语人云：“当尔时，觉一坐无人。”

屈原《九歌·少司命》的这两句诗，描写神灵无言而来、不辞而去，乘着旋风、驾着云旗的壮美景象。神灵的潇洒气度契合了王胡之飘逸的情怀，因而在其吟咏之时，有“一坐无人”之感，连名重朝野的谢安也被忘在了九霄云外。《九歌》是楚声作品，所以王胡之亦当用楚声吟唱，那是一种慷慨悲凉的商调风格。东晋时期，江南地区仍然流行楚声，如陶渊明著名的骚体赋《归去来兮辞》即是受楚声影响的结果[①]。

个案之五：王徽之的招隐之声。《世说·任诞》第47条：

① 参见范子烨《田园诗人的别调：陶渊明与楚声音乐》，《文艺研究》2009年第11期。

王子猷居山阴，夜大雪，眠觉，开室命酌酒，四望皎然。因起彷徨，咏左思《招隐诗》。忽忆戴安道，时戴在剡，即便夜乘小船就之。经宿方至，造门不前而返。人问其故，王曰："吾本乘兴而行，兴尽而返，何必见戴？"

戴安道就是著名音乐家和画家戴逵。王子猷对戴安道的思念固然出于友情，但与戴氏音乐家的文化属性有密切关系。戴逵是一位著名的琴人。《晋书》卷九十四《隐逸列传》：

戴逵字安道，谯国人也。少博学，好谈论，善属文，能鼓琴，工书画，其余巧艺靡不毕综。……性不乐当世，常以琴书自娱。……太宰、武陵王晞闻其善鼓琴，使人召之，逵对使者破琴曰："戴安道不为王门伶人！"晞怒，乃更引其兄述。述闻命欣然，拥琴而往。逵后徙居会稽之剡县。

左思的原诗有两首：

杖策招隐士，荒涂横古今。岩穴无结构，丘中有鸣琴。白云停阴冈，丹葩曜阳林。石泉漱琼瑶，纤鳞或浮沉。非必丝与竹，山水有清音。何事待啸歌？灌木自悲吟。秋菊兼糇粮，幽兰间重襟。踌躇足力烦，聊欲投吾簪。

经始东山庐，果下自成榛。前有寒泉井，聊可莹心神。峭蒨青葱间，竹柏得其真。弱叶栖霜雪，飞荣流余津。爵服无常玩，好恶有屈伸。结绶生缠牵，弹冠去埃尘。惠连非吾屈，首阳非吾仁。相与观所尚，逍遥撰良辰。[①]

《楚辞》中有淮南小山写的一篇《招隐士》，左思的诗题即由此而来，但二诗之意趣大不相同。前者是召唤隐士离开山林回到宫廷，而后者则是招寻隐士，与之偕隐。在左思的笔下，山水之清音，胜过丝竹之乐，灌木的悲吟，也胜过人间的啸歌。秋菊、幽兰、寒泉和竹柏这些美好的自然风物，都传达着人生的真正意义。“荒涂”一句是与紫陌红尘作对比，“岩穴”一句是与高堂华屋作对比，“白云”二句写仰观，“石泉”二句写俯视。白云驻足，丹葩耀林，树木葱茏，清泉潺潺，一片宁静自由、生机勃勃的自然世界。这一切都是隐士们最为爱赏、最能会心的景物。秋菊、幽兰秉芳香之气，呈高洁之姿，正是隐士人格的象征。经始东山，远离尘世，回归自然，这是诗人发出的招隐之声。《梁书》卷八《昭明太子传》：“性爱山水，于玄圃穿筑，更立亭馆，与朝士名素者游其中。尝泛舟后池，番禺侯轨盛称‘此中宜奏女乐’。太子不答，咏左思《招隐诗》曰：‘何必丝与竹，山水有清音。’侯惭而止。”可见此诗从东晋到萧梁都是经典作品，所以也就自然进入了萧《选》。而在迷茫的夜色中，这优雅清丽的诗句随着子

①《文选》卷二十二，中册，中华书局1977年版，第309—310页。

猷的吟诵，飞向大雪飘飘、玉宇无尘的世界。当然，《世说》接下来所写的剡溪访戴就更使人回味无穷了。可见美丽的诗句为晋人的生活增添了情韵，使之更趋向艺术化，更富于审美的雅趣。这种雅趣，我们同样可以在陶渊明的吟咏活动中捕捉到：

长吟掩柴门，聊为陇亩民。(《癸卯岁始春怀古田舍》二首其二)

衡门之下，有琴有书。载弹载咏，爰得我娱。(《答庞参军》)

“掩柴门”，即“门虽设而常关”(《归去来兮辞》)之意，诗人不愿与世俗交接，故有此举，而“长吟”则是诗人日常的艺业，也是诗人的脱俗之举；“载弹载咏”，则表明陶公之吟咏是用琴伴奏的，也是吟咏艺术与音乐艺术的合璧。

前四项个案，主人公之吟咏与音乐有直接的关系，或者说吟咏本身就是音乐表达的一部分，而第五项个案，也与音乐有间接的关系，即所吟诗中包含着音乐之声，诗的本身即具有音乐美，此种情况再如《世说·文学》第88条所载袁宏吟咏之雅事：

袁虎少贫，尝为人佣载运租。谢镇西经船行，其夜清风朗月，闻江渚间估客船上有咏诗声，甚有情致。所诵五言，又其所未尝闻，叹美不能已，即遣委曲讯问，乃是袁自咏其所作《咏史诗》。因此相要，大相赏得。

本条刘孝标注引《续晋阳秋》：

虎少有逸才，文章绝丽，曾为《咏史诗》，是其风情所寄。少孤而贫，以运租为业。镇西谢尚，时镇牛渚，乘秋佳风月，率尔与左右微服泛江。会虎在运租船中讽咏，声既清会，辞又藻拔。非尚所曾闻，遂住听之，乃遣问讯。答曰："是袁临汝朗诵诗，即其《咏史》之作也。"尚佳其率有胜致，即遣要迎，谈话申旦。自此名誉日茂。

袁宏《咏史》诗曰：

周昌梗概臣，辞达不为讷。汲黯社稷器，栋梁表天骨。陆贾厌解纷，时与酒梼杌。婉转将相门，一言和平勃。趋舍各有之，俱令道不没。

无名困蝼蚁，有名世所疑。中庸难为体，狂狷不及时。杨恽非忌贵，知及有余辞。

躬耕南山下，芜秽不遑治。赵瑟奏哀音，秦声歌新诗。吐音非凡唱，负此欲何之。[1]

① 逯钦立《先秦汉魏晋南北朝诗》，第二册，第920页。

“俱令道不没”是第一首诗的主旨，“道”是全诗的核心；“吐音非凡唱”是第二首诗的主旨，这首诗檃栝了汉代著名学者杨恽《报孙会宗书》的文意，所谓赵瑟、秦声也是对其文辞的因袭，这种文本建构方式使得本诗具有了音乐之美。作为著名的历史学家，袁宏借歌咏历史人物表达了个人的理想抱负，其《咏史》诗是以诗家之笔和史家之思来抒发个人情怀的作品。江上的清风和空中的明月，是自然之神赐予人们的永无穷尽的宝藏。美丽的自然，高洁的人物与夜船上的吟咏，构成了天地间一幅动人的图画。袁氏的吟咏不仅体现了与自然的契合，而且是才情的勃发，他日后成为“一时文宗”与此有密切的关系。其实，当袁宏夜吟《咏史》之时，他本人不过是往来于长江之上的一艘货船的小老板而已，而他居然由此一夜成名，并且步入仕途，这也是当时士林吟咏之风创造的一个奇迹。

以上吟咏诸人，除成公绥为西晋人外，其他五人都是东晋人。其中王敦、王胡之和王徽之，属琅玡临沂王氏，桓玄属谯国龙亢桓氏，他们都是士族出身；袁宏属陈郡阳夏袁氏之别族，为庶族出身。陈寅恪说：“东晋南朝官吏接士人则用北语，庶人则用吴语，是士人皆北语阶级，而庶人皆吴语阶级。”[1]“永嘉南渡之士族其北方原籍虽

① 陈寅恪《东晋南朝之吴语》，《金明馆丛稿二编》，生活·读书·新知三联书店 2001 年版，第 306 页。

各有不同，然大抵操洛阳近傍之方言，似无疑义。故吴人之仿效北语亦当同是洛阳近旁之方言，如洛生咏即其一证也。”[①] 所谓“洛生咏”，是指西晋时洛阳书生吟诵诗书之音。在东晋时代的江东地区，洛阳话是通行的官话，说洛阳话也是世族出身的标志。王胡之等四位士人之吟诗，其语音属于洛阳话系统，而非吴音；袁宏之吟诗，其语音可能属于江东方言系统（即吴音），而非洛阳官话系统。谢尚虽为名门贵裔，但审美的情趣使他跨越了士庶的鸿沟，加之他又通晓吴音，因而对袁宏的吟咏之美表现出特别的鉴赏力。

二

在东晋名流中，谢安（320—385）最善于作“洛生咏”。《世说·雅量》第29条：

桓公伏甲设馔，广延朝士，因此欲诛谢安、王坦之。王甚遽，问谢曰：“当作何计？”谢神意不变，谓文度曰：“晋祚存亡，在此一行。”相与俱前。王之恐状，转见于色；谢之宽容，愈表于貌。望阶趋席，方作洛生咏，讽“浩浩洪流”。桓惮其旷远，乃趣解兵。

① 陈寅恪《东晋南朝之吴语》，《金明馆丛稿二编》，第309页。

谢安吟咏的是嵇康《兄秀才公穆入军赠诗》。原诗凡十九首，其中四言诗有十八章。这里“讽‘浩浩洪流’”云云，其实是略文，谢安当时讽诵的是嵇诗十八章之一：

浩浩洪流，带我邦畿。萋萋绿林，奋荣扬晖。鱼龙瀺灂，山鸟群飞。驾言出游，日夕忘归。思我良朋，如渴如饥。愿言不获，怆矣其悲。[①]

这首诗风骨俊伟，慷慨激昂，谢安以“洛生咏”吟之，就更有气势。旷远的襟怀，宏大的气度，慑服了利剑在掌的桓温而使之罢兵。《世说》此条刘孝标注引宋明帝《文章志》云：“安能作洛下书生咏，而少有鼻疾，语音浊。后名流多学其咏，弗能及，手掩鼻而吟焉。”有鼻炎的人语音浊而不清，但谢安名重朝野，士林胜流自然纷纷效颦。《世说·轻诋》第24条引《续晋阳秋》曰：

晋隆和中，河东裴启撰汉、魏以来迄于今时，言语应对之可称者，谓之《语林》。时人多好其事，文遂流行。后说太傅事不实，而有人于谢坐叙其黄公酒垆，司徒王珣为之赋，谢公加以与王不平，乃云：“君遂复作裴郎学。”自是众咸鄙其事矣。安乡人有罢中宿县诣安者，安问其归

① 戴明扬《嵇康集校注》，上册，中华书局2016年版，第22页。

资。答曰："岭南凋弊，唯有五万蒲葵扇，又以非时为滞货。"安乃取其中者捉之，于是京师士庶竞慕而服焉。价增数倍，旬月无卖。

对此，刘孝标评论说："夫所好生羽毛，所恶成疮痏。谢相一言，挫成美于千载，及其所与，崇虚价于百金。上之爱憎与夺，可不慎哉!"无论是"成美"，还是"虚价"，谢安都具有左右舆情的权威。这无疑给谢安崇尚的吟咏艺术推波助澜。但顾恺之（约 346—407）可能是一个例外，他虽然比谢安小一辈，但对这位高权重的名人并不买账，所以他把"洛生咏"称为"老婢声"，而坚决拒斥之。《世说·轻诋》第 26 条刘孝标注云："洛下书生咏，音重浊，故云老婢声。"余嘉锡的解释更为精准："洛下书生咏者，效洛下读书之音，以咏诗也。陆法言《切韵序》云：'吴、楚则时伤轻浅，燕、赵则多伤重浊。'洛下虽非燕赵，而同在大河南北，故其音亦伤重浊。长康世为晋陵无锡人，习于轻浅，故鄙夷不屑为之。"[①] 恺之属于吴国吴郡顾氏之别族，世为晋陵无锡人，习惯于讲语音轻浅的吴语，大艺术家又崇尚独立之人格，不愿追随俗尚，所以也就自然对"洛生咏"鄙夷不屑了。《世说·赏誉》第 142 条：

① 余嘉锡《世说新语笺疏》，中华书局 1983 年版，第 845 页。

吴四姓旧目云："张文、朱武、陆忠、顾厚。"

刘孝标注引《吴录·士林》曰：

吴郡有顾、陆、朱、张，为四姓。三国之间，四姓盛焉。

顾恺之所属之吴郡顾氏乃是江南四大家族之一，他对北方士人以及北方文化心存鄙薄之意，所以即使是日丽中天的谢安，也未免遭其"轻诋"。此时距东晋建立（416）之初已经有八十多年，足见当时南人的本土观念是多么根深蒂固，其作为江南土著豪强傲视北人的优越感仍然是存在的。依据《陈郡阳夏谢氏谱》[①]，谢瞻是谢据的曾孙，而谢据为谢安之次兄。前引《晋书》本传，称顾恺之与谢瞻为同事，既然如此，则恺之本人必然熟悉"洛生咏"之技法，所以他不是不能为之，而是不屑为之。既然如此，恺之耽爱吟咏，又"自谓得先贤风制"，则必用吴地吟咏之旧法，此种旧法自然以吴音为主。

"洛生咏"虽然发源于河洛地区，但其具体的呈现情态并不清晰，其在流入江南之后，曾经与音乐相结合，则是客观的事实。《太平御览》卷五一〇引《道学传》：

①《世说新语》，下册，上海古籍出版社 1982 年版，第 719 页。

孔愬，会稽山阴人，逸操不群，唯有一奴自随。奴善吹笛，愬为洛生咏，与之相对而已。[①]

会稽孔氏也是江南名族。从音乐的角度看，“洛生咏”之发音属于低音声部，而笛乐则为高音声部。所以，这一主一奴的配合，当是非常绝妙的诗乐演绎。可知在南朝时代，“洛生咏”并未绝响于世，又如南朝著名赋家张融在“出为封溪令”之后的一次遭遇：

广越嶂崄，獠贼执融，将杀食之。融神色不动，方作洛生咏，贼异之而不害也。[②]

封溪地在岭南。此事与谢安以“洛生咏”使桓温解兵颇有异曲同工之妙。獠人之所以不加害于张融，可能有两个原因：首先是对其“洛生咏”发音的惊异，因为獠人本为山地蛮族，对声音比较敏感。据《魏书》卷一〇一记载，獠人属于“南蛮之别种”，“獠王各有鼓、角一双，使其子弟自吹击之”，“用竹为簧，群聚鼓之，以为音节”，鼓指铜

①《太平御览》，第三册，中华书局1960年版，第2323页。《隋书·经籍志》著录《道学传》二十卷，大约是南朝的一部道家传记，不知何人所著。

②《南齐书》卷四十一《张融传》，中华书局2017年版，第803页。

鼓，角为牛角号，簧是口簧，今人称为口弦琴。铜鼓和口簧都是节奏乐器，可以为歌舞伴奏；牛角号是单音的气鸣吹奏乐器，可以发号施令。这三种乐器都属于人类初始形态的乐器。其次，“江东士族不独操中原之音，且亦学洛下之咏。张融本吴人，而临畏难仍能作洛生咏，虽由于其心神镇定，异乎常人，要必平日北音习熟，否则决难致此无疑也”[①]。也就是说，张融凭借“洛生咏”证明了自己的士族身份，才得以保全性命。宋苏籀《双溪集》卷一《僧庵崖上榴花》“江峤琐蛮烟，空烦洛生咏”，即用张融故事。相比之下，梁元帝的“洛生咏”则表现了一种近似谢安式的风流情调，其乐府诗《长歌行》曰：

当垆擅旨酒，一卮堪十千。无劳蜀山铸，扶受采金钱。人生行乐尔，何处不留连。朝为洛生咏，夕作据梧眠。从兹忘物我，优游得自然。[②]

在诗人看来，“洛生咏”是一种富有诗意的艺术表达方式，是崇尚自然的人生哲学理念的口头诗学表达。至于袁豹“善言雅俗，每商较今古，兼以诵咏，听者忘疲”[③]，是否

① 陈寅恪《东晋南朝之吴语》，《金明馆丛稿二编》，第 305 页。
② 逯钦立《先秦汉魏晋南北朝诗》，第三册，第 2031 页。
③ 《宋书》卷五十二《袁湛传附袁豹传》，第五册，中华书局 1974 年版，第 1500 页。

有“洛生咏”的成分存乎其间，则不得而知。但无论如何，晋宋以来，“诵咏”是一种受人欢迎的口头诗学艺术。

在“洛生咏”已经绝响的时代，“洛生咏”作为晋人的口头诗学符号，已经凝结为一个美好的诗学典故，彰显着一种簪缨世家的贵族气质，成为一种风流潇洒的诗意生活的象征，一种旷达情怀的个体呈现方式。《李太白文集》卷十《避地剡中赠崔宣城》诗：

双鹅飞洛阳，五马渡江徼。何意上东门，胡雏更长啸。中原走豺虎，烈火焚宗庙。太白昼经天，颓阳掩余照。王城皆荡覆，世路成奔峭。四海望长安，嚬眉寡西笑。苍生疑落叶，白骨空相吊。连兵似雪山，破敌谁能料。我垂北溟翼，且学南山豹。崔子贤主人，欢娱每相召。胡床紫玉笛，却坐青云叫。杨花满州城，置酒同临眺。忽思剡溪去，水石远清妙。雪尽天地明，风开湖山貌。闷为洛生咏，醉发吴越调。赤霞动金光，日足森海峤。独散万古意，闲垂一溪钓。猿近天上啼，人移月边棹。无以墨绶苦，来求丹砂要。华发长折腰，将贻陶公诮。

诗人由安史之乱追溯到永嘉之乱，借“洛生咏”和“吴越调”表达了避世的情怀，然而华发已生，自己仍然折腰于人，则自恐难免贻笑于陶渊明了。另如：

流传洛生咏，叹赏贵公孙。（〔宋〕刘攽《送王肃侍禁新安监酒》）

缅怀周与李，能作洛生咏。（〔宋〕苏轼《径山道中次韵答周长官兼赠苏寺丞》）

下帷王郎，时学拥鼻。洛生咏诗，昌可卜盖。（〔宋〕王安中《到北京问候河间帅张显谟启》）

愿君且自爱，听我洛生咏。（〔元〕李孝光《送观志能分韵得更字》）

颓然诗癖，忘乃途穷，时抱膝为梁甫吟，或掩鼻作洛生咏。（〔元〕谢应芳《张云门作诗序启》）

词场高步已无缘，剩向江东作酒仙。未免能为洛生咏，何因直上孝廉船。（〔清〕赵执信《酬张孝廉日容大受招同朱竹垞及吴中诸名士燕集河上新斋见赠》二首其一）

闻君高卧洛生咏，遥望吴山病目揩。（〔清〕厉鹗《寄倪子珍读书仁王寺》）

这些诗文妙句都体现了“洛生咏”的文化积淀。“洛生咏”是后人回归魏晋的立足点之一，这种历史文化记忆也表现了人们对魏晋风流的追怀。

吟咏并非晋人的首创，但晋人的吟咏艺术确实达到了较高的水准，表现出鲜明的唯美主义倾向。其实，在魏晋易代之际，嵇康已经对此进行了深刻的理论探讨。他在《琴赋序》中自述：“余少好音声，长而玩之。以为物有盛衰，而此无变；滋味有厌，而此不倦。可以导养神气，宣和情志，处穷独而不闷者，莫近于音声也。是故复之而不足，则吟咏以肆志；吟咏之不足，则寄言以广意。”[①]显然，嵇康“是故”云云乃由《毛诗序》脱化而来，这种文本建构方式是为了吸引读者的眼球，也是为了凸显个人观点的权威性。所谓“复之”，就是反复欣赏音乐；在他看来，“吟咏”可以弥补赏音之不足；“寄言”就是撰写文章，从事文学创作，他认为“寄言”又可以弥补吟咏之不足；“足”与“不足”是对“导养神气，宣和情志”而言的。也就是说，赏音、吟咏和作文，乃是怡情养性、抒发情怀和表达心志的三种方式，它们是为艺术审美之主体服务的。嵇康《兄秀才公穆入军赠诗》第十七、第十八首：

乘风高游，远登灵丘，托好松乔，携手俱游，朝发太华，夕宿神州，弹琴咏诗，聊以忘忧。

琴诗自乐，远游可珍，含道独往，弃智遗身，寂乎无累，何求于人，长寄灵岳，怡志养神。[②]

可见嵇康已经把吟咏放在非常重要的位置上，他本人堪称中古士林吟咏艺术的祖师爷。这或许就是谢安在生死存亡

① 戴明扬《嵇康集校注》，上册，第140页。
② 戴明扬《嵇康集校注》，上册，第29、31页。

之际仍然讽诵其“浩浩洪流”的深层原因——桓温震慑于嵇叔夜的文化力量，所以罢兵了。可见晋人虽然生逢乱世，却在艺术领域寄托遥深，吟咏艺术正是其中的一个非常重要的方面，晋人的文采风流与智慧才情毕现于此，如孙绰《游天台山赋》所谓“凝思幽岩，朗咏长川”[①]，即是其例；同时，对美的追求，使吟咏的主体与欣赏吟咏的客体亦能暂时超越内心的阴翳和丑恶，暂时获得内心的安宁和情感的释放，如王敦、桓玄之吟咏以及桓温之欣赏“洛生咏”，皆是其例。此三人均有负世的恶名，其平生为人亦残忍成性，他们不仅祸乱晋室江山，而且荼毒生灵。但是，其吟咏艺术却呈现出向善与爱美的倾向，这就是自我超越。或许，恶魔的心中也有短暂的阳光与温情？人性是复杂的，艺术是美好的，笔者有感于晋人吟咏之美，故为之阐发如上。

本文原载《学术交流》2019 年第 5 期

①《文选》卷十一，上册，第 166 页。

诗乐的交响

——重读蔡琰《悲愤诗》二章

蔡琰是文学家，也是音乐家；是诗人，也是琴人。只有理解她的音乐，才能理解她的文学，反之亦然。现存《悲愤诗》二章，正反映了她的这种双重文化属性。前一首长篇五言叙事诗，是徒诗，是不入乐的，是纯粹的吟读文本；后一篇骚体抒情诗，是入乐的楚调歌诗，是蔡文姬的琴曲歌词，是汉魏时代一曲惊风泣鬼、震古烁今的悲歌。古人称其诗“真情极切，自然成文”(《古诗纪》卷一四七引《诗谱》)。这是由蔡文姬的人生经历决定的。与建安时代大多数诗人不同，她不是时代苦难的旁观者，而是时代苦难的亲历者和承受者，她的人生苦难是时代苦难的一部分；而作为知识女性，她的人生苦难又因其特殊性(妻子与母亲)而触及了人类心灵最为软嫩的部分，因而她的作品具有非同凡响的感染力。《悲愤诗》是那一时代的诗史，举凡家国之思，胡汉之隔，人性之恶，自然之险，生命之虞，尊严之丧，离别之悲……种种为常人所难以承受的苦难毕现于诗中，乃是血泪凝聚、蚌病成珠的艺术结晶，是堪与杜甫之《北征》以及《自京赴奉先县咏怀五百字》相媲美的不朽诗史经典。

蔡文姬的人生之痛主要有四个方面：其一，先嫁河东卫仲道，“夫亡无子，归宁于家”（《后汉书》卷八四《列女传》，下引此传不注），对一位绮年女儿来说，如此丧夫之痛自然是历久难消的；其二，在汉末的动乱中，她又被掳掠到处于大西北的南匈奴地区，对环境的极端不适和对父母的深切思念使她备受折磨；其三，在嫁给匈奴左贤王后，她在胡中居留了十二年，当被曹操接回时，又不得不放弃亲生二子，母子永别给她的心灵造成了巨大的阴影；其四，回国后嫁给陈留董祀，内心充满了焦虑。“人生几何时，怀忧终年岁！”蔡文姬这样一位善良而才华横溢的知识女性，一直惴惴不安地生活在忧虑之中。《后汉书·列女传》：

祀为屯田都尉，犯法当死，文姬诣曹操请之。时公卿名士及远方使驿坐者满堂，操谓宾客曰：“蔡伯喈之女在外，今为诸君见之。”及文姬进，蓬首徒行，叩头请罪，音辞清辩，旨甚酸哀，众皆为改容。操曰：“诚实相矜，然文状已去，奈何？”文姬曰：“明公厩马万匹，虎士成林，何惜疾足一骑，而不济垂死之命乎！”操感其言，乃追原祀罪。

这是发生在许昌汉朝宫廷上的动人一幕。为了挽救丈夫的生命，蔡文姬放弃了个人的尊严，在大庭广众之下，蓬头散发，赤足而行。但是，在这柔弱的表象之下实际上激扬着生命的力量，她与曹操的对话，尤足以彰显这种力量。老曹“诚实相矜”云云，不过是故意制造的托词而已，他就是想知道蔡文姬如何应对。文姬先是对曹操大加赞美，言辞简劲，随后语峰一转，柔中带刚，将曹操逼到不可回绝之境，其智慧与锋颖卓然可见。作为女人，作为妻子，在其丈夫处于生死存亡的关键时刻，其心灵的沉重负荷是可想而知的；但蔡文姬却是举重若轻，其刚毅的性格和机敏的智慧绝非常人所及。或许，在骏马秋风中长别爱子之后，在经历了极端的痛苦之后，蔡文姬变得更加超凡脱俗了。“明妃去泣千行泪，蔡琰归梳两鬓丝。”（徐夤《愁》）当文姬回到祖国的时候，尽管尚在盛年，但可能真的是两鬓斑白了。她的人生阅历是一种无奈，是任何人都不想要的人生体验。李白《在浔阳非所寄内》诗曰：

闻难知恸哭，行啼入府中。多君同蔡琰，流泪请曹公。知登吴章岭，昔与死无分。崎岖行石道，外折入青云。相见若悲叹，哀声那可闻。

因永王李璘事件的牵连，李白在浔阳锒铛入狱，这是他在狱中写给妻子的一首诗。诗中所谓“恸哭”“行啼”“悲叹”

和“哀声”真是写尽了妻子的悲愁，也表现了诗人对蔡文姬的深刻知解。

蔡文姬幼承家学，受到了良好的教育。她“博学有才辩，又妙于音律”，深得父亲蔡邕的真传。尤其是她的琴学修养和古琴艺术，很早就达到了上乘水准。陈旸《乐书》卷一四一有“蔡琰之绿绮”和“蔡邕之焦尾”记载，属于“一代绝特之器”。唐陈陶《湓城赠别》诗：“气调桓伊笛，才华蔡琰琴。”诗人将“蔡琰琴”与“桓伊笛”并称，可见对她的推重。又如《全唐诗》卷三八九卢仝《听萧君姬人弹琴》诗：

弹琴人似膝上琴，听琴人似匣中弦。二物各一处，音韵何由传。无风质气两相感，万般悲意方缠绵。初时天山之外飞白雪，渐渐万丈涧底生流泉。风梅花落轻扬扬，十指干净声涓涓。昭君可惜嫁单于，沙场不远只眼前。蔡琰薄命没胡虏，乌枭啾唧啼胡天。关山险隔一万里，颜色错漠生风烟。形魄散逐五音尽，双蛾结草空婵娟。中腹苦恨杳不极，新心愁绝难复传。金尊湛湛夜沉沉，余音迭发清联绵。主人醉盈有得色，座客向隅增内然。孔子怪责颜回瑟，野夫何事萧君筵。拂衣屡命请中废，月照书窗归独眠。

这首诗以优美的语言和种种妙喻写出了一位音乐家弹琴的美丽和魅力，在此过程中，又特别拈出昭君远嫁和蔡琰没胡的故事，隐隐回应着“蔡琰琴”的情事，给读者开拓了极大的想象空间。唐人李瀚《蒙求》曾将“蔡琰辨琴”与“王粲覆棋”并列（《全唐诗》卷八八一），而这件琴人雅事在我国古代一直流传不绝。《艺文类聚》卷四四引《蔡琰别传》：

琰字文姬，蔡邕之女，年六岁，夜鼓琴，弦断，琰曰：“第二弦。”邕故断一弦而问之，琰曰：“第四弦。”邕曰：“偶得之矣！”琰曰：“吴札观化，知兴亡之国，师旷吹律，识南风之不竞。由此观之，何足不知！”

蔡琰之所以能够准确判断出断弦是第几根，是因为她深谙琴律，熟知琴音，而随口称引《左传》的故实，更显示了她的博雅。季札观乐，事见《左传·襄公二十九年》：

为之歌《颂》，曰：“至矣哉！直而不倨，曲而不屈；迩而不逼，远而不携；迁而不淫，复而不厌；哀而不愁，乐而不荒；用而不匮，广而不宣；施而不费，取而不贪；处而不底，行而不流。五声和，八风平；节有度，守有序。盛德之所同也。”

季札对周乐的评论，主要揭示了音乐与政教、风俗以及道德的关系；师旷吹律，事见《左传·襄公十八年》：

晋人闻有楚师，师旷曰："不害。吾骤歌北风，又歌南风。南风不竞，多死声。楚必无功。"

晋杜预注："歌者吹律以咏八风，南风音微，故曰不竞也。师旷唯歌南北风者，听晋楚之强弱。"北风，即北音，南风，即南音。公元前555年，楚国兴兵攻打晋国，师旷以乐作卜，由自己对北音和南音的歌唱情况推断晋楚之强弱以及战争的结果，最后楚国此战的确是无功而返，这表现了一种充满神秘主义的音乐观。但由此可知，蔡琰在六岁以前就已经熟读《左传》了。《后汉书·列女传》载：

时且寒，赐以头巾履袜。（曹）操因问曰："闻夫人家先多坟籍，犹能忆识之不？"文姬曰："昔亡父赐书四千许卷，流离涂炭，罔有存者。今所诵忆，裁四百余篇耳。"操曰："今当使十吏就夫人写之。"文姬曰："妾闻男女之别，礼不亲授。乞给纸笔，真草唯命。"于是缮书送之，文无遗误。

可知蔡琰平生博览群书，其"诵忆"之功是很深的，由此也形成了深厚的学养。譬如，蔡文姬对《庄子》就非常熟悉。《庄子·山木》曰：

林回弃千金之璧，负赤子而趋。或曰："为其布与？赤子之布寡矣；为其累与？赤子之累多矣；弃千金之璧，

> 负赤子而趋，何也?”林回曰：“彼以利合，此以天属也。夫以利合者，迫穷祸患害相弃也；以天属者，迫穷祸患害相收也。夫相收之与相弃，亦远矣。”

“天属”，就是天然的血脉关系，这是人世间最宝贵的东西。《悲愤诗》曰：

> 已得自解免，当复弃儿子。天属缀人心，念别无会期。

“天属”一句，即脱化于上引《庄子·山木》之文，古今选家和注者对蔡文姬这句诗均失注，而这个典故实际是理解蔡琰诗关于被迫弃儿一节的关键，其言外之意是：自己可以借助“千金之璧”获得自由，但在获得自由之后，却不能像林回一样“负赤子而趋”，作为母亲，其一生的悲哀莫过于此。

愤怒出诗人。《悲愤诗》是蔡琰“感伤乱离，追怀悲愤”而创写的力作。从“汉季失权柄”的叙述来看，诗人创作这两首作品的时代已经不是“汉季”了，这两篇作品当写于曹魏时期。类似的情况正如陶渊明《桃花源记》所说的“晋太元中”，这足以表明这篇作品创作于刘宋时代。

《悲愤诗》第二章是一首楚调琴曲歌词。楚调的核心是商音，悲凉哀怨是其最基本的情感特征。如陶渊明《咏

金代张瑀《文姬归汉图》（局部），吉林省博物馆藏

荆轲》：“商音更流涕。”我们试将此诗拆分，与第一章五言诗对读，并就可能存疑之处略加评析：

（1）嗟薄祜兮遭世患，宗族殄兮门户单。身执略兮入西关，历险阻兮之羌蛮。

汉季失权柄，董卓乱天常。志欲图篡弑，先害诸贤良。逼迫迁旧邦，拥主以自强。海内兴义师，欲共讨不祥。卓众来东下，金甲耀日光。平土人脆弱，来兵皆胡羌。猎野围城邑，所向悉破亡。斩截无孑遗，尸骸相掌拒。马边县男头，马后载妇女。长驱西入关，迥路险且阻。

“西关”是指函谷关，是古代西往长安、东赴洛阳的通衢咽喉。“逼迫迁旧邦”，是说董卓在初平元年（190）胁迫汉天子刘协由洛阳迁都长安，函谷关正是必经之地。“羌蛮”即指“胡羌”，汉人所说的胡一般指匈奴人，羌则是羌人，也是古代西北地区的一个游牧民族。这里明确交代了自己被匈奴人掳掠北上一事，就发生在迁都的过程中。

（2）山谷眇兮路曼曼，眷东顾兮但悲欢。

还顾邈冥冥，肝脾为烂腐。

（3）冥当寝兮不能安，饥当食兮不能餐。常流涕兮眦不干，薄志节兮念死难，虽苟活兮无形颜。

所略有万计，不得令屯聚。或有骨肉俱，欲言不敢语。失意机微间，辄言弊降虏。要当以亭刃，我曹不活汝。岂复惜性命，不堪其詈骂。或便加棰杖，毒痛参并下。旦则号泣行，夜则悲吟坐。欲死不能得，欲生无一可。彼苍者何辜，乃遭此厄祸！

（4）惟彼方兮远阳精，阴气凝兮雪夏零。沙漠壅兮尘冥冥，有草木兮春不荣。人似禽兮食臭腥，言兜离兮状窈停。

边荒与华异，人俗少义理。处所多霜雪，胡风春夏起。翩翩吹我衣，肃肃入我耳。

唐章怀太子注：“兜离，匈奴言语之貌。”乌兰杰《匈奴音乐漫议》(《音乐研究》1994年第4期）一文认为，“兜离”是指匈奴人的歌曲，“状窈停”，是说匈奴人表演舞蹈时的动作。

（5）岁聿暮兮时迈征，夜悠长兮禁门扃。不能寐兮起屏营，登胡殿兮临广庭。玄云合兮翳月星，北风厉兮肃泠泠。胡笳动兮边马鸣，孤雁归兮声嘤嘤。乐人兴兮弹琴筝，音相和兮悲且清。

此节歌诗涉及匈奴王廷的音乐歌舞，具有重要的音乐史价值（说详下文）。

（6）心吐思兮匈愤盈，欲舒气兮恐彼惊，含哀咽兮涕沾颈。家既迎兮当归宁，临长路兮捐所生。儿呼母兮号失声，我掩耳兮不忍听。

感时念父母，哀叹无穷已。有客从外来，闻之常欢喜。迎问其消息，辄复非乡里。邂逅徼时愿，骨肉来迎己。已得自解免，当复弃儿子。天属缀人心，念别无会期。存亡永乖隔，不忍与之辞。儿前抱我颈，问母欲何之。“人言母当去，岂复有还时。阿母常仁恻，今何更不慈？我尚未成人，奈何不顾思！”见此崩五内，恍惚生狂痴。号泣手抚摩，当发复回疑。兼有同时辈，相送告离别。慕我独得归，哀叫声摧裂。马为立踟蹰，车为不转辙。观者皆嘘欷，行路亦呜咽。去去割情恋，遄征日遐迈。悠悠三千里，何时复交会？念我出腹子，胸臆为摧败。

（7）追持我兮走茕茕，顿复起兮毁颜形。还顾之兮破人情，心怛绝兮死复生。

茕茕对孤景，怛咤糜肝肺。登高远眺望，魂神忽飞逝。奄若寿命尽，旁人相宽大。

（8）既至家人尽，又复无中外。城郭为山林，庭宇生荆艾。白骨不知谁，从横莫覆盖。出门无人声，豺狼号且吠。……为复强视息，虽生何聊赖！托命于新人，竭心自勖厉。流离成鄙贱，常恐复捐废。人生几何时，怀忧终年岁！

显而易见，第二章第（5）段在第一章中没有对应的诗句，第一章第（8）段在第二章中也没有对应的诗句。这种情况表明，第一章以叙事为主，间有抒情和议论，由于它是不入乐的，因而篇幅较长，描写较为细腻；而第二章撷取了第一章的关键性情节，以抒情为主，叙事为辅，间有议论。

《悲愤诗》第二章第（5）段的音乐描写是非常重要的。《艺文类聚》卷四四引《蔡琰别传》曰：

琰字文姬，先适河东卫仲道。夫亡无子，归宁于家。汉末大乱，为胡骑所获，在左贤王部伍中。春月登胡殿，感笳之音，作诗言志，曰：“胡笳动兮边马鸣，孤雁归兮声嘤嘤。”

显然，《别传》的这段文字就是根据第二章第（5）段敷衍出来的。在这里，诗人透露了一个重要的文化信息：在南匈奴的宫廷中有不少乐人，他们组成了一个匈奴的宫廷乐队，所用乐器有胡笳和琴、筝。胡笳是匈奴乐器，而琴、筝是汉族乐器，胡汉乐器的融合创造了“音相和兮悲且清”的艺术效果，而萧萧的边马和嘤嘤的孤雁，在黑云漠漠、北风凄凄的夜晚中无疑更增添了悲凉的氛围。胡笳是其中最重要的乐器，就其对我国音乐文化史的影响而言，它几乎就是蔡文姬的代名词。《文选》卷四一《李少卿答苏武书》：“胡笳互动，牧马悲鸣。”显然是从“胡笳动兮边马鸣”一句脱化出来的。再如：

蔡琰没去造胡笳，苏武归来持汉节。（李益《塞下曲》）

明妃愁中汉使回，蔡琰愁处胡笳哀。（顾况《刘禅奴弹琵琶歌》）

胡笳悲蔡琰，汉使泣明妃。（孔温业《太和公主还宫》）

蔡文姬确实与胡笳的传播有密切的关系。

唐代著名琴师董庭兰根据《悲愤诗》二章创作了著名的琴曲歌诗《胡笳十八拍》，使蔡文姬和胡笳的故事

更加深入人心。明沐昂《沧海遗珠》卷一《读〈列女传〉赋》:

节高蔡琰胡笳曲，义重班姬述祖词。

这里所谓“胡笳曲”，就是指《胡笳十八拍》。宋郭茂倩《乐府诗集》卷五九《胡笳十八拍》解题引唐刘商《胡笳曲序》曰:

蔡文姬善琴，能为《离鸾别鹤之操》。胡虏犯中原，为胡人所掠，入番为王后，王甚重之。武帝与邕有旧，敕大将军赎以归汉。胡人思慕文姬，乃卷芦叶为吹笳，奏哀怨之音。后董生以琴写胡笳声为十八拍，今之《胡笳弄》是也。

董生就是董庭兰。《胡笳十八拍》是我国音乐文学史上的一篇优秀的歌诗，作品以《天问》式的风格叙写了蔡文姬的悲惨人生和无限愁怨，淋漓尽致地抒发了一代才女、一位妻子、一位母亲的剧痛深悲，胡笳之声，由此而千古传响。《胡笳十八拍》也是骚体歌诗，属于楚声歌曲，与《悲愤诗》第二章有千丝万缕的联系。特别值得注意的是，刘商《胡笳曲序》关于蔡文姬身为王后并受到匈奴王礼遇的说法，应该是符合历史实际的。《后汉书》说“曹

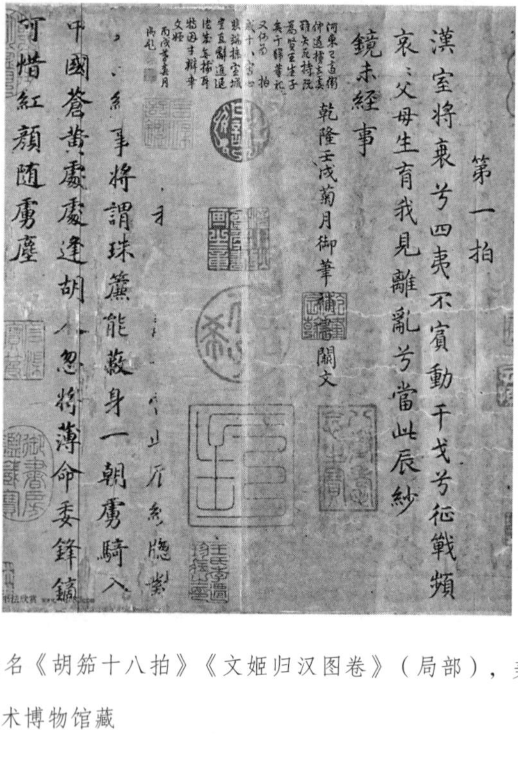

宋代佚名《胡笳十八拍》《文姬归汉图卷》（局部），美国大都会艺术博物馆藏

操素与邕善，痛其无嗣，乃遣使者以金璧赎之”，其实曹操此举并非仅仅出于对友人和友情的珍重，而更多的是出于政治上的意识形态层面的考虑。文姬归汉在当时是一个绝大的政治、外交和文化事件，具有极为重要的意义，这是一件令朝野欢歌的佳事，一段令后人称颂的佳话。“周公吐哺，天下归心”（《短歌行》），曹操的雄才大略由此可见一斑。曹丕和丁廙各自创作了一篇《蔡伯喈女赋》（其逸文片段分别见《艺文类聚》卷三〇和《太平御览》卷八〇六），正是对这一重大事件的及时回应。而在匈奴方面，与曹操对等的人物当然也只能是匈奴王。所以，刘商“胡人思慕文姬”之说，也揭示了文姬归汉给匈奴人带来的负面影响，这里不仅有胡儿的思母之情，也有一般匈奴民众的怀恋，因为蔡文姬是一个美好的母亲和贤德的王后。可以想见，在漫长的十二年里，她一定为匈奴人做过很多有益的事情。当然，胡笳也并非她离开匈奴之后因胡人表达对她的思念而创制的，蔡文姬身居匈奴时期就已经接触过这种乐器。胡笳属于早期匈奴人的气鸣边棱乐器，这种吹管乐器无簧无哨片，通常有三个按孔，能发出 11 个音，以喉啭引声为基本的演奏方法，适合演奏具有悲凉情调的草原音乐，今日蒙古人的莫顿·潮尔（哈萨克人称为斯布斯额）是典型的匈奴胡笳的文化遗存。

当然，就诗史和胡笳艺术史而言，唐人创作的《胡

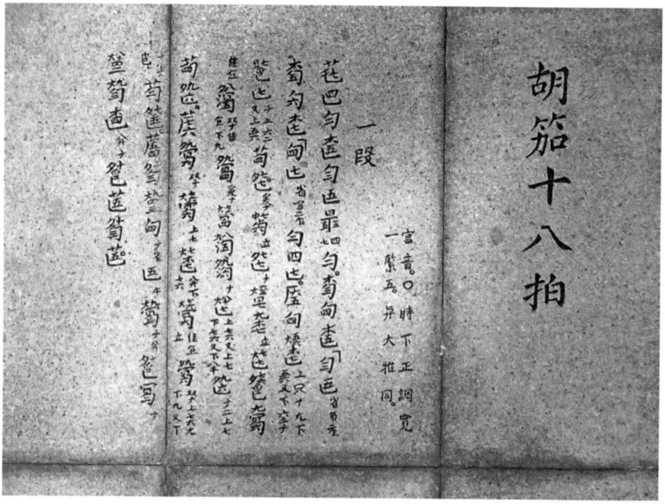

《胡笳十八拍》古代乐谱

笳十八拍》也具有特别重要的意义，宋代理学家朱熹甚至认为《胡笳十八拍》就是蔡琰的作品，他指出：

胡笳者，蔡琰之所作也。东汉文士有意于骚者多矣，不录而独取此者，以为虽不规规于楚语，而其哀怨发中，不能自已之言，要为贤于不病而呻吟者也。范史乃弃不录，而独载其《悲愤》二诗。二诗词意浅促，非此词比。眉山苏公已辩其妄矣。蔚宗文下固有不察。归来子祖屈而宗苏，亦未闻此，何邪？琰失身匈奴，不能死义，固无可言，然犹能知其可耻，则与扬雄反骚之意又有间矣。今录

此词，非恕琰也，亦以甚雄之恶云尔。（朱熹集注《楚辞后语》卷三《胡笳》第二十）

其所谓蔡琰“失身匈奴，不能死义”，可谓迂腐之极，而将蔡琰与扬雄比较，尤属不伦不类，至于称引苏东坡指斥《悲愤诗》二章为伪作之说，就更加荒唐。《东坡志林》卷一：

今日读《列女传》蔡琰二诗，其词明白感慨，颇类世所传《木兰诗》，东京无此格也。建安七子犹含养圭角，不尽发见，况伯喈女乎？又琰之流离，为在父没之后，董卓既诛，伯喈方遇祸，今此诗乃云为董卓所驱，掳入胡中，尤知其非真也。盖拟作者疏略而范晔荒浅，遂载之本传，可以一笑也。

实际上，淋漓尽致地倾泻一腔悲怨，将胸中的抑郁不平之气毫无保留地吐向世界和苍穹，正是《悲愤诗》二章最突出的特色。与此相比，邺下文人的歌咏未免显得过于绵软而肤浅了，譬如，丁廙的《蔡伯喈女赋》就是一篇俗不可耐、苍白无力的作品。对东坡之说，《蔡宽夫诗话》已辨其诬（《古诗纪》卷一五五），并得到当代学者的肯定，这里就不再缀引了。

总之，蔡文姬的美不是世俗的美，甚至不是所谓大家闺秀的美——不是克尔凯郭尔笔下的女性美，而是一种知性与情感、外表与内心、诗性与乐感交融的美，从滔滔黄河到苍苍大漠，从茫茫草原到浩浩神州，处处摇曳着她的倩影，流溢着她的悲思。目睹了世界的战争与和平，经历了人间的血泪与欢歌，她的美更加丰盈、更加纯粹、更加静穆。由此，她也成为东方诗国一个永恒的艺术形象。

本文原载《古典文学知识》2019 年第 4 期

“曲长朔管如鞭吹”：中国古代的胡笳艺术

对文学史研究者而言，胡笳是一个文学史话题；对音乐史研究者而言，胡笳是一个音乐史话题。现代人对胡笳的印象在很大程度上来自托名作者为蔡文姬的《胡笳十八拍》。作为一首琴曲歌词和长篇骚体诗，作为文学与音乐的一个交汇点，它确实是一篇华彩激扬的杰作，郭沫若甚至认为“这实在是一首自屈原的《离骚》以来最值得欣赏的长篇抒情诗”，并先后发表了“六谈”以证实《胡笳十八拍》确为蔡文姬所作（参见《胡笳十八拍讨论集》，《文学遗产》编辑部编，中华书局 1959 年版）。尽管很多学者对此持有异议，但《胡笳十八拍》所说“胡笳本自出胡中”却是客观的历史事实。

胡笳来自北方游牧民族的音乐文化系统，这使之成为草原文化的一个音乐符号，并且在中国文化史中升堂入室。而作为匈奴人的主要乐器，胡笳之进入中原，与张骞出使西域有绝大关系。《白孔六帖》卷六十二“出塞入塞”条：

> 胡笳者，张博望入西域，传其法于西京，唯得《摩诃兜勒》一曲，李延年因胡曲更造新声二十八解，以为武乐，有《出塞》《入塞》《杨柳》等十曲。

“摩诃兜勒”在今日蒙古语中为“颂赞”之意。著名宫廷音乐家李延年所作武乐十曲就是在《摩诃兜勒》的基础上产生的，其核心腔或者说主旋律乃是胡笳曲《摩诃兜勒》的翻版。张骞作为朝廷使节，从西域带回了胡笳和胡笳乐曲，在政治和文化上都具有权威的意义，由此胡笳得以进入中原礼乐文化系统。胡笳是吹管乐器，而汉琴则是弹拨乐器，《胡笳十八拍》称“缘琴翻出音律同”，这是因为笳与琴音律相同，都属于五音（宫商角徵羽）系统。

那么，胡笳究竟是怎样的一种吹管乐器？

首先，我们必须明确的是胡笳有广义与狭义之别。广义的胡笳乃是西北游牧民族的吹管乐器的统称，包括筚篥、芦管和羌笛等等，形制更是多种多样，其基本特点是内置了簧片或者哨片，比较容易吹响；狭义的胡笳，则是一种无簧无哨片的吹管乐器，如警角、双角之类，另如宋陈旸《乐书》卷一百三十所载“吹鞭”：

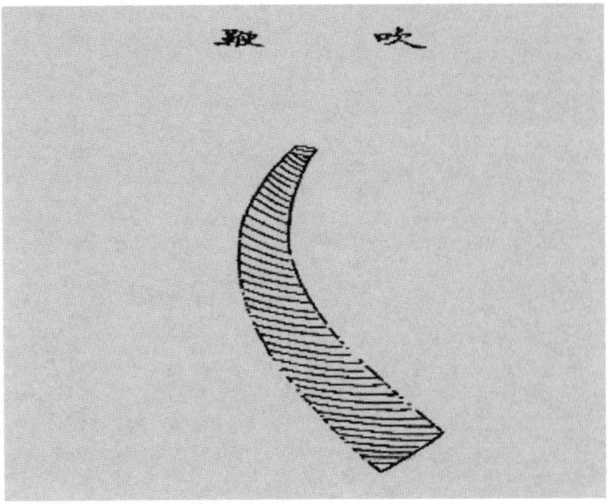

陈旸《乐书》中的吹鞭图样

胡人卷芦叶为笳，吹之以作乐……汉有吹鞭之号，笳之类也，其状大类鞭焉者，今牧童多卷芦叶吹之。

陈氏著录的吹鞭正是用芦叶一层层卷制的，从其造型可以推断它是无簧无哨片的吹奏类气鸣乐器。这种高音吹管，形制粗短，没有按孔，很像后世的牛角号，能够吹奏出一个悠长的直音，但比较复杂的旋律用它很难演绎出来。2012 年 7 月，考古工作者在南京市栖霞区狮子冲新合村北象山南麓发现了昭明太子萧统墓，在 M1 出土的半幅竹林七贤砖画中有阮籍奏乐的形象，阮籍手持的喇叭状物正是吹鞭。画中的阮籍手擎胡笳，嘴巴衔着吹口，拇指之外的四指的动作，可能是通过有规律地阻塞吹出的气息以取

砖画中的阮籍吹笳形象

得调音的效果，以便形成不同的旋律和节奏。画中的阮籍一副胡人的面相，表达了南朝人对阮氏音乐艺术及其文化属性的理解，具有重要的文化与学术价值。

阮籍演奏的吹鞭仅仅是胡笳的一种，《胡笳十八拍》所说的“胡笳”也并非这种胡笳，尽管如此，我们却看到了中古时代一种胡笳形制及其演奏的真实面貌，所以特别珍贵。其实，胡笳在我国北方游牧民族中尚有比较丰富的遗存。1983 年，北京音乐工作者王曾婉发表了《汉代胡笳与斯布斯额》（《新疆艺术》1983 年第 3 期）一文，提出哈萨克民族的吹管乐器斯布斯额乃是汉代胡笳的遗存；1986 年，蒙古音乐家莫尔吉胡发表了《追寻胡笳的踪迹》（《音乐艺术》1986 年第 1 期，下引此文不注）一文，又提出蒙古人的吹管乐器莫顿·潮尔就是古代汉人所说的胡笳。斯布斯额和莫顿·潮尔是两个不同民族对同一种乐器的不同称谓。目前，这种乐器主要分布在我国新疆、内蒙古，蒙古国、哈萨克斯坦、吉尔吉斯斯坦，俄罗斯巴什基尔共和国、塔塔尔共和国、阿尔泰共和国、图瓦共和国以及伊朗、土耳其、土库曼斯坦、塞尔维亚等国家和地区，涉及的民族主要有蒙古人、哈萨克人、柯尔克孜人、图瓦人、巴什基尔人、土库曼人和中亚诸多民族以及欧洲巴尔干草原的一些游牧民族；图瓦人称之为苏尔或楚吾尔，巴什基尔人称之为库拉依（Kurai），塔塔尔人称之为“立啸”，柯尔克孜人称之为潮尔，伊朗人称之为奈依（Ney），土库曼人称之为推达克（Tuiduk），而古代汉人一般称之为胡笳。王氏和莫氏在新疆所发现的吹管乐器是一种原始胡笳，也就是《胡笳十八拍》描写的胡笳。原始胡笳的长度一般在58—79厘米，分为三孔、四孔、五孔和六孔的，上下通透，无簧无哨片。《钦定皇舆西域图志》卷四十“绰尔”：“形如内地之箫，以竹为之。通体长二尺三寸九分六厘。凡四孔……以舌侧抵管之上口，吹以成音。”基本的吹奏方法有喉音吹奏法和清气吹奏法两种，前一种吹奏法比较古老。蒙古人传统的胡笳以三孔为主，一般在60厘米左右，能够发出11个音，巴什基尔人的胡笳最长可达到79厘米，音域非常宽广。其他民族的胡笳也各具特色。制作原始胡笳的材料有扎拉特草、河榴木、松木、山榉木、竹子等等。清代宫廷使用的一种胡笳非常华美，前端置喇叭状牛角，末端置哨状吹口（见《御制律吕正义后编》卷七四），使用起来更方便，艺术效果更好。

当然，原始胡笳依然存在于清宫的蒙古乐队中，这在意大利画家郎世宁于乾隆二十五年（1760）创作的《塞宴四事图》中有清晰的描绘（第一排右一），与《钦定大清会典事例》卷四百十四《乐部》的记载完全吻合："蒙古乐曲有二：一曰笳吹，司笳一人，司筝一人，司胡琴一人，司口琴一人，又司章四人，皆服蟒服，凡筵燕豫立于丹陛左旁，届时进殿内一叩，屈一膝奏蒙古曲。"乾隆《塞宴四事》中《什榜》诗提到的"曲长朔管如鞭吹"，"鸣羽发徵气内运"，说的就是这种胡笳。这种原始胡笳是人类吹管乐器的鼻祖，现代音乐学界通常把它界定为边棱气鸣乐器，它作为人类史前音乐的活化石，具有重要的文化学、历史学、音乐学和人类学价值。

需要特别指出的是，潮尔（Chor）作为蒙古语，是指两个或两个以上的声音同时鸣响，就是和声，而冒顿·潮尔（Wooden-Chor）则是人与木管的和声，图瓦人说它是"会唱歌的笛子"。这种乐器代表了跨界潮尔的重要艺术形式。冒顿·潮尔的吹奏技法奇特，其程序与浩林·潮尔（Holin-Chor）一样：演奏者先唱出由气息支撑从喉咙挤压而出的持续低音，然后用余气吹出木管的高音旋律，从而创造一人用同一腔体发出的声乐与器乐相融合的具有二

郎世宁《塞宴四事图》局部

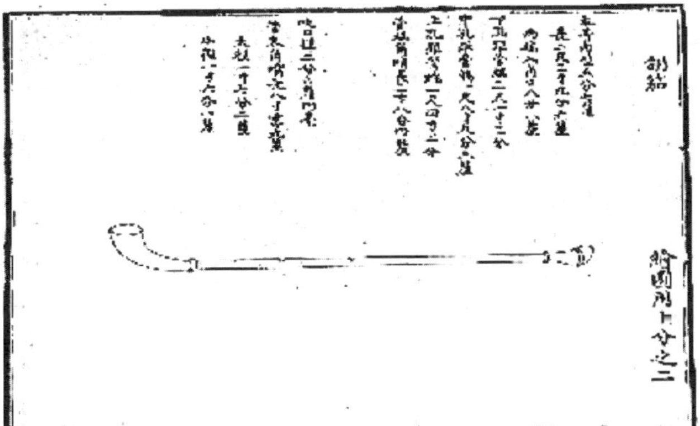

清代宫廷胡笳

青格乐吹奏莫顿·潮尔

重音响结构的奇特音乐，其基本的吹奏方法如莫尔吉胡所述："将笳管的上端顶在上腭的牙齿上；其次，上下唇将管子包起来；吹奏前，人声先发出主音的持续低音，然后，同时吹奏笳管旋律，构成二重结构的音乐织体。"王曾婉之所以作出哈萨克人的斯布斯额就是胡笳的判断，主要的依据是著名诗人繁钦（？—218）在建安十七年（212）正月写给曹丕（187—226）的一封短信，这就是见于《昭明文选》卷四十的《与魏文帝笺》。繁钦在信中向曹丕推荐了一位优秀的少年歌手——"车子"：作为曹操西征大军中的一个驾车手，他擅长一种"喉啭引声，与笳同音"的歌唱艺术。所谓"喉啭"，就是现在蒙古人所说的浩林·潮

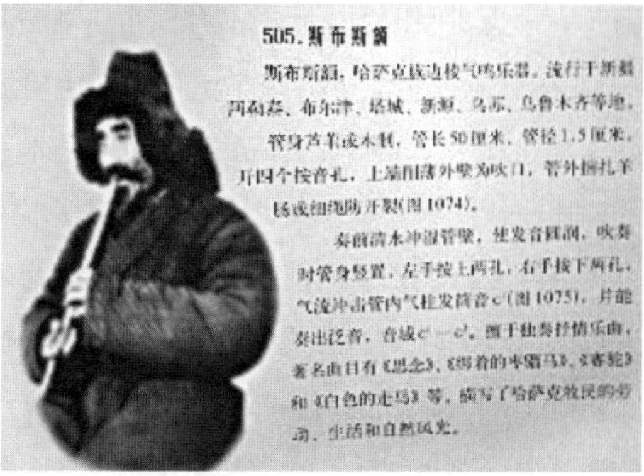

依曼拜克吹奏斯布斯额

尔，俗称呼麦，也就是喉音歌唱。对这八个字，我们可以引述呼麦大师松迪的精彩观点加以解释：“潮尔（指胡笳）实际上就是呼麦在作响。没有胡笳管子，呼麦本身也可以发出胡笳的效果。吹奏胡笳，其持续音还是原来呼麦的低音部，只是把高声部吹入管子里，成为胡笳的上声部而已。”王曾婉说：“根据实际音像可知，斯布斯额的演奏法正是喉音与管音相结合并同时发音。其音节与音律与古琴相合，宫音亦应古音黄钟律。由于斯布斯额在吹奏时，喉所发音为一个很长的持续音，并是主音，实际吹奏中喉音先于管音，喉音自始至终持续不断，说明了魏繁钦在《与太子书》中的记载，与斯布斯额相同。它仍然保持了汉代胡笳传统的‘喉啭引声，与笳同音’和‘喉所发音无不响应’的演奏法。这一吹奏法在我国吹管乐器中极为罕见，因此它成为我们识别汉代胡笳与斯布斯额渊源关系的突破口。”尽管王氏把车子的喉啭引声误判为胡笳吹奏，尽管她完全违背了车子喉啭引声的喉音歌唱艺术乃是繁氏文章的描述主体这一基本事实，尽管她忽略了喉啭引声与哈萨克民族阔麦依艺术（哈萨克人称喉音歌唱为阔麦依，就是蒙古人所说的呼麦）的关系，她关于汉代胡笳与斯布斯额在乐理上的一致性的分析却是非常精彩的。1985 年 4 月，蒙古音乐家莫尔吉胡在新疆阿尔泰山罕达嘎图蒙古自治乡发现了冒顿·潮尔，他认为这种吹管乐器就是古代胡笳遗存，并进行了比较充分的论证。显然，他的发现和研究弥补了王氏的不足。以下是莫尔吉胡现场记录的呼麦和胡笳乐谱：

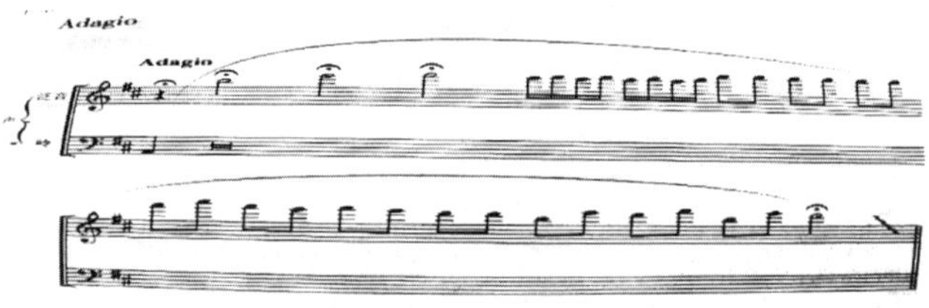

莫尔吉胡指出，其中的“吟”，“是持续的低音，一直延续到全曲结束。”“泛音旋律线与持续低音的有趣结合，构成了奇妙的二重结构的音乐（原始多声部音乐），其音响多彩，令人感到空旷而神奇。”他又指出：“在吹奏笳管之前，演奏者先要发出持续的低音。”而这就是呼麦的“吟”。在“吟”的基础上，“再用突出的气息吹奏笳管，构成一种双

重结构的音乐织体。”因此，“二声部音乐产生在吹管的独奏过程中，形成人声（主音持续低音）与笳管音乐的结合。在低沉、浓重而稳定的调性主音的衬托下，几乎相隔二至三个八度上面奏出清晰而圆润的笳管旋律”。莫氏的描述是科学而精准的。以上两位学者的重要发现，为我们进入古代游牧音乐的绚烂世界开辟了一条坦途，由此，我们的文化眼光从古籍文献移到了茫茫草原与大漠瀚海。

古典文学作品有关胡笳的描写，大体上以原始胡笳为原型，具体包括两种情况：一种是有声的，即表示诗人确实耳闻目睹了实际的胡笳吹奏；一种是无声的，就是诗化或者说意象化的文学书写。前者之例，如《胡笳十八拍》，再如岑参《胡笳歌送颜真卿使赴河陇》诗：

君不闻胡笳声最悲，紫髯绿眼胡人吹。吹之一曲犹未了，愁杀楼兰征戍儿。凉秋八月萧关道，北风吹断天山草。昆仑山南月欲斜，胡人向月吹胡笳。胡笳怨兮将送君，秦山遥望陇山云。边城夜夜多愁梦，向月胡笳谁喜闻。

楼兰、萧关、天山、昆仑山、秦山与陇山，苍茫的西域连接着壮美的大西北，一系列宏伟、诗化的地名构成了“紫髯绿眼”的胡人吹奏胡笳的自然地理背景。“声最悲”三个字足以表明古人对胡笳的音乐风格的认识。清代蒙古族诗人梦麟《太谷山堂集》卷一《榆台行》诗：“军中甲士

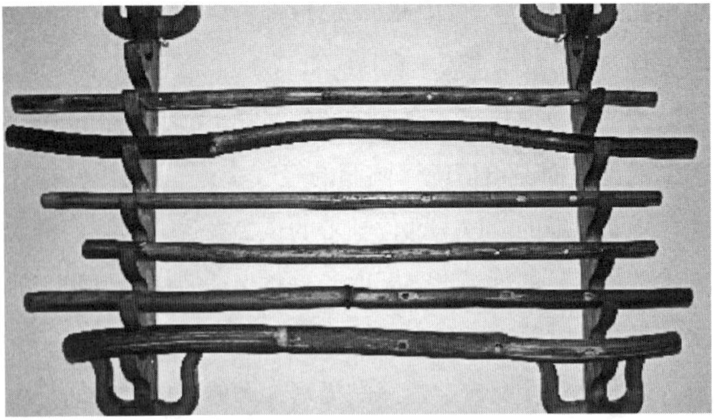

鼓簧斋藏蒙古胡笳

歌胡歌，胡人坐地吹胡笳。胡笳声悲，胡笳声苦，吹笳胡人泪如雨。”梦麟的诗句也足以彰显胡笳的悲苦与哀怨的抒情特征，可与岑参的诗相互印证。后者之例如：

闻鹤唳而虚惊，听胡笳而泪下。（庾信《哀江南赋并序》）

胡风入骨冷，汉月照心明。方调琴上曲，变入胡笳声。（庾信《明君辞》）

庾信在由南入北以后，他那深沉的故国之思常常被胡笳之音唤起。他笔下这些优美的诗句荡漾着凄美、哀怨、缠绵、缥缈的胡笳之音，几乎都与游牧民族的历史文化密切相关。柏拉图说：“节奏与和声根植于灵魂深处。”

图瓦人额尔德什吹奏苏尔

胡笳是一种极有魅力的乐器。每闻胡笳之声，我的心灵都会受到强烈的震撼：它来自阿勒泰歌手哈萨克人依曼拜克吹奏的斯布斯额，来自喀纳斯湖畔图瓦老人额尔德什吹奏的苏尔，来自蒙古青年潮尔艺术家青格乐吹奏的莫顿·潮尔……那神秘的静穆的音声，从皓齿丹唇之间，从悠悠笳管之内，时升时沉，时缓时急地飘出——仿佛是林壑的鸟鸣，温馨而温情；仿佛是煦日的风语，轻柔而轻盈；仿佛是高柳的蝉唱，悠远而悠扬；仿佛是巫峡的猿啼，悲怨而悲伤；仿佛是深山的虎啸，清雄而清壮；仿佛是沧海的龙吟，广袤而广远……种种杳渺、空灵、淳厚、深邃的音乐胜境，来自草原人的灵魂深处，来自游牧民族尊奉的长生天。它无疑具有一种使人神共舞、使天地同悲的大自然的神力！

本文原载《文史知识》2018 年第 4 期

第二辑

中古时代的扬雄崇拜

中古时代是文化多元的时代，因此，在这一时期，尽管儒学在社会实践的层面有所衰微，但儒学研究却取得了空前的成就，如《周易》有魏王弼、晋韩康伯注，《左传》有晋杜预集解，《春秋谷梁传》有晋范宁集解，《尔雅》有晋郭璞注，《论语》有魏何晏集解等，这些著作上承两汉，下开唐宋，几乎占据了《十三经注疏》三分之一的篇幅，可见中古儒学的成就是很高的。人们通常尊奉的中古儒学式微的通行观点，实际是将儒学的社会实践与儒学自身混为一谈了。文化之多元来自文化信仰之多元。中古的士林精英，能够以纯理性纯文化纯学术的眼光和襟怀来审视和接受真正的伟人及其思想，这是其最为卓绝不俗之处。

除了孔、孟、老、庄，扬雄在中古时代也是非常重要的，他是中古士人崇拜的文化巨人之一——被视为诞生在汉代的新圣，具有极高的文化地位。明陈耀文《天中记》

卷二四“齐楚圣人”条引桓谭《新论》:

张子侯曰:“扬子云,西道孔子也,乃贫如此!”吾应曰:“子云亦东道孔子也。昔仲尼岂独是鲁孔子?亦齐楚圣人也。”

张子侯与桓谭的对话表明,在东汉时代,他已经被视为和孔子一样的光耀华夏的圣人。汉王充《论衡·超奇篇》:

阳成子长作《乐经》,扬子云作《太玄经》,造于助思,极窅冥之深,非庶几之才不能成也。孔子作《春秋》,二子作两经,所谓卓尔蹈孔子之迹,鸿茂参贰圣之才者也。王公子问于桓君山以扬子云,君山对曰:“汉兴以来,未有此人!”君山差才,可谓得高下之实矣。

所谓“蹈孔子之迹”“参贰圣之才”也是说扬雄乃是孔子以外的圣人,而桓谭则认为扬雄是独步于汉代的文化巨人。再如葛洪《抱朴子外篇》卷三《吴失》第三四:

孔墨之道,昔曾不行。孟轲、扬雄,亦居困否。有德无时,有自来耳。

晋常璩《华阳国志》卷三称“扬子云齐圣广渊”，卷十上称“子云玄达，焕乎宏圣”，都是同样的意思。这些评价都是一致的。这里我们再以嵇康和陶渊明为例，进一步说明当时人们对扬雄的推尊。《世说新语·简傲》第3条：

钟士季精有才理，先不识嵇康，钟要于时贤俊之士，俱往寻康。康方大树下锻，向子期为佐鼓排。康扬槌不辍，傍若无人，移时不交一言。钟起去，康曰：“何所闻而来？何所见而去？”钟曰：“闻所闻而来，见所见而去。”

嵇康和钟会问答之语中的著名的“所字结构”本于《法言·渊骞》：

七十子之于仲尼也，日闻所不闻，见所不见，文章亦不足为矣。

在中古时期，扬雄的《法言》是驰誉学林的名著，所以嵇、钟二名士随口便可称引。《法言·问神》：“育而不苗者，吾家之童乌乎！九龄而与我玄文。”李轨注：“童乌，子云之子也。仲尼悼颜渊苗而不秀，子云伤育童乌而不苗。”“颜渊弱冠而与仲尼言《易》，童乌九龄而与子云论《玄》。”[1]

[1] 汪荣宝《法言义疏》，上册，第166页。

童乌是中古时代著名的神童，他九岁就能和父亲扬雄讨论《太玄》的问题。这位神童引起了魏晋名士的广泛关注。嵇康《秋胡行》：“颜回短折，下及童乌。”嵇康对童乌的了解正来自《法言》，这可以为笔者关于“所字结构”渊源于《法言》的推测作一旁证。

陶渊明由晋入宋以后，更名为陶潜，前人对此多有解说[①]。这实际也是受扬雄《法言》影响的结果。《法言·问神》：

> 或问“神”。曰：“心。”“请问之。”曰：“潜天而天，潜地而地。天地，神明而不测者也。心之潜也，犹将测之，况于人乎？况于事伦乎？”“敢问潜心于圣。”曰：“昔乎，仲尼潜心于文王矣，达之。颜渊亦潜心于仲尼矣，未达一间耳。神在所潜而已矣。”[②]

“神在所潜”就是陶潜之名的寓意。陶渊明不仅熟读《法言》，对《太玄》也极为谙熟。《连雨独饮》诗：“试酌百情远，重觞忽忘天。天岂去此哉！任真无所先。”“天岂”句，古直注引扬雄《太玄·玄摛》：“近玄者玄亦近之，远

① 参见朱自清《陶渊明年谱之问题》，《朱自清古典文学论文集》，下册，上海古籍出版社 1981 年版，第 457—459 页。
② 汪荣宝《法言义疏》，上册，第 137 页。

玄者玄亦远之。譬若天，苍苍然在于东面南面西面北面，仰而无不在焉，及其俛，则不见也。天岂去人哉？人自去也。”[1] 可见这四句陶诗不过是《太玄》此文的翻版而已。至于《饮酒》二十首其十八直接歌咏“子云性嗜酒”，更是众所周知的事实。

嵇康和陶潜对扬雄的推崇并非特例，扬雄作为魏晋玄学的祖师爷，其影响对中古士人是深入骨髓的。我们只有通过文本细读才能发现这种文化崇拜的痕迹。

作为汉代之新圣，扬雄的突出特征在于“尚智”，这是中古士林崇拜扬雄的首要原因。《法言·问明》：

或问：人何尚？曰：尚智。

所谓“智”，就是智慧，就是知识。在扬雄看来，追求知识和智慧是人的本质特征。知识就是美，智慧就是力量。他把“智”放在了高于儒家道德、仁义和礼仪的位置上，这是对传统儒学的重要突破。而扬雄一生的文化实践始终贯穿着“尚智”的理念，充分体现了柏拉图所说的那种“爱智的热情”，他是一个“为知识而知识”的人。《汉书·扬雄传》

① 古直《陶靖节先生诗注》卷二，台湾广文书局 1964 年版，第 50—51 页。

当成、哀、平间，莽、贤皆为三公，权倾人主，所荐莫不拔擢，而雄三世不徙官。及莽篡位，谈说之士用符命称功德获封爵者甚众，雄复不侯，以耆老久次转为大夫，恬于势利乃如是。实好古而乐道，其意欲求文章成名于后世，以为经莫大于《易》，故作《太玄》；传莫大于《论语》，作《法言》；史篇莫善于《仓颉》，作《训纂》；箴莫善于《虞箴》，作《州箴》；赋莫深于《离骚》，反而广之；辞莫丽于相如，作四赋：皆斟酌其本，相与放依而驰骋云。用心于内，不求于外，于时人皆忽之；唯刘歆及范逡敬焉，而桓谭以为绝伦。

所谓“恬于势利”“好古乐道”，“用心于内，不求于外”就是《文心雕龙·体性》所说的“子云沉寂，故志隐而味深”，对此，我们可以引用德国哲学家亚斯贝尔斯的话加以解释：“本真的科学研究工作是一种贵族的事业，只有极少数人甘愿寂寞地选择了它。原初的求知欲是对人生而俱来的挑战，但仅仅依凭这种求知欲就不可能有科学的风险。……有史以来研究工作就不属于普通人所能从事的工作。一个运用科学方法进行研究的人，只有当他把追求真理当作一种内在需要时，才算是真正参与学术研究。”[①] 对

① 《什么是教育》，邹进译，生活·读书·新知三联书店 1991 年版，第 141 页。

扬雄而言，“追求真理”是他一生最本真的“内在需要”。这与其纯洁的心灵和静穆的性格是相一致的。这是中古士人崇拜扬雄的第二个原因。扬雄的这种品格使他创造了不朽的学术辉煌。出于“爱智”的热情，他曾经对屈原的自杀深表惋惜。确实，如果屈原不自杀的话，以其《离骚》和《天问》所体现出来的科学文化修养从事于科学文化研究，也许就会成为我国先秦时代的亚里士多德（前384—前322）。而扬雄的清醒和冷静就在于，他珍惜自己的生命，为了从事学术研究必须留在宫廷之内，以获得和保持探求真理的必备条件，所以他不惜与王莽之流以及世间的俗人虚与委蛇，隐忍不发，毕生的勤奋与执着，使他成为我国中古时代的康德（Immanuel Kant，1724—1804）——其思想之深湛，涉猎之广博，精神之崇高，建树之卓越，求诸我国近两千年学术文化史，殆罕其匹。扬雄一生，默然自守，辛勤耕耘，在文学、哲学、语言学、文字学、音韵学、天文学、地志学、谱牒学、诸子学和历史学等诸多领域都取得了杰出的成就。譬如，其所著《辅轩使者绝代语释别国方言》一书，为现代方言学与方言地理学开疆奠基，导夫先路，领先西方学术界一千多年，至近三百年成为我国学界之显学。其孤光独照与孤明先发，千载以下，仍然令人震撼。其所著《太玄》，更是旷世的奇书：“卓然示人远矣，旷然廓人大矣，渊然引人深矣，渺然绝人眇矣。”（《太玄·玄摛》）[1]张衡“常耽好玄经”，曾经对崔瑗说：“吾观太玄，方知子云妙极道数，乃与五经相拟，非徒传记之属，使人难论阴阳之事，汉家得天下二百岁之书也。复二百岁，殆将终乎？所以作者之数，必显一世，常然之符也。汉四百岁，玄其兴矣。”[2]魏晋时代玄学的兴起和昌盛，证明了张衡的预言。而以司马光之博学，其于《太玄》也未能完全懂，故其文化密码尚有待于人们去研究去破解。在文学方面，扬雄是“汉赋四大家”之一。《昭明文选》收录了他的《甘泉赋并序》《羽猎赋并序》《长杨赋并序》《解嘲并序》《赵充国颂》和《剧秦美新》等六篇作品，刘勰在《文心雕龙》中对扬雄也给予极高的评价。杰出的学术成就和卓越的文化建树是中古士人崇拜扬雄的第三个原因。

扬雄生前是寂寞的，也是缺少知音的。《汉书·扬雄传》：

家素贫，耆酒，人希至其门。时有好事者载酒肴从游学，而巨鹿侯芭常从雄居，受其《太玄》《法言》焉。刘歆亦尝观之，谓雄曰：“空自苦！今学者有禄利，然尚不能明《易》，又如玄何？吾恐后人用覆酱瓿也。”雄笑而不应。

① 司马光《太玄集注》，刘韶军点校，中华书局1998年版，第185页。
② 《后汉书》卷五十九《张衡传》。

在《文心雕龙·程器》中，刘勰列举“文士之疵”，称“扬雄嗜酒而少算”，意思是说扬雄爱酒而不善于为自己谋划，是其一病；而与扬雄同时代的著名学者刘歆在看了《太玄》《法言》之后，说扬雄是徒劳无益，因为当时的学者大都以追逐“禄利”为第一要务，连《周易》都看不懂，更别说《太玄》了，所以担心后人会用这部名著去遮盖酱瓮。当时，对扬雄所知最深的是桓谭。在扬雄去世不久，桓谭对王邑和严尤说：“子尝称扬雄书，岂能传于后世乎?”谭曰：“必传。顾君与谭不及见也。凡人贱近而贵远，亲见扬子云禄位容貌不能动人，故轻其书。昔老聃着虚无之言两篇，薄仁义，非礼学，然后世好之者尚以为过于《五经》，自汉文景之君及司马迁皆有是言。今扬子之书文义至深，而论不诡于圣人，若使遭遇时君，更阅贤知，为所称善，则必度越诸子矣。”桓谭预言扬雄在未来可能会“度越诸子”(《汉书·扬雄传》)，即超越春秋时代的诸子百家。而西晋太康时期的著名诗人左思在《咏史》八首其四中对扬雄生前的生活和身后的辉煌进行了精彩的描写：

济济京城内，赫赫王侯居。冠盖荫四术，朱轮竞长衢。朝集金张馆，暮宿许史庐。南邻击钟磬，北里吹笙竽。寂寂扬子宅，门无卿相舆。寥寥空宇中，所讲在玄虚。言论准宣尼，辞赋拟相如。悠悠百世后，英名擅八区。

“济济”八句写新莽之际趋炎附势的世态和浮华的人心，“寂寂”六句写扬雄甘于寂寞，著述不辍，诗人运用对比的手法，突出了扬雄的高尚品格和人生追求，而以“悠悠”二句作结，将扬雄推上不朽的文化峰巅。也就是说，在新莽时代虚矫残酷的专制主义社会和人性的荒原中，在举国趋利、终日驰骛的世俗氛围中，在以读书做官为普遍追求的价值体系中，在“为官之拓落”“位不过侍郎”“禄位容貌不能动人”（《汉书·扬雄传》）的讥讽和嘲笑声中，扬雄以其寄情来世的远见卓识和清净自守的文化品格超越了自己所处的时代和社会。但是，作为一位文化巨人，他的现实感和历史感都是很强的。在《解嘲》中，扬雄曾经激情澎湃地宣称：

且吾闻之，炎炎者灭，隆隆者绝；观雷观火，为盈为实，天收其声，地藏其热。高明之家，鬼瞰其室，攫挐者亡，默默者存；位极者宗危，自守者身全。是故知玄知默，守道之极；爰清爰静，游神之廷；惟寂惟寞，守德之宅。世异事变，人道不殊，彼我易时，未知何如。[①]

这是一代文化巨人的道德宣言和历史预言！扬雄对历史的预见和预判，完全被历史本身证实了。那些手握权

① 班固《汉书》，第十一册，第3571页。

柄、好人佞己、妄自尊大的王莽之流，早已在历史的秋风中烟消云散了，而扬子所创造的文化辉煌却永远垂范于后世，为华夏文明和人类文化增光添彩。一切有良知的知识分子，都应当秉持扬雄式的道德操守和文化品格。

扬雄的人格和思想以及文化建树，为中古士人彰显了一条无限宽广的文化道路，也指引了一条趋向永恒、垂声后世的人生道路。在扬雄辞世 2000 年的今日，扬雄对我们来说仍然具有非常重要的启示意义。

本文原载《古典文学知识》2018 年第 5 期

中古时代的翟氏家族及其“通家”

在中古时代，所谓“通家”一般是指互相通婚的家族。唐张彦远《法书要录》卷十《右军书记》：“仰与公宿旧通家，光阴相接。”这是王羲之为儿子王献之求婚于郗鉴时讲的话。又如《宋书》卷五八《王球传》：“球公子简贵，素不交游，筵席虚静，门无异客。尚书仆射殷景仁、领军刘湛并执重权，倾动内外，球虽通家姻戚，未尝往来。”卷七三《颜延之传》：“妹适东莞刘宪之，穆之子也。穆之既与延之通家，又闻其美，将仕之，先欲相见，延之不往也。”北周庾信《庾子山集》卷一六《周冠军公夫人乌石兰氏墓志铭》：“夫人讳某，乐陵人也……祖行，代郡尹。父魏司空、兰陵郡公。司空佐命，魏朝少傅，丞疑周室，并为大族，俱蒙赐姓。秦晋匹也，是曰通家。”秦晋之匹，就是“通家”。至于《世说新语·言语》第3条刘孝标注引《续汉书》记孔融对李膺所言：“先君孔子与君先人李老君，同德比义，而相师友，则融与君累世通家也。”这里的“通家”意为“世交”，与上引各例“通家”之词义不可相混。

中古时代的浔阳翟氏尽管在政治上和文化上的建树非常有限，但这个家族的三门“通家”却不乏名人，所以这种家族关系很值得我们关注。关于翟姓和翟氏的起源，姚薇元《北朝胡姓考》外篇第四《高车诸姓》指出：

西河翟氏，出自春秋时赤翟（即赤狄）之后，以种名为氏，高车族也。《姓纂·二十陌·翟氏》下云：“黄帝之后，代居翟地。《国语》云，为晋所灭。”《辨证》三十九：“西河翟氏，出自黄帝之后，春秋时居北地，后徙西河。”按春秋宣十五年：“晋灭赤狄潞氏。”宣十六年：“晋人灭赤狄甲氏及留吁。”《史记·匈奴列传》，赤狄作赤翟。《千家姓篇》云，翟音狄。据此，可知翟氏即狄氏，乃春秋时赤狄（即赤翟）之裔，以种族之名为氏也。[①]

《宋书》卷九五《索虏传》有司马名翟广，卷七九《文五王传·刘诞传》有司马翟弘业；《晋书》卷四五《崔洪传》有散骑常侍翟婴，卷八六《张轨传附轨子寔寔弟茂传》有临洮人翟楷，卷一二三《慕容垂载记》有翟嵩。他们都是翟氏族人。当时翟氏家族分为南北两支，他们虽然可能具

① 中华书局 1962 年版，第 310 页。

有同源性，但其现实的存在却是互不搭界的。西汉后期的名相翟方进是翟氏家族最耀眼的人物之一。《汉书》卷八四本传说：“翟方进字子威，汝南上蔡人也。……方进知能有余，兼通文法吏事，以儒雅缘饬法律，号为通明相，天子甚器重之。”但不知何时，有翟氏族人迁移到了南阳，又从南阳迁移到了南方。《世说新语·栖逸》第 9 条刘孝标注引《晋阳秋》：

翟汤字道渊，南阳人，汉方进之后也。笃行任素，义让廉洁，馈赠一无所受。值乱多寇，闻汤名德，皆不敢犯。

翟汤属于浔阳翟氏。浔阳翟氏是豫章名族之一。这一家族最显著的特点是崇尚隐逸，多出隐士。《晋书》卷九四《隐逸列传》记翟汤：

司徒王导辟，不就，隐于县界南山。……咸康中，征西大将军庾亮上疏荐之，成帝征为国子博士，汤不起。……康帝复以散骑常侍征汤，固辞老疾，不至。年七十三，卒于家。子庄字祖休。少以孝友著名，遵汤之操，不交人物，耕而后食，语不及俗，惟以弋钓为事。……晚节亦不复钓，端居筚门，饮菽饮水。州府礼命，及公交车征，并不就。年五十六，卒。子矫亦有高操，屡辞辟命。矫子法赐，孝武帝以散骑郎征，亦不至。世有隐行云。

浔阳翟氏，一门四代隐士，而以翟汤最为著名。当时江州刺史庾亮对他是非常推崇的。《世说新语·栖逸》第9条刘孝标注引《寻阳记》：

初，庾亮临江州，闻翟汤之风，束带蹑屐而诣焉。亮礼甚恭。汤曰："使君直敬其枯木朽株耳。"……终于家。

翟汤去世后，庾亮作《翟征君赞》(见《艺文类聚》卷三六)，其中有这样的话："晋征士南阳翟君，禀逸韵于天陶，含冲气于特秀，体虚任而委顺，恢昭旷而高蹈。先生载营抱一，泊然独处，神栖飙蔼之表，形逸岩泽之隅。"足见对他的推尊。翟汤为浔阳翟氏树立了崇尚隐逸的门风。他没有继承祖先的功业，而是选择了隐逸的人生道路，足见汉、晋时代风气之转移。翟氏是晋宋时代庐山隐逸文化的重要代表。《世说新语·尤悔》第10条刘孝标注引《寻阳记》曰："周邵字子南，与南阳翟汤隐于寻阳庐山。"庐山隐逸风尚的形成与翟氏族人的活动是密切相关的。《宋书》卷九三《隐逸列传》：

翟法赐，寻阳柴桑人也。曾祖汤，汤子庄，庄子矫，并高尚不仕，逃避征辟。矫生法赐。少守家业，立屋于庐山顶，丧亲后，便不复还家。不食五谷，以兽皮结草为衣，虽乡亲中表，莫得见也。州辟主簿，举秀才，右参军，著作佐郎，员外散骑侍郎，并不就。后家人至石室寻求，因复远徙，违避征聘，遁迹幽深。……后卒于岩石之间，不知年月。

翟法赐显然是一位隐居辟谷的道教徒，所谓五斗米道也可能是浔阳翟氏世袭的宗教。这或许是这一家族崇尚隐逸的深层文化背景。

翟氏的“通家”之一是临淄左氏。西晋著名诗人左思之妻就是翟氏之女。1930 年，洛阳出土了著名的《左棻墓志》，其志阳文字如下：

左棻，字兰芝，齐国临淄人，晋武帝贵人也。永康元年三月十八日薨。四月廿五日葬峻阳陵西徼道内。

其志阴文字如下：

父熹，字彦雍，太原相弋阳太守。兄思，字泰冲。兄子髦，字英髦。兄女芳，字惠芳。兄女媛，字纨素。兄子聪奇，字骠卿，奉贵人祭祠。嫂翟氏。[①]

① 赵万里：《汉魏南北朝墓志集释》卷 1，科学出版社 1956 年版，第 12—13 页。

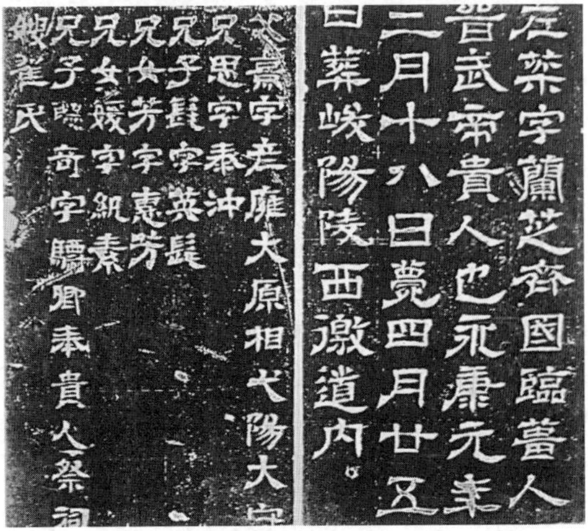

左棻墓志

左棻是左思的妹妹，她的嫂子翟氏自然也就是左思的妻子。据《晋书·左贵嫔传》和《晋书·左思传》，“左贵嫔名芬。兄思，……芬少好学，善缀文。名亚于思，武帝闻而纳之”。“左思字太冲，齐国临淄人也。其先齐之公族有左右公子，因为氏焉。家世儒学。父雍，起小吏……妹芬入宫，移家京师”。尽管有如此豪贵的婚姻背景，左思却有“世胄摄高位，英俊沉下僚。地势使之然，由来非一朝”（《咏史》）的深沉慨叹，可见世族豪门势力的强大。但由于史料的缺失，我们对左氏与翟氏通婚的具体背景则不得而知，但可以肯定的是，左思之妻出自北方翟氏。

翟氏的“通家”之二是新蔡干氏。《晋书·隐逸列传》载：

> 始安太守干宝与汤通家，遣船饷之，敕吏云："翟公廉让，卿致书讫，便委船还。"汤无人反致，乃货易绢物，因寄还宝。宝本以为惠，而更烦之，益愧叹焉。

干宝是东晋时代的著名历史家和小说家，主要代表作有《晋纪》和《搜神记》等等。对于干氏与翟氏通婚的具体背景，我们也无从知晓。

翟氏的"通家"之三是浔阳陶氏。陶渊明的第二任妻子就是浔阳翟氏之女。清严可均《全梁文》卷二〇萧统《陶渊明传》说："其妻翟氏亦能安勤苦，与其同志。"又《南史》卷七五《隐逸列传》：

> 其妻翟氏，志趣亦同，能安苦节，夫耕于前，妻锄于后云。

所谓"志趣亦同"，足以表明翟氏对陶潜归隐田园、躬耕陇亩是非常理解和支持的，这自然与浔阳翟氏家族文化传统的熏陶分不开。宋王质《栗里谱》载：

> 太元九年甲申。……《楚调》诗云："弱冠逢世阻，始室丧其偏。"妻翟氏偕老，所谓"夫畊于前，妻锄于后"。

当是翟汤家。汤、庄、矫、法赐四世，以隐行知名，亦柴桑人。[1]

由此看来，崇尚隐逸的家族传统或许是浔阳陶氏与翟氏缔结婚姻的一个重要因素。事实上，陶潜对翟氏的家族史也是非常关注的，如《陶渊明集》卷九《集圣贤群辅录》上“八友”条：“右八友。《后汉书》无范滂，有翟超。”这条自注绝非闲来之笔。有趣的是，据敦煌研究院所藏《大唐伊吾郡司马上柱国浔阳翟府君修功德碑》所载，西秦相国翟勍的第五代孙翟迁因出任敦煌郡司仓参军而移居敦煌，从此这一家族开始冒认浔阳翟氏来叙写其家族谱牒，从翟方进到翟法赐等名人都成了敦煌翟氏的先祖。由此敦煌翟氏与敦煌张氏、曹氏、慕容氏、阴氏和马氏等土著豪族通婚，在敦煌世族社会中建立了稳固的根基。敦煌翟氏崇尚儒学，翟迁之子翟通于贞观至龙朔年间在敦煌石窟组织修建了第220号“翟家窟”，在敦煌的世族社会中产生了广泛的影响（参见陈菊霞《敦煌翟氏与敦煌士族间的通婚》，《敦煌学辑刊》2007年第2期）。

由上述可知，中古时代的翟氏确实是一个非常重要的文化家族。以翟氏为家族联结点，左思、干宝和陶渊明也

① 许逸民辑校《陶渊明年谱》，中华书局1986年版，第2页。

成了“亲戚”。就生活的时代而言，左思之妻与陶潜之妻相距大约120年，也就是五六代人的间隔，而干宝之女则与陶潜之妻相距不远。如此看来，钟嵘《诗品》卷中“宋征士陶潜”条称陶诗“又协左思风力”，极可能有家族关系方面的考虑；而陶渊明在干宝撰写《搜神记》之后又写了一部《搜神后记》，这种续书现象的发生也并非偶然；同时，陶渊明能够成为“古今隐逸诗人之宗”（钟嵘《诗品》），自然与他的第二次婚姻有关。历史事实证明，家族之间的文化交流以及来自家族文化传统的张力，乃是中古时代知识分子进行文化创造的一个重要背景。

本文原载《古典文学知识》2013年第3期

峡里谁知有人事，世中遥望空云山

——安徽省东至县南溪古寨考察记

在大唐诗国的万千气象中，著名诗人王维在 19 岁的华年就放射出一缕美丽的霞光。他以一首轻盈、流丽、潇洒的《桃源行》，传写了伟大田园诗人陶渊明在其不朽的文学经典《桃花源记》中叙述的和谐社会的故事，令人赞叹不已。然而，当我进入南溪古寨的时候，仿佛就是偶然闯入桃花源的渔人，我第一次真正体验到王摩诘在诗中所创造的那种美好境界，由此也引发了我对《桃花源记》艺术原型的思考。

南溪古寨又叫金家村，村中的原住民都姓金。大约在 1998 年夏天，时为中国第二历史档案馆副研究员的任骏先生偶然发现这些金姓村民乃是古匈奴休屠王的王子金日磾（mì dī）的后裔，他的依据是村民收藏的《南溪金氏家乘》。金日磾后来归附汉朝，成为汉武帝晚年最信任的重臣之一，赐姓金，并封侯。由此金氏家族开始了“金张藉旧业，七叶珥汉貂”（左思《咏史》）的辉煌。根据《金氏家乘》的记载，到唐代的时候，进士出身的金廷烈在安徽任别驾之职，家住歙县黄墩。他的曾孙金侨，为躲避黄巢之乱，由黄墩迁往建德县（又名至德县，新中国成立后，东流县与至德县合并，形成现在的东至县）的崇山峻岭之中，这就是南溪金氏的由来。任骏的这一发现不久即引起外界关注，从此，南溪古寨被称为“最后一个匈奴部落”。历经 1100 余年，传世 60 余代，金氏族人早已汉化。我问金长志村长，村里是否有口弦琴或者一种叫做托布秀尔的二弦琴？他说以前有过，现在都没了。但是，他说村里的人都会唱一首歌，名叫《人在南心在北》，内容主要表现村民对大草原和祖先的思念。在高峻、古雅的金氏宗祠（大成祠）内，长志村长用二胡伴奏，即兴演唱了这首歌。情调低回，不绝如缕，很有味道。著名作曲家莫尔吉胡先生在听了我用长途电话发送过去的录音之后，告诉我这首歌的调式是徵调，是典型的汉族音乐调式，但收音却在宫调，似乎又略有蒙古音乐的特点。同时，他还提到，早在 20 世纪 80 年代，他在呼和浩特的大街上曾经见到一对以乞讨为生的母子，他们伴唱所用的乐器就是托布秀尔。他以音乐家的慧眼当时就看出那是一件古代的蒙古乐器，于是买了下来。那位母亲告诉莫先生：“我们是安徽人！”

南溪古寨位于东至县花园里乡的深山峡谷中，距东至县城 34 公里，距现在的江西省彭泽县也不超过 40 公里。

《南溪金氏家乘》中的一册，金长志村长的二胡伴唱

在东晋时代，东流县属于古彭泽县的治理范围。当时，陶渊明外出，一般都乘船，走长江水路，从彭泽去东流，不会超过一天的时间。按照晋朝的行政制度，新官上任第一个月，就要巡行自己的属地，了解风土民情。所以，陶渊明肯定到过东流，这是没问题的。譬如，东流境内的大历山可能是陶公亲历之地，所以他在诗文中经常提到舜帝。《陶渊明集》卷九《四八目》第 11 条："雄陶……右舜七友。并为历山雷泽之游。""舜七友"是辅佐舜帝的七位历史人物。陶渊明《咏贫士》诗其三："重华去我久，贫士世相寻。"这里说的"重华"就是指舜帝，诗人的意思是说世上已经没有舜帝那样贤明的君王，因而真正的人才得

不到重用，在每个时代都有许多不得志的“贫士”。《陶渊明集》卷七《天子孝传赞》说：“虞舜父顽母嚚，事之于畎亩之间，以孝烝烝，是以尧闻而授之。富有天下，贵为天子，以为不顺于父母，若穷而无归，惟闻亲可以得意，苟违朝夕，若婴儿之思恋，故称舜五十而慕。”可见虞舜实际上代表着陶公心目中的理想君王。至今大历山上还有舜耕地和舜井等名胜古迹。从大历山俯视长江，风光如画，令人胸襟畅爽。清人汪思回在《历山赋》中写道：“俯长江而中流砥柱，凌远渚而倒影回环。厥有中天之迹，肇名虞帝之山。”（乾隆刊本《东流县志》卷十七上）大历山的名胜古迹，有一处名为桃花坞，尤其值得注意。1936年，陈寅恪发表《桃花源记旁证》一文，称“真实之桃花源在北方之弘农，或上洛，而不在南方之武陵”；至20世纪50年代，唐长孺发表《读〈桃花源记旁证〉质疑》一文，对陈氏之说提出强烈的质疑，唐氏认为《桃花源记》写的是晋宋时代流行于南方的蛮人故事，而又加以理想化的结果。他们所说的地方离陶公活动的主要区域似乎都太远了。但是，晋宋时期在目前以南溪古寨为中心的花园乡山区肯定居住着不少蛮人，他们作为这一地区的原住民，大概与后来进入该地区的匈奴后裔也没什么直接关系。

陈寅恪说：“凡聚众据险者因欲久支岁月及给养能自足之故，必则险阻而又可以耕种及有水泉之地。其具备此二者之地必为山顶平原，及溪涧水源之地，此又自然之理

美丽的南溪与南溪古寨村口

也。”（《桃花源记旁证》）南溪古寨和它周围的自然地理环境完全符合这种条件。整个村寨呈南北走向，三面环山，九条山脉共同簇拥着三座山丘，包括黄山余脉仙狮山、慈云山、叶山等，人称“九龙戏珠”。各山彼此相连，山间小溪潺潺，自西向东，呈 S 形穿村流过，这就是南溪，当地人又称为玉女河。北面曾有一条小径缘溪入村，随着 2004 年乡级公路的开通，现已废弃。《桃花源记》说：“晋太元中，武陵人捕鱼为业。缘溪行，忘路之远近。”与此完全吻合。由于寨子地势居高，即使沿着现在的公路从下向上走，也时时会产生已经到达尽头的感觉；至于走原来的小路，就必须翻山越岭，路途更为艰难。寨子内有一座翘檐小瓦三进的徽式民居建筑，这是抗战时期至德县国民政府的临时驻所。日本飞机曾轰炸过至德县城，却没有发现政府的所在地。可见南溪古寨所处的自然环境是相当封闭、隐秘的，外人很难发现山寨的存在。这种特征也非常符合《桃花源记》的描写：“忽逢桃花林，夹岸数百步，中无杂树，芳草鲜美，落英缤纷。渔人甚异之，复前行，欲穷其林。林尽水源，便得一山。山有小口，仿佛若有光，便舍船，从口入。初极狭，才通人，复行数十步，豁然开朗。”在南溪古寨周围的山上，春天到处都是盛开的桃花，尤其是山内还有一湾清水湖，名叫桃花湾。驻足于那条通往山外的早被废弃的小路上纵目远眺，弥望的是远处连绵不断的山脉和近处的田园风光：“土地平旷，屋舍俨然，有良田、美池、桑竹之属，阡陌交通，鸡犬相闻。”这里特别适合农耕，与江西九江那布满史前巨石的东林大峡谷（当地人视为桃花源的所在地）截然不同。其实桃源中人并非完全与世隔绝。陶渊明说：“其中往来种作，男女衣着，悉如外人。”如果和外界没有交往，衣装服饰如何与时俱进？同时，这里的山区是不产盐的，如果要解决这个问题，就必须靠外运。而桃源人的饮食习俗是“设酒杀鸡作食”，这种待客之礼和饮食习俗在南溪古寨一带也是很常见的。当地人有一种自酿的米酒，还喜欢做土鸡汤，味道非常鲜美。淳朴的村民，悠闲的生活，也给人以“黄发垂髫，并怡然自乐”的感觉。遥想一千多年以前的蛮族社会，或许就是如此吧。

潺潺的南溪连接着尧渡河。尧渡河河面非常宽阔，两岸植被丰富，多有桃树。出了南溪古寨，沿着尧渡河向东南走 30 里就是桃源村；从桃源村向东北走大约 50 里是一左一右的两个村子，都叫源口村。根据《东至县行政区划图》，东至县境内有很多村名都有“源”字，如大源、西源、双源、政源、思源和桃源村等等。这是一种非常古老的命名方式，如北朝的《魏书》就提到过濡源和瀍源。事实上，《桃花源记》又叫《桃源记》，引文见唐人编的《初学记》卷二八、宋人编的《太平御览》卷六六三和《事类赋注》卷二六。南北朝时代的诗人也常常提到“桃源”，如“携手望桃源”（南朝梁沈君攸诗）、“走野马于桃源”

（梁昭明太子诗）、“迹绝桃源士”（梁武帝诗）、“寂绝到桃源”（北周庾信诗）和“桃源惊往客”（南朝陈徐陵诗）等等。在晋宋时代，“桃源”与“陶渊”是同音字，由此推论，或许《桃源记》本身就暗藏着“陶渊明所记”的意思吧？

“峡里谁知有人事，世中遥望空云山”（王维《桃源行》），南溪古寨所处的花园里乡是一个自然的胜境，也是一个人文的胜境。无论是地理方位、交通距离，还是自然环境、风俗习惯，或者周边地区浓郁的桃花源式的氛围，都或明或暗的与陶渊明的生平游历以及《桃花源记》的叙事话语相关联，所以，这个地方他即使没有到过，也肯定会有所耳闻。或许，南溪古寨所在的山区就是这篇文学杰作的艺术原型吧。

本文原载《中国社会科学报》2011 年 2 月 22 日第 18 版《博物》，题为《南溪古寨：桃源仙境原型地》

“历山苍苍，菊水泱泱”：对陶渊明与东流之关系的历史考察

——写在第二届“中国·东至陶公菊花节”后

2008 年 11 月 8 日，第二届“中国·东至陶公菊花节”开幕了。东至人民对菊花的喜爱，对陶渊明的崇拜，那热闹的场面，那澎湃的热情，使我不禁为之心动。——这是感动，是激动！这种感觉是幸福的，是甜蜜的——为具有深厚文化积淀的东至，为伟大的陶公，也为深爱陶公研究陶公的我。在陶公祠内，我接受了《池州日报》记者鲍俊同志的采访。另外，池州电视台和东至电视台也对我进行了采访，采访的主题都是关于陶公的。同时，应东至县委、县政府之邀，我做了一场题为《“采菊东篱下”：陶渊明的家与陶渊明的园》的文化讲座。这一切使我更为强烈地感受到当地人们对陶公的深厚情感。但是，东流镇的刘金贤镇长却对我说：“你的报告很精彩，美中不足是没有讲到陶渊明和东流的关系。”这位能干的镇长既表达了东流人的渴望，又命中了我那场报告的要害。在这里，我想专

在陶公祠内陶渊明像前

门谈谈这个问题，以弥补我那场报告的缺失。

历史上的陶渊明与东流究竟有怎样的关系？这个问题确实不易回答。我们先看一看古代地方志的记载。中国社会科学院图书馆藏有两种《东流县志》，一为二十六卷本，清蒋绶等修，汪思回等纂，清乾隆二十三年（1758）刊本；一为三十卷本，清吴篪修，李兆洛（1769—1841）纂，清嘉庆二十三年（1818）刊本。这两种县志中的文献大都说陶公到过东流，东流的菊花是“渊明遗种”。如乾隆二十二年（1757），梁应元在所作《重修东流县志序》中指出：

东流，故古彭泽地，晋陶靖节作令，种菊其地，邑属菊江，由此其昉也。菊江滨江为治，风帆千里，激湍怒流，吞吐万状……五柳流韵，清风淑人，邑多礼义……（乾隆刊本《东流县志》卷十六下）

“昉（读 fǎng）”，是开始的意思。梁应元说东流种菊，始于陶公。陶公种菊之处，称为菊所，而东流又称菊邑，也与此事有关。明万历元年（1573）冬，汪文作《靖节祠记》，其中说：

晋时东流之地，隶彭泽。陶靖节令彭泽，尝以其地种菊。南唐时界其地于池，而为县，宋元及国朝因之，故今县曰菊邑，江曰菊江。……（嘉庆刊本《东流县志》卷十七上）

类似的记载还见于明言芳《陶靖节祠堂记》（嘉庆刊本《东流县志》卷十七上）等文献的记述。清代诗人还创作了许多歌咏菊所、菊江、菊邑和菊江亭的作品，如黄应树《菊所》诗曰：

渊明种菊江之浒，波流不尽香莲渚。苔封三径车马绝，明月孤松堪独抚。……（乾隆刊本《东流县志》卷二十四）

檀明易《登菊江亭》诗曰：

菊江亭下水悠悠，秋日登临四望幽。隔岸云山斜暮景，远村烟树隐横洲。……（嘉庆刊本《东流县志》卷十七上）

诗人们对陶公与东流的关系如此痴迷，显然是深信陶公当年确实曾经驻足于东流的。而目前在东流的民间，也有陶公“日驻彭泽，夜宿东流”的传说。这样的记载和传说是否具有真实的历史影像？清代学者陆寿昌在《考菊圃》一文中指出：

菊圃在东流城北，相传为晋陶征士种菊之所，而城南诸山即当时所见者。县志载之。……时人见征士为彭泽令，而东流系其分地，因摭《饮酒》诗以附之。……（嘉庆本《东流县志》卷十七上）

他认为陶公种菊东流，不过是一种传说，在他看来，这种传说是东流人为附会陶公《饮酒》诗“采菊东篱下”这一名句而编造的。其实在清代，不仅陶公与东流的关系曾受到过质疑，对于历山和舜帝的关系也有不同的意见。嘉庆刊本《东流县志》卷十七上载：

历山，县东三十里，相传即舜耕处。山之西有舜城，山之东有舜井。……

陈春《艺松记》云：

东流县治滨江负山，脉自历山东北来，蜿蜒起伏，至县北结为后山。……（嘉庆刊本《东流县志》卷十七上）

但清代东流学者冯宁在《历山记》一文中却说：

历山旧传达舜躬耕处也。……而古今载籍之所传，舆图之所记，或以为历山在山东东昌之濮州。东南互异，彼此交讹，夫亦恶能强辨其是非也哉？余因之有感矣。自古名区胜地，借人以传，而为后世所假托者，何可胜数？其在吾池杏花村，系杜牧旧治，不容他议，而皖江、金陵，各有指名，皆未必不借樊川以资佳话。他如复州之赤壁与黄州濮阳之赤壁，后世亦互相引据，纷纷辨论，岂独历山哉？余安知山东历山之为历山，余有安知余邑历山之非历山耶？爰为之记，以存其说。（乾隆刊本《东流县志》卷二十三）

冯宁作为东流人，他并没有偏袒自己家乡，排斥山东的历山，而是保存不同的说法。他的治学态度是非常严谨的。他提到的杜牧和杏花村的问题以及有关赤壁的争论问题，也都是很客观很实在的。唐代杰出诗人杜牧（803—853），字牧之，号樊川居士。他在会昌二年（842）九月出任池州刺史，至会昌六年（846）秋离开池州，前后历时四年（详见《旧唐书》卷147）。杜牧是我国晚唐时代的大文学家。他的诗歌、词赋、古文，无不精工，书法、绘画亦雄出当世，有《张好好诗》诗帖流传至今。这件无价之宝，在去年奥运会期间首都博物馆举办的以“中国记忆”为主题的国宝展览会上，我曾有幸目睹。那飘逸潇洒的气韵，那汪洋恣肆的才情，那清劲柔媚的风格，给我以强烈的震撼。我屏住呼吸，痴痴凝视，只是在观众们如潮的涌动中，才不得不离开那费尽九牛二虎之力谋到的绝佳观赏位置。对这样一位历史文化名人，许多地方的人们都想让自己的家乡沾点光，所以就难免无中生有，向壁虚构，冯宁所谓“借樊川以资佳话”，说的就是这种情况。但杜牧《清明》诗所说的“牧童遥指杏花村”，讲的就是池州杏花村，则有可靠的史料作依据，别的地方是抢不去的。那么，说陶渊明在东流栽种菊花，并成为东流的一种传统，却并没有确凿的早于清代的史料记载，这是否也有“强夺名人”的嫌疑呢？作为一位职业学者，我的经验告诉我必须冷静地对待这个问题，因为在学术的层面上，任何热情和激动都没意义，学术的研究，文化的阐扬，必须要有可靠的文献资料和严密的逻辑推理。于是，我刚到东至时的激动心情慢慢归于平静。然而，当我在陶公祠附近仔细观察长江两岸的地理情况时，特别是在听了刘镇长讲述舜帝耕于历山以及有关雷池的传说之后，我感觉自己在这个问题上确实有话要说了。

让我们就以历山为着眼点来切入这个问题。历山是东至最重要的人文和自然景观之一。清代的东流有著名的“十二景”，“历山遗泽”正是其中之一。

对于历山，古代诗人经常形之于歌咏，留下许多优秀的诗章、词赋。如汪思回在《历山赋》中写道：

……俯长江而中流砥柱，凌远渚而倒影回环。厥有中天之迹，肇名虞帝之山。……（乾隆刊本《东流县志》卷十七上）

再如乾隆时代的东流县令蒋绶所作《历山遗泽》诗：

竭力躬耕泣自锄，历山万古属姚虞。（乾隆刊本《东流县志》卷二十五）

他们都将历山和传说中的五帝之一——虞舜联系起来了。陶渊明也是非常崇拜虞舜的。宋刻递修本《陶渊明集》卷

《历山遗泽图》（局部），见清乾隆二十三年（1758）刊本《东流县志》卷四《古迹》，中国社会科学院图书馆藏

九《集圣贤群辅录》第 11 条：

> 雄陶　方回　续牙　伯阳　东不訾　秦不虚　灵甫
>
> 右舜七友。并为历山雷泽之游。

《集圣贤群辅录》，原名《四八目》，是陶渊明撰写的一部有关历史的书。所谓“舜七友”，是辅佐舜帝的七位历史

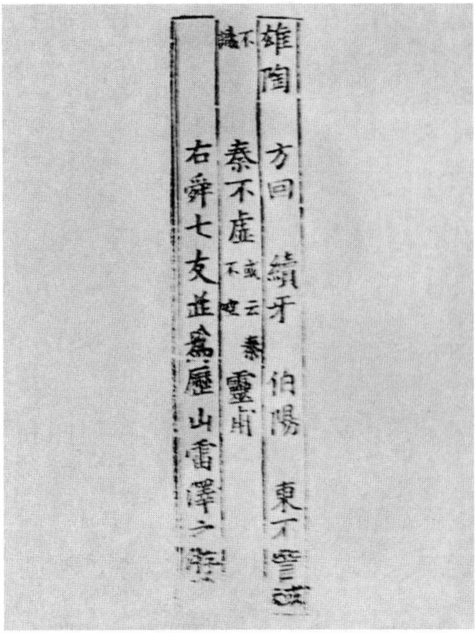
雄陶 方回 續牙 伯陽 東不訾
不識 秦不虛 或云秦不嘘 靈甫
右舜七友並爲歷山雷澤之游

宋刻递修本《陶渊明集》卷九《集圣贤群辅录》书影（局部），国家图书馆藏

人物。陶公说舜和“七友”共同游于历山和雷泽，显然他说的历山是东流的历山，而非山东的历山。《史记》卷一《五帝本纪》载：

> 虞舜者，名曰重华……舜耕历山，渔雷泽。

《陶渊明集》卷四《咏贫士》七首其三：“重华去我久，贫士世相寻。”这里说的“重华”就是指舜帝，诗人的意思是说世上已经没有舜帝那样贤明的君王，因而真正的人才得不到重用，在每个时代都有许多不得志的“贫士”。这无疑是陶公的夫子自道。可见虞舜实际上代表着陶公心目中的理想君王。《四八目》和《史记》提到的雷泽，又称雷池、雷江，在历山之南五十里。陶渊明对雷泽应当是非常熟悉的。《陶渊明集》卷六《晋故征西大将军长史孟府君传》载：

君讳嘉，字万年……曾祖父宗，以孝行称，仕吴司空。

孟府君是陶渊明对外祖父孟嘉的尊称。孟嘉是东晋后期的一位名士，孟宗是他的曾祖父。孟宗年轻时曾经担任过管理雷池的官吏。《太平御览》卷六五《地部》十三“雷水”引《孝子传》：

孟宗为雷池监，作鲊一器以遗母，母不纳。

《世说新语・贤媛》第20条梁刘孝标（462—521）注云：

吴司徒孟宗为雷池监，以鲊饷母，母不受。

鲊（zhà）就是干鱼。六朝时期的雷池盛产鱼虾，所以孟宗就做了点鱼干送给母亲吃，表表孝心。这本来是一件小事，但在贤良、大气、睿智的母亲看来却有点“利用职权之便占公家便宜”的嫌疑，所以就断然拒绝了儿子派人送来的鱼干，同时给予严厉的批评。孟宗一生能够在仕途上一帆风顺，平步青云（司空属于三公之列，地位极高），与母亲的这种言传身教是分不开的。对于自己母系的家族史和相关事迹，陶公自然是非常了解的，所以他才能为外祖父孟嘉作传。由此推断，陶公之关注雷池，正如他关注历山一样，绝不是偶然的现象。冯宁《历山记》说：

山西南深峡中有田数亩，山僧指为号泣旻天，即此。其上草规庵，庵后去四五百步，有井宛然。……又东去二十里，有尧城渡，今为建德县治。南行五十里外有雷江，或云即雷泽。迤西十余里有冯材坂，云即诸冯。由斯以谈，舜于此耕，于此渔，于此与孟子之言适相合。

舜帝“号泣旻天”的故事见于《孟子·万章上》：“万章问曰：‘舜往于田，号泣于旻天，何为其号泣也？’孟子曰：‘怨慕也。’”据说，舜帝“父顽母嚣”，非常不好相处，但舜帝对他们仍然非常孝敬。按照冯宁《历山记》所转述的历山僧人的说法，舜帝就是在历山西南的深峡中向苍天号泣，以表达思慕父母之情的。《陶渊明集》卷七《天子孝传赞》有一篇《虞舜传赞》：

虞舜父顽母嚚，事之于畎亩之间，以孝烝烝。是以尧闻而授之，富有天下，贵为天子。以为不顺于父母，若穷而无归，惟闻亲可以得意。苟违朝夕，若婴儿之思恋。故称舜五十而慕。……

可见陶公对虞舜是多么崇拜。很难想象，一个从来没有到过历山的人，会反复讲述历山的故事。尤其值得注意的是《陶渊明集》卷一《劝农》诗：

悠悠上古，厥初生民。傲然自足，抱朴含真。智巧既萌，资待靡因。谁其赡之？实赖哲人。哲人伊何？时惟后稷。赡之伊何？实曰播植。舜既躬耕，禹亦稼穑。远若周典，八政始食。熙熙令德，猗猗原陆。卉木繁荣，和风清穆。纷纷士女，趋时竞逐。桑妇宵兴，农夫野宿。……

其中“舜既躬耕”一句，再次提到了舜帝躬耕于历山的故事。由此判断，“熙熙令德”以下八句诗所描写的可能就是当时历山附近的农田景象。本诗题为《劝农》，意思就是鼓励、劝导当地的农民，积极开展生产，通过劳动致富，所谓“民生在勤，勤则不匮”（陶渊明《劝农》），说的就是这个意思。陶公是农民的良师益友，他虽然担任彭泽县令，却完全没有县官的架子，所以能够深入基层调研，体察民生疾苦。我们读《陶渊明集》卷三《癸卯岁始春怀古田舍》二首其二：

先师有遗训，忧道不忧贫。瞻望邈难逮，转欲患长勤。秉耒欢时务，解颜劝农人。平畴交远风，良苗亦怀新。虽未量岁功，即事多所欣。耕种有时息，行者无问津。日入相与归，壶浆劳近邻。长吟掩柴门，聊为陇亩民。

亲切的话语，善意的劝导，共同的劳动，这一切都显示了陶公那宽和、平易、博爱的诗人情怀和厚重、豁达、睿智的文化品格。当然，无论是作为江州祭酒，还是作为彭泽县令，劝导、鼓励农民，都是他的职责所在。因此，陶公到距离并不很远的东流一带去巡视、考察，这是非常自然的事情。而我们之所以肯定这一点，还有一个重要的证据，那就是《陶渊明集》卷一的《命子》诗，这首诗的前四句说：

悠悠我祖，爰自陶唐。邈为虞宾，世历重光。

这首诗是陶公写给长子陶俨的。陶公追溯自己家族的起源，称陶氏家族发端于尧帝。据司马迁《史记·五帝本纪》记载，尧帝开始居住于陶丘，后来成为唐侯，所以称为陶唐氏；尧的儿子是丹朱，舜帝以贵宾之礼待之，所以称为虞宾。陶诗所谓“邈为虞宾，世历重光”，是说在遥远的古代，尧的儿子丹朱作为虞宾，其光辉照耀于后世，代代不绝。这四句诗客观上透露了陶公关注历山的深层原因。今日的东至人称东至为“尧舜圣境”，这种与陶公的巧合也实在令人惊讶！

从地理位置看，东流不仅距陶公的家乡浔阳柴桑（今江西省九江市附近）很近，而且是陶公沿长江东下和返回家乡的必经之地。陶渊明《始作镇军参军经曲阿》诗：

投策命晨装，暂与田园疏。眇眇孤舟逝，绵绵归思纡。

陶公的行旅都是在长江上乘船。他担任镇军参军，也是乘船前去赴任的。后来，当他回首这段往事的时候，他的心绪是非常悲伤的。《陶渊明集》卷四《杂诗》十二首其九：

遥遥从羁役，一心处两端。掩泪泛东逝，顺流追时迁。

所谓“东逝”“顺流”，正是乘船离开浔阳沿着长江向东部进发的精确描写。而返回浔阳的长江水路则是逆流，倘若遇到大风，东流一带就是绝佳的避风港。《陶渊明集》卷三《庚子岁五月中从都还阻风于规林》二首其一：

谁言客舟远，近瞻百里余。延目识南岭，空叹将焉如！

庚子岁是晋安帝隆安四年（400）。诗题中所说的规林，很可能就是位于今日东至菊江边上的东流古镇的前身。因为从今日东至和九江的距离来看，陶公所说的“近瞻百里余”，就是指在东流一带的长江水域眺望故乡浔阳。六朝时代的长江水面是相当宽阔的，据有关学者研究，当时长江最宽的地方约有二十公里，所以人在船上的视野也就比较远，陶公说“近瞻百里余”，并非夸张之辞。而当诗人延长自己的视线时，竟然在满目的青山中识别出了南岭（庐山七岭之一），可见规林距庐山已经不远了。

至于陶公在东流种菊一事，虽然没有唐代以前直接的史料记载，我们却可以从《世说新语·任诞》第46条记述的故事中获得有益的启示：

王子猷尝暂寄人空宅住，便令种竹。或问：“暂住何烦尔？”王啸咏良久，直指竹曰：“何可一日无此君？”

《世说新语》是六朝时期的一部颇有历史价值的文学名著。王徽之（？—388），字子猷，是著名书法家王羲之的儿子。他是一位潇洒的爱美的名士，所以即使临时住进别人的空宅里，他也要种竹。他称竹为“此君”，显然是将竹人格化了——竹作为自然之物，也是他的好朋友。所以，他对于竹的欣赏，不能因环境的改变而终止。陶渊明和菊花也是这种关系。宋代著名理学家周敦颐（1017—1073）在著名的《爱莲说》一文中写道："水陆草木之花可爱者甚蕃，晋陶渊明独爱菊。……予谓菊花之隐逸者也……菊之爱，陶之后鲜有闻。"真纯、强烈、美好的"菊之爱"渗透了陶渊明的生活。我们看其《饮酒》其五中的名句：

采菊东篱下，悠然见南山。

王瑶（1914—1989）先生注曰："相传服菊可以延年，采菊是为了服食。《诗经》上说'如南山之寿'，南山是寿考的象征。"[①] 这条注释是非常精彩的，他引用的《诗经》名句见于出自《天保》一篇："如月之恒，如日之升。如南山之寿，不骞不崩。"这里的南山是指终南山（位于今陕西省西安市南），在古代是长寿的象征，人们通常所说的"寿比南山"，说的就是这座名山。所以，陶公这两句诗用的是一种虚实相生的艺术手法，"采菊"一句是实写，"悠然"一句则是虚写。梁萧统（501—531）《陶渊明传》说陶公：

① 王瑶编注《陶渊明集》，第 51 页。

尝九月九日出宅边菊丛中坐，久之，满手把菊，忽值（王）弘送酒至，即便就酌，醉而归。（清严可均《全梁文》卷二十）

所谓“宅边菊”就是东篱菊。这个故事的影子见于《陶渊明集》卷二《九日闲居并序》，诗序云：

余闲居，爱重九之名。秋菊盈园，而持醪靡由。空服九华，寄怀于言。

这里说诗人有菊无酒，未免感到遗憾。而诗中则说：

酒能祛百虑，菊为制颓龄。

诗人说酒能祛除人的种种忧虑，而菊能延缓人的衰老，实际上这是一种互文见义的写法，诗人写的其实就是菊花酒。饮用菊花酒和陶公的养生思想有密切关系。陶公本人是种植花药的。《陶渊明集》卷一《时运》诗有曰：

斯晨斯夕，言息其庐。花药分列，林竹翳如。

但诗人的生活并不富裕，所以菊能常有，酒却不能常有。当然，陶公的“菊之爱”更主要的还是出于诗人的审美情致，我们读一读他笔下的这些句：

芳菊开林耀，青松冠岩列。（《和郭主簿》二首其二）

我屋南窗下，今生几丛菊。（《问来使》）

秋菊有佳色，裛露掇其英。（《饮酒》二十首其七）

三径就荒，松菊犹存。（《归去来兮辞》）

在菊花那沁人心脾的芳香和溢彩流光的娇艳中，我们更能见出陶公的襟怀与品格。所以，在这种背景之下，即使是临时性地或者偶然性地经过、光临东流一带，他也要种菊，因为在他的心中拥有强烈的“菊之爱”，他的生活里不能没有菊，就像在王子猷的生活里不能没有竹一样。而王子猷的“啸咏良久”，又使我们联想到陶公《归去来兮辞》“登东皋以舒啸，临清流而赋诗”的名句。这就是陶公的风采，这就是晋人的风度！

综合以上情况，我们可以断定，陶公不仅有可能到过东流，而且非常熟悉当时东流以历山为中心的自然景观和人文历史。他在这里种菊，为东流人留下了菊花的种子，同时也将他那高洁的高雅的，流溢着审美情调，充满着惠爱精神的伟大品格注入了这片钟灵毓秀的神奇土地。正如汪文《靖节祠记》所言：“东流为陶靖节种菊之所，而精神心术之所寓，乃过化之地也。”所以，在陶公的“过化之地”举办陶公菊花节，正是对陶公精神的发扬和延续。

"历山苍苍，菊水泱泱。"（蒋绶《修建武庙碑记》，乾隆刊本《东流县志》卷二十三）在这山青水碧的自然画卷中，在二十一世纪的大文化背景下，东至的菊花将会越开越艳，越开越美。

本文原载《池州日报》2009年3月12日、19日B3版《人文池州》

佛教考古大发现述闻

近半个世纪以来，我国的佛教考古有三次重大发现，历史上极为惨烈的“三武一宗”法难由此被充分地证实，而大量精美绝伦、异彩纷呈的佛教造像得以重现人间，一次又一次地刷新了人们对中国佛教艺术史乃至佛教史自身的认识。现在，就让我们走进这三次考古大发现的现场，一探究竟。

山西沁县南涅水村：一镐刨出来的石刻佛像

1959 年的一天，山西沁县南涅水村的一位农民在涅河北岸取土，他对着一座土堆一镐刨了下去，一个巨大的埋藏佛像的地穴暴露在天光之下，随后由山西省文物工作委员会考古队发掘清理，先后出土各类石刻造像 2139 件。这批佛教艺术品主要分为碑文石刻、造像石塔和个体造像三大类型。塔形造像以四面开龛造像的方形石块叠垒而成。

南涅水村出土的佛教造像与塔林

据石刻题记，这批佛教造像和石刻主要是北魏永平三年（510）至北宋天圣九年（1031）的作品，跨越北魏、东魏、北齐、隋、唐、五代十国和宋朝，历时近6个世纪，其所使用的材质是砂岩，风格粗犷，雕工朴拙，具有浓郁的民间特色。现在，这批佛教造像全部收藏于沁县二郎山南涅水石刻艺术博物馆。

山东省青州市：推土机推出来的石刻佛像

1996年10月，在山东省青州市博物馆南侧一所学校的操场上，推土机推出了古代龙兴寺埋藏佛像的地窖。这个地窖东西长8.6米，南北宽6.7米，总计出土了大约500尊佛教造像。其时代始于北魏、止于北宋，但大多属于北魏、东魏、北齐三个时期。龙兴寺窖藏佛像发现之前，在青州及其周边地区就已经陆续出土了一些佛教造像，总数大约有1000多件，这些造像创作的时间大致与龙兴寺佛像相同，属于古代青州佛教造像的重要组成部分。其材质主要使用石灰石、汉白玉和花岗岩。这批造像数量庞大，种类繁多，雕造精美，彩绘富丽，具有很高的艺术价值。现在，青州佛教造像主要收藏于青州市博物馆。

河北省临漳县邺城遗址北吴庄：考古工作者挖出来的石刻佛像

2012年1月23日（大年初一）22点40分，中国社

青州出土佛教造像

会科学院考古研究所研究员朱岩石博士从邺城考古发掘现场发来一条短信：

给范兄拜年！我现在邺城遗址抢救发掘一处埋藏坑，已近尾声，发现近2900件（块）北朝佛像，是一项重大发现。目前暂未公布，快乐先与兄共享！岩石

收到这条短信，我感到万分震惊。后听朱先生介绍，我最后确知这次由中国社会科学院考古研究所、河北省文物研究所联合组成的邺城考古队共发掘出2895块佛教造像，如果拼合后加以恢复的话，应该有一千多尊佛像，其中大约有95%是用汉白玉雕刻的，少数为青石造像。这次考古发掘开始于2012年1月10日，至1月25日结束，历时16天。邺城遗址北吴庄佛像埋藏坑是一个专门埋藏佛教造像的不规则方形土坑，边长约3.3米，深约1.5米。这批佛教造像的主要题材有释迦像、阿弥陀像、弥勒像、释迦多宝像、思惟太子像、观音像、双菩萨像等。多数造像保存有较好的彩绘和贴金痕迹，可谓金碧辉煌，灿然满目，那质地的皎洁，那色彩的绚丽，那雍容的气度，那塑造的精美，无不昭示着高雅豪贵的气派，当属于皇家寺庙的艺术品。这批佛教造像的时代前后衔接，跨越北魏、东魏、北齐和唐代。北朝时期的邺城一直是弘扬佛法的圣地。在北齐时代，皇家崇佛，全国寺庙约4万所，僧尼约

河北省临漳县邺城遗址北吴庄考古发掘出土的北齐佛教造像

300万人，仅邺城附近就有僧尼约8万人，寺院约900所。宇文邕在攻占北齐之后，继续推行其残酷的灭佛政策。因此，临漳的这次重大考古发现无疑为研究北朝时期佛教文化的兴衰提供了丰富的实物佐证。与前两次被动的佛教考古发现相比，这次考古发现是主动考古的结果，完整的考古全程记录和各种技术手段的综合运用，使其更具有科学价值。现在，临漳县正在筹建一座大型的佛教文化博物馆，这次考古发掘出土的佛教艺术品将全部入藏馆中。

“三武一宗”法难：以上考古发现的佛教史背景

上文提到的佛教造像清一色地出土于地下埋藏坑，这种情况显然与我国佛教史上的“三武一宗”法难——四次大规模的灭佛运动有密切的关系。因为出土的那些佛教艺术品大都有人为破坏的痕迹，显然是被砸破之后集中掩埋的。所谓“三武一宗”法难，“三武”指北魏太武帝拓跋焘（408—452）、北周武帝宇文邕（543—578）和唐武宗李炎（814—846），“一宗”指五代时期后周的周世宗柴荣（921—959）。这四次法难分别发生在北魏太平真君七年（446）前后、北周武帝建德三年（574）前后、唐武宗会昌五年（845）前后和后周世宗显德二年（955）前后，这四次大规模的灭佛运动，对佛教文化造成了严重的破坏。尤其是“三武之厄”，极为惨烈，如《魏书·释老志》载：“诸有佛图、形象及佛经，尽皆击破、焚毁；沙门无少长，悉坑之。土木宫塔，声教所及，莫不毕毁矣。”这是拓跋焘时代佛难的实况。宇文邕和李炎时代的佛难，大致也是如此。“三武之厄”的发生，与佛道之争，皇帝对道教的崇奉乃至当时佛教自身的弊端均有密切关系。灭佛运动主要是由军队来执行的，所以杀人放火是常用的手段，被拆毁的佛寺、被屠戮的僧尼、被焚烧的佛经和被击破的佛像简直不计其数。从公元955年开始，柴荣也对全国的佛像进行了大规模的清理，当时毁佛的情况也是相当严重的。然而，这四位掀起灭佛运动的君王，尽管其平生颇有作为，但结局却都很悲惨：拓跋焘被宦官宗爱暗杀，享年45岁；宇文邕在灭北齐后驾崩，享年37岁；李炎因为服食丹药而死，享年33岁；柴荣在北伐契丹的途中病逝，享年39

岁。可见这些享有至高无上的权威的君王在挥舞政治权柄、动用国家机器掀起轰轰烈烈的灭佛运动之后，都无一例外地英年早逝，这是很令人回味的，或许，他们本身也是历史的祭品？或许，这正是佛经所说的“三界无常，诸有非乐”？然而，无论历史的真相究竟如何，在盛世的中国，深埋于地下一千多年的佛光毕竟重现人间了，这实在是令人欢欣鼓舞的文化盛事。

本文原载《南方周末》2012年3月22日第23版，题为《“三武一宗”法难的新佐证》

关于茂县羌人传统文化遗存的调查报告

2008年5月12日14时28分04秒，四川汶川、北川发生里氏8.0级地震，地震造成69227人遇难，374643人受伤，17923人失踪。值得注意的是，羌族人民在这场劫难中伤亡的人数占其总人口的十分之一！由于羌族人主要居住在与汶川、北川毗邻的茂县和理县，外界对他们的关注相对较少，而这次国情调查，我主要侧重于茂县。在茂县，我的主要关注点有二：第一，羌族传统文化，特别是音乐文化的遗存；第二，在大地震后的五年时间内，相关文化设施的恢复、建设情况。

2013年10月29日。早起，大约6:30在茶店子乘长途汽车离开成都，一路向西北行进，途经汶川，在大约三个小时后，我抵达了此行的目的地——四川省阿坝州的茂县，一个别名为“羌城”的地方。天气微阴，雾霭弥漫，澌澌急流的长河在宽阔的河谷间奔腾，河谷的两岸就是茂县县城。碧绿的河水把县城一分为二，县城拥护着河水，群山缠绕着县城。山势巍峨，巉岩高耸，令人敬畏。而次日晨起，当我轻轻拉开窗户的时候，一缕清爽的山峦气息霎时涌入房间，也涌入我的心田，让我情思激荡，让我欲罢不能。浓浓的云雾笼罩在重峦叠嶂之上，山水与云雾的配合相得益彰，其中似乎蕴含着令人体味不尽的诗意，“仰之弥高”的感觉油然而生。

山水孕育着人文，人文构建了历史，历史流动着文化。茂县的调研，使我切实感受到山水与人文的辉耀和光彩。羌人是我国境内最古老的民族之一。许慎解释说，羌是西域的牧羊人，本来在以甘肃为中心的西北地区游牧，后来由于战争的原因，辗转进入了岷江上游的西南山区，茂县就是一个典型的羌族聚居地。随后两天，我在这里结识了王志强、王宝泉、王国亨、杨羌仔和陈荣等羌族朋友，还有两位羌族妇女王母木子和于兴妹。其中王宝泉和王国亨是羌笛乐师，他们既能制作羌笛，也能演奏羌笛，目前都是国家级非物质文化遗产的传承人。王母木子也是如此，但是，她演奏的乐器叫作口弦，又叫弦子，是一种借助口腔共鸣通过弹拨而发声的微型体鸣乐器，古人称之为“簧”，又叫口簧。《诗经》中“既见君子，并坐鼓簧”“吹笙鼓簧”“巧舌如簧”等诗句说的就是这种乐器。口簧的种类有很多，最古老的是绳振式竹制口簧，茂县的羌族女性用的就是这种口簧。西晋陆云《为顾彦先赠妇诗》“鸣簧发皓齿，朱弦绕素腕”，说的就是这种口簧。羌笛是一种双管十二孔的复簧乐器，每支管上各有六孔，管端各着一簧，通过鼓簧而发声，如唐诗“更吹羌笛关山月”“羌笛何须怨杨柳”和“胡琴琵琶与羌笛”，描写多不胜数。在茂县的羌寨中，我居然找到了这种古代音乐文化的实际遗存，总共获得了六支羌笛和六枚口簧的乐器实物。

羌族人喜欢住在高山之上，他们被人形象地称为云朵之上的民族，更有趣的是，羌人称汉人为“切日”，意思是住在下边的人。羌人崇拜素净的白石，折射出这个民族内心世界的纯净。他们的宗教法师称为“释比”，那“释比”用的鼓分明就是北方草原的萨满鼓。今日下午探访著名的黑虎羌寨。一进入寨中，那在苍茫雄浑的群山中耸立着的一座座高出世表的碉楼古堡，把我的思绪引入夐迥辽远的历史时空。在这里，时光是根本不动的，唐子西所谓“山静似太古，日长如小年”讲得最贴切不过了。而在坪头山寨，淳朴的木子为我弹奏口簧，又送给我两枚她丈夫亲手制作的口簧。轻轻鸣唱的簧片，如同流莺的微语，如同春风的吹拂，诉说着昔日的爱情故事，缠绵而动人。而宝泉那悠扬的羌笛之音，则似乎倾吐着峥嵘岁月的历史风云，使我仿佛从时光的隧道回到了大唐的边塞。大漠的孤烟，长河的落日，顿现于眼前！

总之，我在羌族山寨找到的羌笛、口弦和羊皮鼓，是羌人最传统的乐器，也是古代中原人的重要乐器，如果了

口弦琴与羌笛演奏

解其形制和乐理，将对古典文学作品的解读有极大的帮助，所以很有研究价值。

发现这些乐器是令人欣喜的，但更让我感到幸福和愉悦的，是大地震后羌人传统文化的恢复以及有关设施的重建与新建。坪头羌寨演艺部的负责人王国强告诉我，山寨的建筑在大地震中几乎全部被毁坏了，现在的羌楼、羌屋都是在政府的支持下重建的，比原来的更好。据他介绍，现在坪头的羌人，一般人家的年收入都在10—20万元，收入的主要来源是香料（花椒、辣椒）、水果（苹果、橘子）种植业以及旅游业。“范老师，您是不是也为我们灾区捐钱了？”我说：“是的，我们直系亲属两个家族的所有捐款，大约在两万元左右。”“共产党好，政府好，你们好！”他充满深情地大声说道。这是灾区人民共同的心声。在茂县期间，我访问了八一中学、河西小学和黑虎小学，这些学校都是重建的，比原来的学校建筑更好。在河西小学，我看到不同年级的学生们在操场上体育课，一片欢声笑语、龙腾虎跃的热闹景象。而位于大山深处的黑虎寨下的黑虎小学，美丽而静谧，门卫王师傅一家精心呵护着这所小学的校园。他们快乐而幸福。在黑虎寨，那些始建于唐代的高大碉楼多数都在地震中倒塌了，现在，当地政府正在组织力量重建这些碉楼。于兴妹家原来住的碉楼在地震中损毁严重，后来在政府的帮助下，重建了一座二层的羌楼，一家人从此过上了幸福、安康的日子。这座羌楼位

手执羊皮鼓的释比

于海拔 2500 米以上的山地，山上的动物有盘羊、狐狸等等，经常出没，而花椒树则遍布山上。这里出产的高山花椒有一股奇香之气，那种味美、纯净的品格，在我国出产的香料中是极为罕见的，堪称香料世界中的极品！这构成了兴妹一家的主要经济来源。现在，黑虎寨正在扩建山间的公路，同时环绕整个山寨修建栈道，以便游客参观。最迟到明年，这里将成为旅游的热门地区，到那时，村民的

在于兴妹家

生活将得到更大的改善。

从坪头和黑虎两个羌寨的情况看，坪头寨由于与县城近在咫尺，所以发展比较快，而黑虎寨的发展则要滞后一些。在传统文化资源的开发和利用方面，当地主要存在两个问题：第一，传统的音乐艺术以及纺织和刺绣的工艺，急需培养年轻的传承人。譬如，弹奏口弦，现在只有极少数五十岁以上的羌族妇女还能够操作，年轻人基本上不会了，至于像王国亨这样的羌笛制作大师和李兴秀这样的纺织与刺绣工艺大师，就更是凤毛麟角了；第二，发展旅游的前提，是必须保护好自然与人文的原生态环境。如坪头村明显存在打造过度的弊端，自然的情调被冲淡了，矫揉造作的痕迹随处可见，与整个山村所处的自然环境非常不合拍。这些实际存在的问题，如果不及时改正，以后很可能愈演愈烈，当地政府的有关部门必须尽快采取措施，以保证羌族传统文化的可持续发展。

2013 年中午 11:30，带着一缕眷恋的情思，我离开了茂县的羌寨。

远游此山水，深情一回眸。

流莺似的口弦声和缥缈的羌笛声仍然在我耳边缭绕。

2013 年 11 月 2 日，写于北京鼓簧斋

本文系未刊稿，曾提交给中国社会科学院有关部门

黄蘗浮浪远，钓屿芜波明

——从一首明代的钓鱼岛诗谈起

嘉靖三十七年（1558）闰五月初一日，即将前往琉球的中国册封使臣郭汝霖来到钓鱼岛，他心潮澎湃，面对万顷碧波和祖国的宝岛，写下了一首五言律诗《钓屿》：

天畔一舟横，长风万里行。黄蘗浮浪远，钓屿芜波明。蜃气山将结，涛声笛共清。倚樯时浩啸，奇览慰生平。

这首诗在艺术上虽然很一般，但其历史价值却很高，因为它与明清时代众多的钓鱼岛诗歌一起充分证明了钓鱼岛自古以来就是中国的固有领土。钓鱼岛面积很小，但是地理位置十分重要，与我国的现代化进程也有密切的关系。

美国著名历史学家西里尔·E. 布莱克（Cyril E.Black）指出，人类历史有三次伟大的革命性转变，第一次革命性转变发生在100万年前，原始生命经过亿万年的进化以后，出现了人类；第二次革命性转变是人类从原始状态进入文明社会；而第三次革命性转变则是人类从农业文明或游牧文明迈入工业文明，这就是现代化（modernism）。一般而言，现代化包括了学术知识上的科学化、政治上的民主化、经济上的工业化、社会生活上的城市化、思想领域的自由化和民主化、文化上的人性化等。现代化是人类文明的一种深刻变化，是文明要素的创新、选择、传播和退出交替进行的过程，是追赶、达到和保持世界先进水平的国际竞争。尽管现代化是从欧美等西方国家开始的，却并不专属于西方社会。社会现代化是社会领域的一种革命性的社会变迁，它包括：从农业社会向工业社会、从工业社会向知识社会的两次转型，社会生产力和生活质量的持续提高，生活方式和生活观念的根本转变，国民文化和健康素质的大幅度提高，社会福利和社会公平的根本改善以及国际地位的变化。

中华民族经历了三次现代化的艰辛历程，其潮起潮落既与世界的风云变幻始终相伴，又与一衣带水的岛国日本密切相关。

中国的第一次现代化肇始于清代的洋务运动，旧称“同光新政”，从 1861 年开始，至 1894 年终结。洋务派的主要代表人物有李鸿章、曾国藩、左宗棠和张之洞等，他们主张“师夷长技以自强”。1898 年，张之洞撰写《劝学篇》，提出“中学为体，西学为用”，这是对洋务派和早期改良派基本纲领的总结和概括，也是对洋务派兴办洋务事业的指导思想比较完整的表述。洋务运动涉及军事、政治、经济、教育、科学和外交等领域，而兴办军事工业并围绕军事工业开办其他企业，建立新式武器装备的陆海军，是其主要内容。如李鸿章的江南制造总局、轮船招商局（上海），曾国藩的安庆内军械所，左宗棠的福州船政局以及张之洞的汉阳铁厂和湖北织布局等，都是洋务运动的产物。洋务派主张利用取官办、官督商办、官商合办等方式发展新型工业，增强国力，如开平矿务局、天津电报局、唐山胥各庄铁路、上海机器织布局、兰州织呢局等则是著名的民用企业。与此同时，洋务派还开始筹划海防，在 1884 年初步建立起南洋、北洋和福建海军。在洋务派控制了海军衙门以后，又进一步扩建北洋舰队，修建旅顺船坞和威海卫军港。清朝于 1888 年正式建立了北洋水师，成为亚洲一个强大的海军力量，这代表了中国第一次现代化运动的最高成就。1894 年，中日甲午战争以北洋水师的覆灭和中国的失败而结束。马关议和从 3 月 24 日正式开始，在谈判桌上，日本在美国的支持下，对李鸿章进行讹诈、恐吓，威逼李鸿章在一份早已拟好的条款上签字。1895 年 4 月 17 日，李鸿章代表清廷与日本签订了丧权辱国的《马关条约》。该条约共计 11 款，其中第二款是中国将辽东半岛、台湾岛及所有附属各岛屿、澎湖列岛割让给日本，其中就包括自明代就属于中国的钓鱼岛及其附属岛屿。中国第一次现代化进程至此被破坏了。

中国的第二次现代化运动是在国民政府的领导下进行的，大致在 1927 年至 1937 年间。1919 年 6 月，孙中山在《远东时报》发表了著名的 *International Development of China*，这就是他的《建国方略》之二《实业计划（物质建设）》。全文约十余万字，集中表现了他对中国现代化的总体设计思想。《实业计划》是我国历史上最早最完整最系统的现代化计划，其科学精神、价值理念和总体设计不仅指导了民国时代的现代化运动，而且对后人有非常深远的启示。《实业计划》涉及了中国现代化建设的各个方面，其中关于交通的规划设计最具代表性。孙中山的铁路建设思想，最早见于他在 1894 年 6 月写的《上李鸿章书》。关于十万英里铁路和一百万英里公路的建国方略，是孙中山一生的目标。中国直到 21 世纪初，铁路营运里程的目标尚在“突破七万公里”。1912 年 7 月 22 日，孙中山被上海中华民国铁道协会推举为会长后说：“凡立国铁道愈多，其国必强而富。如美国现有铁道二十余万英里，合诸中华里数，则有七十万里，乃成全球最富之国。中华之地五倍于美，苟能造铁道三百五十万里，则可成全球第一强国。”九月，孙中山专程去八达岭张家口考察詹天佑设计修建的京张铁路，并正式邀请詹天佑当他的技术助手。在《实业计划》第五部《高原铁路系统》中，他提出以五大铁路系统把中国沿海、内地和边疆连接起来，修建遍布全国的公路网，譬如，他按照《千字文》的顺序设计的到拉萨的铁路线共有八条：（天）拉萨—兰州线；（地）拉萨—成都线；（玄）拉萨—大理—车里线；（黄）拉萨—提郎中线；（宇）拉萨—亚东线；（宙）拉萨—来吉雅令及其支线；（洪）拉萨—诺和线；（荒）拉萨—于阗线。这种设计无疑是非常超前的。他还提出，中国要能生产足够便宜的汽车，使“欲用者皆可得之”，要修建一个像纽约港那样的世界水平的大港。国民政府在“三民主义”思想的指导下，在现代化建设方面也取得许多重要的成就，具体的情况只要翻一翻中华书局出版的《中华民国史》就一目了然。但是，随着 1937 年九一八事变的爆发，中国第二次现代化进程再一次夭折于日本侵略者之手。1945 年，随着反法西斯战争的胜利，台湾及其附属岛屿回到了祖国的怀抱，中国对钓鱼岛及其附属岛屿领土主权也得到国际社会的普遍承认，但是由于美国的干预，钓鱼岛及其附属岛屿的管辖权却被交给日本。

中国的第三次现代化运动是在中国共产党的领导下进行的，大致上从 1980 年开始，到目前仍然在进行中。邓小平作为改革开放的总设计师，其本质意义是中国的第三次现代化运动的缔造者。1997 年，香港回到祖国的怀抱；1999 年，澳门回到祖国的怀抱，极大地振奋了国民精神。近四十年来，在中国共产党的领导下，中国社会发生了翻天覆地的变化，从交通、通讯、能源以及社会生活等方面着眼，中国社会的现代化格局已经基本形成。尽管从农业社会向工业社会的社会转型尚在进行当中，但我国社会生产力和生活质量持续提高，人们的生活方式和观念发生了深刻变化，国民文化和健康素质也大幅度提高，国内社会福利与社会公平不断改善，尤其是中国国际社会地位的变化最为明显。青藏铁路、青藏公路的开通，上海洋山深水港的建成以及目前不断提高的汽车普及率，足以告慰孙中山先生的在天之灵。实现现代化是我们坚定不移的国家目标。根据邓小平同志提出的“三步走”发展战略，我国将在 2050 年前后达到世界中等发达国家水平，基本实现现代化。如果我们将上述中国现代化进程的三个时间段叠加在一起，可以发现这是一个长达 120 年的艰辛历程，其中融汇了无数民族精英的血汗与智慧、拼搏与牺牲。而从这一角度来审视最近日本上演的“购岛”闹剧，它绝不仅仅是对中国所拥有钓鱼岛及其附属岛屿的领土主权的侵犯，更主要的是对中国第三次现代化进程的严重干预和破坏。日本的这一错误行径是自 1894 年以来对中国人民乃至世界人民所犯罪恶的延续，而美国在这一罪恶中所扮演的角色与其在签订《马关条约》的过程中所扮演的助恶角色如出一辙。

1982 年 9 月，英国首相撒切尔夫人访问北京，与邓小平就香港“主权问题”进行谈判。邓小平果断地说：“主权是不能谈判的，只能归还。”“如果中国在 1997 年，也就是在中华人民共和国成立四十八年后还不把香港收回，任何一个中国领导人和政府都不能向中国人民交代，甚至也不能向世界人民交代。如果不收回，就意味着中国政府是晚清政府，中国领导人是李鸿章！”（《邓小平文选》第三卷《我们对香港问题的基本立场》）在中国第三次现代化历程中，中国政府所要考虑的事情是何时收回钓鱼岛及其附属岛屿的问题，因为这是中国领土不可分割的一个组成部分，这是中华民族的一件大事。1901 年 11 月，即在《辛丑条约》签订两个月之后，李鸿章临终前赋诗：“劳劳车马未离鞍，临事方知一死难。三百年来伤国步，八千里外吊民残。秋风宝剑孤臣泪，落日旌旗大将坛。海外尘氛犹未息，诸君莫作等闲看。”最后两句是对时人的深切叮咛，他以政治上的高度敏感揭示了未来的日本将进一步侵华的狼子野心，预示了中华民族可能经历的危难。“放眼世界，我们面对的是百年未有之大变局。”（习近平语）面对此种变局，我们必须对一切侵犯中国领土主权的行为保持高度的警觉。在中国政府的领导下，“以我五千年文明优秀之民族，应世界之潮流，而建设一政治最修明、人民最安乐之国家，为民所有、为民所治、为民所享者也”（孙中山语），从而实现无数仁人志士为之奋斗和牺牲的现代化理想。

本文系未刊稿，曾提交给中国社会科学院有关领导

第三辑

望尽天涯路

丛林先生的新著《广播业务论集》，是我国近年来新闻广播学研究领域涌现的一部佳作。

近代杰出学者王国维在《人间词话》中说："古今之成大事业、大学问者，必经过三种之境界：'昨夜西风凋碧树。独上高楼，望尽天涯路。'此第一境也。'衣带渐宽终不悔，为伊消得人憔悴。'此第二境也。'众里寻他千百度，蓦然回首，那人却在，灯火阑珊处。'此第三境也。"第一种境界说的是目标远大，抱负不凡，站得高，看得远；第二种境界是说为理想的实现而不懈努力，发奋图强；第三种境界是说在经过苦苦的追求以后，在孤独与寂寞中豁然开朗，而发现真理，有所成就。按照我个人的理解，这段话的中心意思可以归纳为一点，那就是干事业的人，必须有对于事业高度热情，并为之奋斗不息。

我不敢说丛林先生是王靖安所说的那种"古今之成大

事业、大学问者”，但是，他那种只争朝夕的执着精神确实不同凡响，令人感动。我与丛林先生相识已久，深知其为人之笃厚，品格之纯正，学识之渊博与识解之莹彻。几十年来，他始终在为人民广播事业的发展与繁荣奋斗着、拼搏着。在幅员辽阔的黑龙江省，在白山黑水之间，他栉风沐雨，勤勤恳恳地工作着。在这种精神的支配下，他终于在人民广播事业的圣殿中登堂入室了。于是，他有了这部论集，有了这本厚重的书。

这是一本内容丰富、异彩纷呈的书。全书由六大板块构成。在这部书中，有作者矢志于改革创造的思考（《改革篇》），有关于新闻社教的探究（《新闻·社教篇》），有对于文艺广播剧的研讨（《文艺·广播剧篇》），有对于播音主持的论析（《播音·主持篇》）以及若干篇饶有学术价值的纪实性文字（《纪实篇》）。《附录》中的十篇文章，也为读者提供了翔实的第一手材料。这确实是一部好书。它不仅是作者几十年苦心孤诣、孜孜不倦的结晶，而且是作者人生追求的浓缩与对国家、对事业的爱的昭示。也正由于此，其所言所论，迥然不同于流俗。鄙意以为这部论集的突出特点主要表现在五个方面：

其一，理论性与实践性的完美统一。广播学本身就是一门实践性比较强的学科，所以对广播学的研究也必须以丰富的实践积累为基础，由此出发而加以理论上的总结，才能得出某些新颖的结论。丛林先生于 1959 年 8 月。从他迈入黑龙江人民广播电台的大门，迄今已经40余年。40年来，他从一名普通的播音员到广播电台的台长，积累了大量的第一手材料和丰富的实践经验；同时，他刻苦学习，在理论上形成了自己一套完整的体系。我们读本书的《播音·主持篇》，可以充分体会到他对广播业务的谙熟及其理论修养的深湛。其二，传统性与现代性的珠联璧合。与新闻传播密切相连的广播学，毕竟是现代新兴的学术，与传统文化判然有别。丛林先生的这本书，并非某些新名词、新术语的现代演绎，而是浸透着浓郁的传统情调。丛林先生是一位具有传统儒家人格风范的学者，书如其人，人如其书，由此也就注定了本书的传统文化属性。这种属性具体表现在书中，那就是求真求实的精神。我们看《新闻·社教篇》，从《新闻要拿事实来说话》直到《要切实抓好宣传工作》，可以说实事求是的传统精神贯穿始终。而实事求是，不就是孔子所说的“知之为知之，不知为不知”么？中华古国几千年文化的博大深邃，中华民族的生生不息，不正是源于这种求真求实的精神么？其三，专业性与普及性的浑然一体。现代广播学的学术性很强，但是，它与一般的人文科学又迥然不同。人们经常听收音机，所以，它与广大受众的距离相对要近一些。换言之，它是学术，但不是锁在象牙塔里的学术。它的较强的实践性决定它本身应该具有一定的普及性。这部书在专业学术性与非专业普及性的关系方面，处理得非常好。书中那平易流畅的语言，生动活泼的举例，周密严谨的论证，潇洒自然的文笔，无不深深地感染着读者，让读者在不自觉中追随作者的思绪，在广播学的碧海蓝天中遨游、飞翔。其四，知识性与趣味性的兼容并包。好吃的水果，要有好的味道。水果的味道好，必须水分充足。一部学术著作，如果只有几个干巴巴的条条，即使学术的含金量再高，人们也往往退避三舍。读丛林先生的这部书，我们能够获得知识上的教益，同时，随着作者笔锋的推移，我们也觉得趣味津津，难以释手。其五，独创性与继承性的交融无间。这本书的部头不算大，但是处处闪耀着创造的火花，正如一切优秀的学术著作一样，创造性乃是本书的生命。如前所述，由于作者具有丰富的实践经验、深厚的理论修养和博览群书的学识，故能纵其所如，发辄中的，游刃有余，令人叹服。而这一切都是由于作者善于学习，善于在实践中丰富和发展前人的成果这一点决定的。

以上所言，不过是丛林先生这部书的主要特点；其实本书之美，实非片言所能尽。人生是漫长的，汤汤似长河；也是短暂的，泛泛如逝波。生命的意义是生命的个体所赋予的。生命个体的不同决定了生命价值的不同。丛林先生是一个最大限度地充实了自己生命的人，所以本书的本质意义就在于它是作者生命历程的载体与凝聚。同时，这一载体又由于作者头脑的睿智和思维的超拔而具有了普遍的意义，本书的确不失为一部值得阅读和珍藏的新闻学论著，值得广播界的同仁们学习和借鉴。

时惟三月，序属阳春。在骀荡的东风里，在料峭的春寒中，我仿佛看见丛林先生又攀上了峨峨的高楼，即将开始新一轮的望尽天涯的深远企盼了。

本文系作者为丛林《广播业务论集》一书所作的序，中国广播电视出版社 1999 年 9 月版

大中华文库《世说新语》序

《世说新语》(以下简称为“《世说》”)是中国古典文学园林中的一朵奇葩，具有经久不衰的艺术魅力，它对中国知识分子精神品格的塑造产生了深远的影响。明代学者胡应麟（1551—1602）说：“刘义庆《世说》十卷。读其语言，晋人面目气韵，恍忽生动，而简约玄淡，真致不穷，古今绝唱也。”(《少室山房集》卷102“读《世说新语》”条)因此，这部古典名著一直深受文人学子的喜爱。清代学者刘熙载（1813—1881）在《艺概·文概》中指出：“文章蹊径好尚，自《庄》《列》出而一变，佛书入中国又一变，《世说新语》成书又一变。此诸书，人鲜不读，读鲜不嗜，往往与之俱化。惟涉而不溺，役之而不为所役，是在卓尔之大雅矣。”这些评价都是非常中肯的。

《世说》是一部纂辑旧文、成于众手的志人小说。其主要编纂者刘义庆（403—444）为彭城（今江苏省徐州市）人，南朝刘宋之宗室，袭封临川王，历任平西将军、荆州刺史、南兖州刺史以及都督加开府仪同三司。他去世后，被朝廷追赠为司空，谥号康王。他一生简素寡欲，爱好文学，编纂了《典叙》《集林》《宣验记》《后汉书》《幽明录》《徐州先贤传》《江左名士传》和《宋临川王义庆集》等多种著作，这些书大多已经亡佚了。他的平生事迹在《宋书》和《南史》本传中有比较详细的记载。《世说》一书大约在元嘉十六年（439）4月至元嘉十七年（440）10月间编成于江州（今江西省九江市）。参与编纂者有著名的文学家袁淑（408—453）、鲍照（？ —466）、何长瑜（？ —445？）和陆展（？ —453）等人，他们当时在刘义庆的幕府中工作。

《世说新语》，原名《世说》，梁陈则有称《世说新书》者，至唐则此两名并行，间名《世说新语》，唯见唐人刘知幾（661—721）所著《史通》一书。五代以后，《世说新语》成为定名。《世说》今本为3卷，原本为8卷，见《隋书·经籍志》小说家类。梁朝刘孝标（462—521）为之注释，而成10卷本，亦见《隋志》。刘氏的注本，征引浩博，或驳或申，足以映带本文，增其隽永，前人评为注家之冠；而其所征引的四百多种文献又多已失传，故后人莫不宝重之。

《世说》的基本特点是采取分门隶事的体制。该书共有36门，各门之名称和意义如下：《德行》——道德、品行;《言语》——言谈、谈话;《政事》——行政事务;《文学》——文章、学术;《方正》——端方正直;《雅量》——气量宏阔;《识鉴》——赏识、辨别;《赏誉》——赏识、赞誉;《品藻》——品评、鉴定;《规箴》——规谏、告诫;《捷悟》——敏疾、迅速;《夙惠》——早惠、早熟;《豪爽》——豪放、爽快;《容止》——形貌、举止;《自新》——自我革新;《企羡》——欣羡、仰慕;《伤逝》——哀念逝者;《栖逸》——隐居、退隐;《贤媛》——贤明女士;《术解》——解悟技艺;《巧艺》——技巧、技艺;《宠礼》——宠爱、礼遇;《任诞》——任达、放纵;《简傲》——简慢、高傲;《排调》——嘲戏、调笑;《轻诋》——轻视、诋毁;《假谲》——虚伪、诡诈;《黜免》——黜退、罢免;《俭啬》——吝啬、小气;《汰侈》——骄奢、奢侈;《忿狷》——忿怒、狷急;《谗险》——诽谤、邪恶;《尤悔》——过失、悔恨;《纰漏》——错误、疏忽;《惑溺》——迷惑、沉溺;《仇隙》——仇怨、嫌隙。以上各门的排列大致遵从由褒到贬的次序:褒在前,贬居后,愈往前愈褒,越往后越贬。《世说》每一门中的故事,性质相似,所写人物有同有异;每个人物的言行,散见于各门之中。由此其所写人物与各门互为经纬,形成一个蕴涵600多人的人物画廊。读者既可以由其具体的门类加强对某一方面内容的认识,又可以将每个人物在各门中的故事综合起来，窥见其完整的艺术形象。这也就是这部古典名著皮里阳秋的艺术奥秘之所在。

其次，《世说》长于记言记事。鲁迅先生说它“记言则玄远冷隽，记行则高简瑰奇”（《中国小说史略》第七篇《〈世说新语〉及其前后》），所论十分中肯。此书主要记载东汉后期至晋宋间的一些名士的言行逸事，表现了魏晋世族社会的波谲云诡和士林精英的心灵悸动。其记言的成分多于记事。书中人物之发言遣词，无不毕肖其声口，寥寥数语，往往使其神情毕现，跃然纸上，堪称鬼斧神工。书中既没有绝对的好人，也没有绝对的坏人，呈现在读者面前的是性格丰满、情韵生动的人物形象。

在《世说》中，通俗的方言、口语与典雅的书面语汇珠联璧合，语言丰富而生动。作者采用富于当代性的语言来表现当时人物的生活形态和思想感情，从而实现了对中国古代文章语体的一次重要变革，在中国文学史上独树一帜。《世说》的语言斑斓绚丽，多姿多彩。或美艳华丽，或冷隽玄远，或清婉疏雅，或幽默风趣，而尤其富于“纡余委曲”的含蓄美，“排沙简金”的简洁美和“韶音令辞”的音乐美，空灵要眇，真致不穷。其渊懿丰厚的审美情味，千载以下，仍然使人耽味不已。因此，《世说》的语言和故事，有许多已经成为我国古典诗词中常用的典故，成为汉民族文学语言的有机组成部分，并成为后代文学家取材的重要渊薮之一，后世文人从体例结构到语言风格，也常常踵其步武，刻意模拟，因而形成了代代不绝的“《世说》体”文学。

《世说》虽为文学宝典，却具史传特性，故而在文化方面极富价值。书中广泛反映了汉末魏晋之际的社会风气，诸如清谈玄学、人物品藻以及饮酒服药等等。在书中我们还可以窥见潇洒自信的女性，富于智慧的儿童，能征善战的将军，运筹帷幄的政客，隐居避世的名士和优游朱门的高僧等诸多人物的活动。作为体现中国文化精神的重要典籍，它也是研究我国古代文化的必读之书。有人说它是魏晋文化的百科全书，这是有一定道理的。

本书汉语今译者之一张万起教授，1936 年生于北京，1962 年毕业于北京大学中文系。我国著名语言学家，主要研究领域为汉语史和汉语语法史，著有《马氏文通资料汇编》《世说新语词典》等书。

本书汉语今译者之一刘尚慈教授，1943 年生于北京，1966 年毕业于北京师范学院中文系。我国著名语言学家，主要研究领域为训诂学、汉语词汇学，著有《春秋公羊传词典》《春秋公羊传译注》等书。

张万起、刘尚慈合著的《世说新语译注》是一部颇具分量的现代注本，对于这部古典名著的研究和普及均具有重要的意义，它于 1998 年由中华书局出版，本书的现代汉语译文即采用该本。

本书英译者 Richard B. Mather，中文名马瑞志，1913 年

生于河北保定。他的父亲是清朝末年来华的著名传教士马德牧师。马氏本人于1949年在加利福尼亚大学获得东方语言学专业博士学位，曾受业于著名白俄学者卜弼德（Peter Alexis Boodberg，1903—1972）和我国原清华研究院四大导师之一赵元任（1892—1982）教授，现为美国明尼苏达大学东亚系荣退教授。他的英文译注《世说新语》（*A New Account of Tales of the World*）既是这部古典名著的第一个英文全译本，也是一部体大思精的汉学巨著。该书于1976年由美国明尼苏达大学出版部初版，2002年由密歇根大学汉语研究中心再版，本书的英语译文即采用该本。

是为序。

2007年4月29日写于竹林轩

大中华文库之《世说新语》，中华书局2007年12月版

《世说新语》批语辑稿序

2002年秋，笔者曾于黑龙江大学图书馆披阅两种明人刊刻的《世说新语》。这两种善本古籍皆为浙江乌程凌氏刻书：一种是凌濛初（1580—1644）订刻本，另一种是其弟凌瀛初（生卒年不详）刻本。凌濛初订本，全书凡六卷。此书卷首“世说新语卷上之上”下复有两小字“鼓吹”。凌濛初《世说新语鼓吹序》云：

鼓吹者，取《世说》语名之也。按孝标解鼓吹为羽翼意，元美足羽翼《世说》而非《世说》也。……

案《世说·文学》第81条：“孙兴公云：‘《三都》《二京》,《五经》鼓吹。’”刘孝标注：“言此五赋是经典之羽翼。”实际上，这里的“鼓吹”就是“比喻宣扬、羽翼某物的东西”（张永言《世说新语辞典》“鼓吹”条，四川人民出版社 1992 年版，第 142 页）。凌瀛初刻本为八卷四色套印本，书前有凌瀛初《批点〈世说新语〉识》云：

余弱冠时，幸睹王次公《批点世说》一书，发明详备，可称巨观。以刻于豫章藩司中，不能家传户诵为恨。壬午秋，尝命之梓，杀青无几，惜板忽星失，余唯是有志而未逮也。嗣后家弟初成得冯開之先生所秘辰翁、应登两家批注本，刻之，为鼓吹，欣然曰："向年蠹简残编，已成煨烬；今获捃摭其全，良为快事。"行之已久，独失载圈点，未免有遗珠之叹。予复合三先生手泽：耘庐缀以黄，须溪缀以蓝，敬美缀以朱。分次井然，庶览者便于别识云。吴兴凌瀛初识。

子烨案：耘庐为刘应登（生卒年不详），须溪为刘辰翁（1232—1297），敬美为王世懋（1536—1588）。刘辰翁是宋元间词人，字会孟，号须溪。庐陵（今江西吉安）人。有《须溪集》100 卷。刘应登与刘辰翁是同时同里之人，但名气远逊。王世懋字敬美，别号麟州，时称少美，江苏太仓人。著名文学家王世贞（1526—1590，字元美）之弟。这两种明刻本《世说新语》汇集了由南宋至凌氏本人的多位著名学者的评语，不无学术价值。尤其是书中保存了刘辰翁和刘应登的评点文字，非常宝贵。故对批者的名字，凡能作出判断者，笔者一律标出，以便研究者利用。又此二书所收前人批语，亦有重复之处，本文皆保持其原貌，不予删节。至于《世说》原文各个条目的序号，主要依据徐震堮《世说新语校笺》（中华书局 1984 年版）和余嘉锡《世说新语笺疏》（中华书局 1983 年版）。但我披阅的这两种明本《世说新语》，位于天头之处的批语常有漫漶、缺字，也有疑莫能明者，凡此皆一律标出。需要说明的是，刘应登与刘辰翁的《世说》批语，朱铸禹的《世说新语汇校集注》（上海古籍出版社 2002 年版）和刘强的《世说新语会评》（凤凰出版社 2007 年版）已有辑录。据两位辑者本人的说明，对刘氏的批语，前者是选辑，后者是全辑，但其所用底本与拙辑并不完全相同，读者参看，自可弥补拙辑之某些缺失。自清代乾嘉学派开始，同一种古代文献常常有不同之辑本，而往往各具优长，不可偏废，但是，倘若拙辑一无所长，读者自可废之也。

后附《〈世说新语〉善本书录》，亦为方便有“《世说》癖”者参用。

近期工作繁忙，身体欠安，乃请门人刘志庆代为整理原来录入之电子文本，并调整次序，对他付出的劳动，我是非常感谢的。又承蒙国学网推出拙辑，不惟有功于《世说》，亦有功于《世说》之诸多批校者，亦在此一并致谢。

2009 年 12 月 15 日，范子烨谨志

本文原载国学网

马头琴和女儿山

——黄奋生教授学行小记

莽莽阴山之北，浩浩大漠之南，在乌兰察布大草原中心的小小盆地，有一颗璀璨的明珠镶嵌于其间，这就是驰名中外的百灵庙。百灵庙是达尔罕贝勒庙的转音，又称乌力吉套海召庙群，汉名称为广福寺，始建于清康熙四十二年（1702）。这座寺庙之所以著名，不仅由于它自清代以来在我国北部草原宗教文化系统中扮演了重要的角色，更由于它与我国近现代以来的历史风云密切相关。这是一座在文化上蕴大含深的辉煌庙宇，也是一部令人撕心裂肺的早已凝固的惨痛历史。今天，当我们重读黄奋生（1904 年 1 月 26 日—1960 年 6 月 18 日）教授的《百灵庙巡礼》（以下简称为《巡礼》）一书的时候，这种体会变得尤为强烈，就像我们再次阅读《钢铁是怎样炼成的》得到的那种感觉一样。纵目百灵庙的历史天空，一片白云苍狗的奇幻，一片混沌不清的淆乱，令人百感交集，思绪万千。从 1694

年康熙皇帝亲率大军讨伐噶尔丹叛军时驻跸此地，到 1913 年初外蒙古军队的入侵，以及 1936 年 11 月爆发的震惊中外的百灵庙战役，浓重的狼烟在百灵庙周遭袅袅升腾。然而，在 1935 年 4 月下旬，当黄奋生初次登临百灵庙附近的女儿山的时候，他的感觉却是诗意盎然的："女儿山在百灵庙的南面，相距只半里多路，孤耸在两道小溪合流的旁边，高三十余丈，山色青黛，俨如百灵庙之屏壁。据喇嘛的传说：成吉思汗征金凯旋，驻跸此地，这山上有善作马头琴乐的女神，天天晚上做起好听的琴声，来慰安成吉思汗的辛劳；并且这马头琴乐器，亦为女神所发明。""山南土地平衍，清流横贯，水草丰美，每至夏季，蒙人多畜牧于此，毳幕星罗，畜群成簇，夕阳挂山，炊烟缭绕，犬逐马鸣，这一番情境，又够得诗人陶醉了！"这就是他笔下的"神话的女儿山"（第二十七篇）。仿佛，这就是人间的伊甸园，自由而美丽。毕竟，此时的黄奋生还是一个只有 31 岁的年轻人，青春的热血和浪漫的诗心似乎遮蔽了历史的复杂与现实的残酷。

1935 年 4 月，国民党中央委员白云梯、候补执行委员克兴额到内蒙古乌兰察布盟百灵庙出席蒙政会大会，奋生随行采访，前后历时 33 天，《巡礼》一书就是奋生此行的真实记录。这本书完成于 1935 年 5 月，同年 6 月，班禅大师行辕秘书刘家驹为本书作序，1936 年 9 月由商务印书馆出版，其价值正如刘氏序中所言："百灵庙为内蒙之宗教中心地，自蒙政会在此成立后，亦成为内蒙政治中心地。黄君能于蒙政会举行大会云集之际，亲莅此观察探寻，所有事物之记述，及蒙古问题之论列，均能扼要入微，此该书之价值者一。德王乃现在蒙古之政治领袖，与黄君所谈各种问题，发挥详尽，均关系蒙政前途甚大，足资为研究蒙古问题之参考，此该书之价值者二。百灵庙为内蒙之首邑所在地，黄君将其形势、山川、古迹，描写尽致，不啻成为'百灵庙游览指南'，此该书之价值者三。至沿途所记之风物，以生动之笔法写出，所生之感想，尤足发人深省，足使读者不忍失去。”确实，《巡礼》是一部很有文学意味的游记，也是一部具有草原情调的文化随笔，更是一部关于蒙古历史与现实问题的沉思录。全书约计 5 万字，由 41 篇组成，各篇按照“巡礼”的顺序前后衔接，俨然一部结构恢宏的大散文。这是一本 70 多年前问世的老书。按照美国图书馆 50 年的图书标准，绝对属于“善本书”的行列，已经是只藏不借的宝贝了。然而，这本书不仅老，而且好，好书如同好人，永远是有魅力有知音的。所以，就让我们走进《巡礼》的世界，对这本书和他的作者也来一番“巡礼”。在我看来，《巡礼》最动人之处主要在于那流溢于作品字里行间的深厚的草原情怀，这是一种富于诗性之美的爱，也是一种富有文化意蕴的爱，这是人间的一种无疆的大爱，她弥沦万物，无所不在，不因岁月的更迭而消失，不因时空的转换而褪色。在这种情怀的驱动之下，书中有四个亮点闪闪发光。亮点之一是对当时蒙古地区政治情况的详细记载，譬如，作者写道：

下午一时，蒙政会全体大会，举行开幕典礼。北边的桌上，左置总理遗像，右置成吉思汗遗像，像框上都披着蓝色的哈达，各王公委员代表等，舍三跪九叩礼，行时代的三鞠躬礼，礼后德王用低微的蒙语致辞，接着由白云梯演说，邀得听众不少的鼓掌，因为他们演说的大意，不外拿着成吉思汗的精神，来激发蒙人的情绪，最后还呼了几声蒙语口号，这小小的包中，一时更显出革命空气的磅礴弥漫了！（第十八篇《马头琴声中纪念成吉思汗》）

民国政治与蒙古文化的交融，“三民主义”和“成吉思汗精神”的碰撞，构成了一幅幅特别有趣的画面，没有奋生的描述，我们今天就很难知其详情。再如他对蒙政会蒙古包大礼堂的介绍，居然绘出一幅非常精准的布局图（第十九篇《参观会议》），真实地再现了蒙古包会场的情形。尤其难能可贵的是他对德穆楚克栋鲁普亲王（1902—1966）即所谓“德王”的记载，为我们研究这一复杂的历史人物留下了真实的第一手资料。德王既扮演过勾结日本侵略者的“蒙奸”角色，也是一位“多才多艺”的蒙古文化精英（第三十二篇《多才多艺的德王》），新中国成立后得到人民政府的特赦，担任内蒙古文史馆馆员，曾主持编成《二十八卷本词典》(蒙文),晚年有回忆录《德穆楚克栋鲁普自述》面世。而在奋生的笔下,口是心非的德王纵论政治问题(第二十九篇《蒙古包中德王畅谈天下事》),极有使命感与责任感,他的那一番高谈阔论与不久之后的变节投敌形成了鲜明的对照。对于百灵庙地区的情况,作者分别从宗教区域、蒙政会办公区域以及居住与服务区域三个不同的区域性视角来予以描述(第二十四篇《三个区域的素描》),文笔周详,细致入微,描摹如画。历史就隐藏在细节当中。以当代人的眼光和手笔来作观察和记载,很富有现场感和真实感。

亮点之二是作者对蒙古归绥地区历史文化的详细记载。作者游览小召寺,发现有《康熙征噶尔丹纪功碑》一通,这通石碑"纪康熙平定准噶尔之功绩,用汉、满、蒙、藏四种文字记述,尚可辨识,可供历史的考证"(第九篇《畅游诸名召》),但是,当笔者2009年7月在呼和浩特进行文化考察的时候,发现不仅当年的小召寺被拆掉了,而且这块古碑也不知被移置何处了。但奋生书中的完整抄录,足以保证碑中的历史信息留存人间。奋生游览王昭君墓,也抄录了不少近现代名人的诗文,如马福祥的文以及李培基和李廷玉的诗等等(第十篇《独吊王昭君墓》),这些作品现在也不易找到。尤其是对五英雄城碑文的记述,最有历史文化价值。所谓五英雄城,就是现在的敖伦苏木古城遗址。这座古城遗址位于百灵庙东北35

公里处，俗称赵王城，始建于元代，它既是元代德宁路所在地，也是蒙古汪古部政治、经济和文化的中心。1927年，瑞典探险家斯文赫定率领西北科学考察团在此考察，团中的中国考古专家黄文弼发现了一块古碑，碑上刻有《王傅德风堂碑记》。赵王城的秘密由此被揭开。奋生完整地抄录了这通元代古碑，并进行了科学的考证，从而为我们照亮了元史研究的一段黑暗（第三十五篇《新发现的五英雄城碑文》）。

亮点之三是作者比较深刻地反映了蒙古地区经济、教育和医疗的现实状况。对以牛羊驼马为主的草原畜牧业和归绥地区的毛织工业的情况，奋生予以真实地记述；对蒙古人的疾病和医疗问题，作者也不厌其详地加以叙述。见到火车餐室中健壮的日本人（第七篇《餐室中的日人》），奋生想到了中国国民营养的不良，而对美国传教士用铅字印装蒙文《圣经》教义，能讲流利的蒙语，并在蒙古地区设立医院（第二十八篇《深入蒙地的传教士》），他更是赞佩不已，同时也为自己的国家在文化建设上的缺失感到愧疚，并大声疾呼。

亮点之四是作者对现实问题的忧思。第三十七篇《青年思想与喇嘛教的冲突》和第三十八篇《亟须打破的狭隘的民族观念》集中反映了当时蒙古草原社会存在的问题。奋生希望蒙古社会能够与时俱进，既能够保留固有的文化传统，而又不落伍于时代潮流，在物质生活和精神生活两个方面臻于较为理想的境界。这一切都是发人深思的话题。

奋生是江苏沛县人，别号雪心，笔名雪心室。他早年毕业于南京文艺专科师范学校，新中国成立后历任西北大学边政系教授、西北民族学院语文系教授以及兰州大学历史系特聘教授，甘肃省政协委员。他一生致力于蒙、藏等民族历史文化的宣传和研究工作。早在20世纪20年代，他主编的《蒙藏周报》就已经受到文化界的高度关注。他还曾担任《蒙藏旬刊》的主编以及九世班禅的行辕秘书，对于蒙藏文化有极深的了解。正如刘家驹所说："余与黄君奋生，六年前共事于南京《蒙藏周报》社，黄君主该报笔政，所撰边事论文，无不切中肯綮。《蒙藏周报》在蒙、藏地方，所得到蒙、藏人之爱护与赞誉，犹如内地人士之对于《申报》者然，以是黄君之名，久为蒙、藏人士所耳熟矣。""黄君对于边事，为一极热心研究之人。在政府及社会未注意边事之前，彼曾赴边疆各地考察，返后即作宣传工作，冀引起朝野之注意。余十七年由西康来京后，朝夕获聆其论，衷心欣佩！迨二十年，余随班禅大师，漫游蒙地，知黄君宿昔主张，甚合边情，益佩其轶群之伟！"对他的工作给予很高的评价。1941年，他与顾颉刚、马鹤天等著名学者在重庆创建了中国边疆学会，并在全国发展了600多名会员，确定了"促进民族团结、考察边疆情况、研究建设方案、编纂边疆丛书、发行边疆刊物"等五项内容为该学会的基本任务。随后《中国边疆》《边疆日报》以及《边疆周刊》等多种边疆刊物便如雨后春笋般地涌现出来，《边疆丛书》第一辑（共有 10 种书）也陆续由正中书局和商务印书馆出版发行，产生了广泛的社会影响。黄奋生本人先后出版了《内蒙盟自治运动纪实》(中华书局，1934)、《蒙藏状况》《蒙藏新志》《边疆人物志》(正中书局，1945)、《边疆屯垦员手册》(青年出版社，1946)、《边疆政教之研究》(商务印书馆，1947）和《西藏情况》(地图出版社，1953）等十余部学术专著。他在学术上的卓越贡献使他成为我国现代学术史上蒙藏文化研究的奠基人之一。1957 年，邓小平在视察甘肃期间，曾经接见黄奋生等著名学者。此后不久，"反右"运动骤然兴起。奋生在兰州地区"六教授会议"上的发言，被认为有提倡"教授治校"的嫌疑（仅仅是嫌疑而已），于是被打成"右派分子"，遣送到武威黄羊镇农场接受"劳动教养"，一位满怀爱国热情的学术名流在一夜之间就沦为"人民的公敌"。尽管如此，在生命的最后时光里，他还完成了著名的《藏族简史》(北京民族出版社，1985)。这是我国学术界第一部运用马克思主义思想方法研究藏族历史文化的高水平的学术著作，至今仍然被视为这一研究领域的权威著作。在人生的低谷中，黄奋生踏上了学术的精神高原，为自己的学术人生画上一个圆满的句号。那一年，他 56 岁。

奋生似乎是一个对政治无所是非的学者。他既拥护三民主义，尊重国民政府，也热爱新中国，拥护中国共产党，他就是一个本色的读书人，一个本色的学者。他效忠于国家，效忠于民族，具有浓厚的文化与学术热情，对于蒙藏民族的历史和未来给予了高度的关注，并进行了深入的研究。发端于民国时期的民族自治运动，在新中国成立之后真正实现了。奋生作为这一运动的先驱人物之一，功不可没。然而，奋生悲惨地死了——带着他对国家对蒙藏人民的深爱和对人民政府对执政党的信任。他对蒙学和藏学的精深研究以及所取得的丰硕成果，至今仍然熠熠闪光，至今还在支撑着蒙学研究和藏学研究的大厦。他是不会被热爱真理的人们遗忘的。或许，在寂静的月夜里，百灵庙女儿山的马头琴女神也会情不自禁地用她那幽咽的琴声来倾诉对黄奋生的怀念，同时还会准备为他献上一条洁白的哈达，三盏青稞酒，三杯草原白，以及其他。毕竟，黄奋生为他眷恋的祖国边疆、为他深爱的蒙藏人民奋斗了一生，就像他的名字一样；毕竟，即使他真的提倡了“教授治校”，也没有什么错，更没有什么罪。

本文系作者为《百灵庙巡礼》一书作的序，中国青年出版社2012年12月版，该书系杨镰主编的《20世纪人文地理纪实丛书》之一，又载《中华读书报》2012年9月19日第15版《国学》

“明驼足”与“长征志”

——马鹤天和他的《内外蒙古考察日记》

“吃饭时，风依然狂暴，沙尘飞入碗内，食之有声。”“下午，风雪交加，入晚，风更烈。我们九人，屈促在驼夫的一个小帐房内。……风吼雪飘，益增凄凉，人人相对无言，嘘唏长叹，种种感想，涌现脑际，不禁想见苏武留胡的景况。饭后，大家急拥厚被，和衣挤卧，风声益厉，帐房将拔，人人惴恐。眠既不得，起又不能，这种太古生活，凄凉生活，可说是生平未有。但我个人反感觉特别兴味，坦然高卧。”1926 年 11 月 24 日马鹤天在日记中这样写道。类似的记述在《内外蒙古考察日记》(新亚细亚学会 1932 年初版，以下简称为《日记》)中随处可见。的确，在我国现代的学者之林中，很少有像马鹤天那样不辞艰险、壮游天下的人物。但马氏之游不是庄子的逍遥游，也不是石崇的金谷游，更不是徐霞客的山水游，而是一种浸透了深沉的民族意识和国家情怀的文化之旅，是对现实的执着——以服务于国家为宗旨，是对历史的回应——以效忠于民族为目的。于是，我们在马氏一人独著的《边疆丛书》中看到了这些著作：《内外蒙古考察日记》《东北考察记》（新亚细亚学会，1934），《西北考察记：青海篇》（正中书局，1936）和《甘青藏边区考察记》（商务印书馆，1948）。此外，他的《边疆杂咏》（中国边疆学会陕西省分会，1945）和《蒙藏民族的历史概述》（抄本），皆属同类著作。马氏还有另外两套一人独著的丛书：一为《抗日丛书》，包括《救国嘤鸣集》（新亚细亚学会版）、《旧恨新仇录》（东京神州学会版）、《列强在中国之竞争》（北平《国风日报》版）和《辟中日同盟说》（上海《救国日报》版）；一为《教育丛书》，包括《日本之教育》（山西国民师范学校出版）、《江苏教育观察记》（同上）、《教授法》（同上）、《菲律宾教育考察日记》（山西学术研究会版）和《新广东教育考察日记》（北平民族大学版）。教育为国家之基础，民族为国家之基石，在中日两国民族矛盾极为剧烈的年代，救国意识体现了一位真正学者的良知。"长城自昔限夷华，蒙汉如今是一家。兄弟同仇堪御侮，莫教倭骑渡平沙。"（马鹤天《伊盟杂咏·经长城有感》）诗言志，爱国主义与民族团结就是他的平生志业和理想追求。作为国民政府的高级文化官员和边疆史地专家，马鹤天一生为国家而奔走，为民族而呼唤，为人民而献身，因而他的壮游既负荷着国家与民族的重大使命，其诗性的况味和历史的意蕴，也令人涵泳不尽。就让我们以《日记》为核心，切入到马氏的漫漫征途与大漠草原，发掘这部名著的特殊的人文价值和历史价值。

傅斯年说：“惟有从事实上认识边疆，我们才能保有我们的边疆。”而认识边疆的前提是必须深入边疆，正所谓“非冒风雪、忍饥寒，身历其境者不得”（《日记·凡例》）。在《日记》问世之前，关于蒙古的知识，“大抵取材于日本人之记载，并未身历其境。当时之搜集蒙古出版物，日文者越数十种，中文者不过数种而已。且日人著作，多系实地调查之记载，故材料比较丰富而确实，中国从来去蒙古者，非官即商，商人无相当知识，不能调查记载；官员虽有知识，不肯调查记载，以故较详之出版物，可谓绝无，鹤天久思一游其地，实地考察，但苦不得机会。”（《日记·自序》）民国十五年（1926）秋，机会终于来了，正如马氏自述：“民国十五年秋，因革命的需要，被派赴外蒙。九月二十三日，由兰州首途，十二月二十三日，始抵库伦，途中整经三月。留库月余，又经布里亚特蒙古，至莫斯科，后复返库伦。十六年五月，始由阿拉善回甘。往返九阅月，行地万余里，由秋而冬而春而夏，由兰州、凉州、甘州，而内蒙额济纳，而外蒙郭尔班赛恒旗、三音诺颜汗部、库伦，而布里亚特蒙古。归途经外蒙谢图汗部，内蒙阿拉善至宁夏，返兰州。西套蒙古全历，外蒙四部经过其二。内蒙之王公政治，外蒙之共和政治，以及社会、经济、种族、宗教、交通等等，无不略知概况。行的工具，始而骡车，继而骆驼，继而蒙古马，又继而布里亚特车，再继而汽车、火车。由畜牧生活之内外蒙，到苏维埃政治组织之布里亚特蒙古，真似读了一部人类进化史。"（《日记·自序》）在冰天雪地中，马鹤天逐日作笔记，整理成书后，由于右任亲自题写书名并作序，面世后，迅即风行全国。《日记》约计二十万字，配有二十多幅插图，按照游踪分为十部分：（一）由甘肃张掖至内蒙额济纳；（二）由内蒙额济纳至外蒙拜申图；（三）留郭尔班赛恒乌拉旗；（四）由郭尔班赛恒乌拉旗至三音诺颜汉部；（五）留三音诺颜汉部；（六）由三音诺颜汉部至库伦；（七）留居库伦；（八）由库伦至布里亚特蒙古；（九）由内蒙至阿拉善；（十）由阿拉善至宁夏。附录有五言纪行诗《蒙古行》《俄蒙协约》《中俄申明文件》和《中俄蒙协约》四种。"凡关于外蒙独立经过，政治、教育、财政、军事、党务、宗教、工商业，以及属地面积、民族人口、山川地势、气候、物产、交通，并库伦汉商之痛苦，俄人、蒙人、日人之情形，无不备述……第八章为外蒙北部及布里亚特蒙古之情形。"（《日记·凡例》）所以，马氏的这部《日记》在民国时代享有"蒙古文化宝鉴" 的美誉。

一、外蒙古独立的经过

《日记》最重要的笔墨在于对外蒙古独立过程以及政治方面的记述。据马氏 1927 年 12 月 26 日所记，清末派驻外蒙的官吏，如延福、三多之流借举办新政之名勒索蒙人，激起强烈仇恨，而清廷革拿达赖喇嘛的命令传到库伦时，哲布尊丹巴活佛已有谋逆之心，俄国利用这个机会，对清廷在蒙古练兵移民等事横加干涉，一面结好蒙人，一面鼓动亲俄派多尔济亲王借会盟之名，密议独立。至武昌起义，俄人更大肆拨弄，且出兵援助，于是外蒙古的喀尔喀四部，于 1911 年 11 月 30 日宣布独立，驱逐清朝官吏，建立蒙古帝国，改元“共戴”，以哲布尊丹巴为皇帝。此前，1911 年 11 月 3 日，俄派公使廓索维慈赴库伦，订立密约，其外蒙为扶助外蒙自治及训练蒙军，不准中国驻兵移民，俄在外蒙获得政治、经济上各种特权。在第一次世界大战期间，日、俄又密约攻守同盟，共同执掌蒙事。1917 年，白俄谢米诺夫勾结蒙匪，欲在海拉尔设立蒙古政府，哲布尊丹巴自觉前途危险，乃决意取消自治，求援于中国政府。1919 年 10 月，北洋政府任命徐树铮为西北筹边使，率兵四千到库伦，11 月 22 日，取消自治，废止一切蒙俄协议。但徐氏只知用铁腕高压，大失蒙古王公之心。1920 年 10 月，白俄巴龙恩琴受日本之接济，率残军侵犯库伦，于 1921 年 2 月占领库伦， 3 月 21 日宣布外蒙古二次独立，蒙人再次求援于中国政府，而中国政府却置若罔闻，于是，苏联红军在1921年夏进军库伦，消灭恩琴残部，同年7月6日，在红军的监督之下，组织国民政府，仍承认哲布尊丹巴为君主，但限制其权利，而各重要机关都有俄人顾问，掌握实权。1921年11月5日，在莫斯科缔结俄蒙密约，承认外蒙独立，否认中国有宗主权。至此，“实际上外蒙已完全非我有矣”，“表面外蒙独立，实际上一切不能独立”。后来的历史事实证明马鹤天的观察是准确的，他的上述观点也是有预见性的。1945年2月雅尔塔会议有关外蒙问题的决议，使得国共两党的最高领导人都难以挽回中国对外蒙古的主权，而苏联军队直到1992年才最后撤出外蒙。在长达七十年的奴役中，蒙古文化遭到严重的破坏，蒙古人民的生活处于水深火热当中。据1927年1月3日马氏所记，1924年5月，空有君主虚名的活佛逝世，外蒙国民政府宣言实行苏维埃式的共和政治，废止王位，同年11月召集大国民议会，改库伦旧名为乌兰巴图尔和特（即今乌兰巴托，意为赤色勇武之都）。当时，外蒙古的政党主要有国民党和青年党，其中青年党充当了苏联人的枪手。外蒙古实行的是以党治国，在1922年至1923年的恐怖时代，多数高级贵族喇嘛，一律被判为反革命，肆意杀害，如总理和特、总司令巴图鲁、内务总长布克特尔以及司法总长特夫特等国民党元老，都在所谓“反革命”的罪名之下被杀害，这都是蒙古青年党在苏俄的指使下采取的非人道行动。当时有一个使人闻之色变的肃反机构，名为隔别屋（内防处），曾一次枪杀了 16 名活佛的亲信喇嘛（《日记》民国十六年 1 月 5 日）。于是，蒙古的精英人物被消灭殆尽。显然，苏联人的治蒙之术是以蒙治蒙，即发展、培养外蒙古上层人士的对立面，然后出钱出枪予以支持。其手法虽然与制造波兰“卡廷惨案”有所不同，但其目的与恶果是完全一样的。最后，马氏断言：“外蒙古的国际关系，可说是在矛盾暧昧之中，这完全由于苏俄外交家手段的巧妙，依然蹈袭帝俄时代‘弃名取实’的政策。”（《日记》民国十六年 1 月 29 日）在他看来，俄国的外交家很善于“弹性外交”，而相比之下，当时中国的外交家们则极为缺乏政治上的远大目光和深沉理性，缺乏以积极主动的态度把握历史的卓越能力。在这种情形之下，蒙人虽然有回归之心，也是无可奈何花落去了。丢了外蒙，蒋介石悔恨终生，毛泽东也痛苦不已，所以后来在贝加尔湖畔，当那些随他一同出访苏联的青年人纷纷下车拍照留念之际，毛泽东却坚坐不动，他说：“这里是苏武牧羊的北海！”

二、“十月革命”与“革命文艺”

当“十月革命”的春风吹遍外蒙古大草原的时候，草原上的政治空气格外浓郁，人们对政治生活的热情似乎高于对羊肉和奶茶的兴趣。马氏写道："本日见党部蒙古包，复红旗高揭，知又开会。但细看旗上的文字，与前不同，知系青年党，凡二十一岁以下的青年入之。黄昏，闻革命歌声，知始散会。留旗四日，几无日不有会，每会半日或半夜，甚至上午直到夜晚，革命精神，已见一斑。"（民国十五年 11 月 25 日）革命会议多而长，革命歌声响而亮，这确实是革命政党的两个突出特点。他还写道："外蒙党政界，开新年庆祝宴会于中央党部，列席者，中央执行委员，国会议员及政府各机关要人，俄国倪大使，中国国民党代表陈继淹等，共百余人。由国会议长代表，对七年前革命有功的五人，颁给勋章，受者都有誓词，并由政府主席车林多尔基致辞，略谓蒙古共和成立，业已七年，种种方面，所以有现在的基础，都是诸位同志奋斗之力，以后希望中国和内蒙相继革命成功，完成东方革命，并希望苏联援助各弱小民族，促成世界革命云云。……一时革命空气，非常浓厚。"（民国十六年 1 月 1 日）"援助各弱小民族"确为"苏联老大哥"的口吻，但"援助外蒙"七十年，直到自己破了产，才停止"援助"，真是"伟大而崇高"，我们应该高呼"乌拉"才是。最有趣的是中国国民党举行的"漠北盛会"："晚，举行中山室开幕，及墙报发刊纪念会，请有俄蒙各同志。俄人德明君，蒙人包、霍二君参加。陈君令我主席，读遗嘱后，略述总理所谓'联合世界上以平等待我之民族共同奋斗'之深意，希望俄蒙同志，联合共同战线，打倒帝国主义云云。次俄、蒙各同志，均有演说，最后唱《国际歌》，可说是漠北的盛会。”（《日记》民国十六年 1 月 17 日）在国名党的会议上唱《国际歌》，只有“老大哥”敢这样干，如果在中国国内有人这样做，那恐怕是要杀头的。这些会议都奇妙之极。与此相关的是外蒙的“革命文艺”。《日记》详细记载了“外蒙古新剧”的有关内容和演出情况（民国十六年 1 月 20 日）。该剧演出规格很高，台前有乐队伴奏，“奏者蒙女八、九人，男子一、二人，有胡琴、三弦、洋琴、笛等乐器，可说是汉蒙四合作。因胡琴原系蒙古乐器，三弦与笛，为中国乐器，洋琴又是西洋乐器，曲全汉调，因系由中国商人学得”。其实，三弦是满、蒙、汉三族共有的乐器，至于“洋琴”，则可能是指钢琴，为俄罗斯通行之乐器。这部新剧主要描写蒙古下层人民的苦难，蒙古王公的威权以及喇嘛的淫恶，“各幕内插有许多滑稽，如王公仆役的捉虱吃虱，懒卧顽戏，某公属员和喇嘛的酒醉，当场大便，怪状百出，颇堪发噱”。显然，编剧的水平实在有限，与《小二黑结婚》《白毛女》之类的伟大作品不可同日而语。或许，没有马氏的记载，这种富于革命色彩的蒙古新剧就不会为我们所知了。

三、驼和犬的母子深情与“君子风范”

《日记》还有许多闲笔，虽波澜不惊，平平道来，却令人回味悠长，如马氏写道：“骆驼夜眠早放，马夜间放牧，马夫忽来说：昨夜马放牧脱逃，追十余里始赶回。又骆驼群，必有一犬，每夜防守。驼夫忽来说：我们的母犬，昨夜生了小犬四头，今天能否随行，尚不可知。言未了，忽有一大黑犬旁立，不知从何处飞来。我们便一面喂食，一面用绳拴住，预备随驼前行。大家忙了半天，我笑对同人说：我们今日，可说是‘犬马之劳’。”（民国十五年 10 月 21 日）“原随的母犬，自产子后，每到宿处，即先哺乳他的儿犬，原产四子，驼夫弃了三个，仅余一个，行时装在衣袖内，抱置驼上，有时坠地，母犬即用口衔之随行，路上亦喂乳数次。犬的母子之情，可说是与人无异。又骆驼雍容大度，行路时一步一步，始终如一，止宿静卧徐喘，可说是有君子风。”（民国十五年 10 月 23 日）“昨晚驼儿死去，竟哭号一夜，哀鸣之声，不忍入耳。清晨大家围观，见母驼依然悲号，两行眼泪，点点滴地，驼之爱儿情切，可说是与人无异。”（民国十六年 2 月 30 日）骆驼和狗是忠诚、勤劳和理解的象征，它们喜欢羁縻于人类的驱使与关爱之下的自由，它们的存在标志着人类的存在，他们的消失既是人类衰败的证明，也将预示着人类最后厄运的降临，它们是普通而伟大的动物。马氏这些轻松的记述极大地缓冲了塞外的自然风雪和政治烟云给读者造成的压力，为《日记》注入了一缕清新的自然趣味。

四、《日记》的文笔与缺憾及其作者生平

《日记》的可读性极强。每篇日记都有标题，如：民国十五年 11 月 23 日《蒙古之医术　宣传革命的画报》，11 月 25 日《青年党开会竟日　女生谈话自由小便自由》，12 月 3 日《愧不如蒙古女子　一碗四用——洗脸漱口喝茶吃饭》，12 月 4 日《牛羊同屋男女共枕　儿啼聒耳粪息扑鼻》，读者一见即被锁定眼球。不仅如此，马氏本为诗人，故《日记》之叙事时见诗笔，而写景如画，情景交融正是其突出的文学特征：“晚九时半，始到甜水井，仅行六十里。除小庙一间外，一无所有。我和赵吕两君等，架张军用帐篷，周围用土压之。随行的同人，拾驼粪作燃料，汲水煮饭。离小庙几十步有一井，深不及五尺，即所谓甜水井。尝其味，不但不甜，且稍咸而苦，并有烟味。时为阴历十四日，仰观俯视，月明在天，众星灿烂，黄沙在地，丛草棋布，真是天地为庐月为灯，可谓第一夜的蒙古风味。”（民国十五年 10 月 20 日）“西南有一小山，突立在沙漠平原中，好似小孤山，独立江中。因山麓四面皆平，而中坟起，可证明戈壁在古代实为大海。沙中风起，吹成螺形，亦大类水面波光。入夜月出，最初满天红光，

继而一轮半露，大如车轮，大地渐放光明，沙漠中别有奇景，颇饶兴味。”（民国十五年 10 月 22 日）“沿河岸行，草多且茂，和沙漠中风景，大不相同，但和内地的草也大异。……未几，太阳衔山，天空现赤黄色，升上片云，成金黄色，俯视水中，呈黄绿色，山水云天，黄赤绿紫，灿烂光辉，异样美观，不意蒙古地方，见此美景。”（民国十五年 10 月 26 日）《日记》的文笔就是如此简洁优美，如此摇曳多姿，颇具晚明小品的风韵。

《日记》并非尽善尽美之书。蒙古文化之核心首先在于宗教信仰（包括藏传佛教和草原萨满教），其次在于音乐歌舞，马氏于前者既多误解，常常将宗教和迷信画等号，而于后者更是不甚了了，着墨极少，所以这本书与丹麦学者亨宁·哈士伦的名著《蒙古的人和神》是迥异其趣的。譬如，他见到青少年喇嘛诵经，不禁感叹道：“十一二岁的小儿，也当小喇嘛，把青年有用光阴，消磨于跪拜念经之中，见之可怜。”“每日念经，上午两次，清早一次，十一时一次，念时打大鼓。摇小鼓，吹喇叭，打铜钹，并摇铃，以孔雀羽洒水。种种动作，见之可笑。”（民国十五年 11 月 4 日）“青年光阴，如此消磨，真是可惜！”（民国十五年 11 月 25 日）自古以来，汉地僧侣幼年出家者比比皆是，而黄教音乐的雄浑优美、深沉肃穆，又“可笑”在哪里？又如马氏见到一位行脚僧人，这样写道：“冰天雪地，不觉寒苦，不诵于庙而诵于道，可笑亦殊可怜！”（民国十六年1月23日）倘若如此，那位伟大的迦毗罗卫国的王子行乞人间似乎就是人类的奇耻大辱了。再如，在马氏胪列的种种“外蒙的社会恶习”中有一种是“嗜酒”，他说：“蒙人嗜酒，为原来天性，较汉人、俄人均甚。无论男妇贵贱，往往酩酊大醉，颠行市上。听说中国商人在蒙古各地营商时，往往利用此点，蒙人来时，先用不要钱的酒，供他尽喝，等到半醉时，再和他议价登账。蒙人很有信用，一经口认，绝不翻改，因此每吃大亏。”（民国十六年12月25日）汉商的狡诈欺骗恰好表明了蒙古人性格的淳厚和真诚。类似的事情如2010年7月10日上午，在新疆巴音布鲁克草原，我曾经到一个蒙古包内为一位年龄较大的汉族学者借棉衣，包内的一个牧民说：“棉衣，有的，你吃早饭了吗？先喝一碗奶茶吧！”按照马氏的逻辑，“轻易地把自己的东西借给别人”和“请人吃饭”也当属于蒙古人的“恶习”？对于丰美的草原，马氏动辄说此处应该开垦农田，那里应该种上庄稼，其实蒙古人对于草原的爱护和尊重，那种情感是极为强烈极有诗意的，也是符合今日保护草原生态的科学思想的，而对于这种情感，马氏确有难以克服的胡越之隔。尤其不能原谅的是他关于民族史的错误叙述：“蒙古民族，强悍勇敢，如周之猃狁、山戎，秦汉之匈奴、乌桓、鲜卑，隋唐之奚、契丹，皆蒙古之一部，世为中国边患。”（民国十六年1月24日）倘若这些民族都是“蒙古之一部”，我们的民族史真该重写了！但马氏是政府官员，他最敏感最具洞察力的是政治领域，《日记》触及了那一时代的令国人惊心动魄的也令国人永远痛苦的大问题，谨此一点就足以使马氏炳焕千秋了。因此，我们不应对他求全责备，而应持陈寅恪所说的“了解之同情”的态度。

马鹤天（1887—?）是山西芮城人，早年毕业于日本早稻田大学。历任西北边防督办公署教育科科长、北平民国大学总务长、兰州中山大学校长、甘肃学院院长、甘肃省政府委员、甘肃教育厅厅长、国民政府铨叙部育才司司长和蒙藏委员会委员等职。曾创办《西北半月刊》《新亚西亚月刊》《甘肃白话日报》和《西北》等报刊，创办甘肃教育馆、甘肃大学及幼稚园。除了上文提及的著作，他还著有《山东河南印影录》（北平公记印书局，1924）、《青海考察记》（1927）和《新秩序的原形态》（1939），与戴季陶等人合著《西北：西北之实况与其开发》（新亚细亚学会，1931），并发表了大量与西北史地有关的文章。1923年，他发起并创建了中华西北协会，后与顾颉刚、黄奋生、韩儒林和赵守珏等人创建了中国边疆学会。民国二十四年（1935），马鹤天奉命出任国民政府蒙藏委员会驻藏大员，并被任命为九世班禅大师回藏专使行署参赞。在20世纪30年代中国第二次边疆研究高潮中，马氏是非常有代表性的人物。时人对他的工作业绩给予极高的评价，如黄奋生说：“马鹤天先生，以致力边疆事业，为其平生抱负，一般人热腾腾地在内地通都大邑翻筋斗兜圈子的时候，而他发愤急起，不避艰险，先到西北，继到蒙古，又赴东北，更去康藏，伟大的中国边疆，几乎都留下他的足迹。《内外蒙古考察日记》的问世，风行全国，提示了国人对于朔方不少认识。”汪公亮说：“鹤天先生从政羌陇，北历俄、蒙，所著《内外蒙古考察日记》《青海考察记》，皆从九死一生中写出，为西北地理之原料。”戴季陶说：“马鹤天先生久历蒙疆，对于蒙古既富于知识，复富于同情，近日于从政之暇，将其考察内外蒙古日记整理刊行，俾内地人士了然于蒙古实况，其为益于国家民族之前途者，深望蒙汉同胞共明斯旨，一德一心造成形神俱一之中国民族者，为永久和平统一之保证也。”马氏的卓越成就与时代风气和文化思潮密切相关。1916 年，吴文藻指出，“一民族可以建一国家，却非一民族必建一国家，诚以数个民族自由联合而结成大一统之多民族国家，倘其文明生活之密度，合作精神之强度，并不减于单民族国家，较之或且有过无不及，则多民族国家内团体生活之丰富浓厚，胜于单民族国家内之团体生活多矣”。“民族乃一种文化精神，不含政治意味，国家乃一种政治组织，备有文化基础。民族者，里也，国家者，表也。民族与国家应有之区别，即以有无政治上之统一为断”（《民族与国家》）。1930 年 9 月马氏创刊《新亚细亚》杂志，其所撰发刊词说：“为整个中国的建设而研究中国的边疆问题，为实现民族主义而研究东方民族的解放问题。”本着这一宗旨，人们对西北的疆域和民族问题给予高度关注。宋子文说：“西北建设，不是一个地方问题，是整个国家的问题，西北建设是我中华民国的生命线。”后来蒋经国于抗战期间游历考察大西北，并撰写了《伟大的西北》（重庆 1943 年初版，宁夏人民出版社 2001 年再版）一书，其中有《西北是我们民族的故乡》《中华民族大团圆》和《回到民族的故乡去》等章节，更鲜明地表达了这种思想。客观地说，马鹤天已经走在时代的前列了。“生平乐远游，暇辄履新地。”“愿借明驼足，遂我长征志。”（马鹤天《蒙古行》）他的平生志愿最终得以实现。

鹤鸣九皋，声闻于天。然而，在鹤唳长天之后，马鹤天却奇怪地消失了。在抗战胜利之后，他踪影全无，至今我们仍然不知其所终。一代英杰，魂归何处？令人无限迷惘。

附志：

本文系作者为《内外蒙古考察日记》一书作的序，中国青年出版社 2012 年 12 月版，该书系杨镰主编的《20 世纪人文地理纪实丛书》之一，又载《中华读书报》，2012 年 12 月 19 日第 15 版《国学》。本文发表后，2012 年 12 月 24 日，安徽师范大学历史与社会学院副教授沈喜彭博士来信指出：

《当代中国人物志》《运城人物》(近现代部分)都明确写到马辞世于1962年，病逝于北京，享年75岁。另有不少资料表明，1949年以后，马先后在中央民族学院以及中央民族事务委员会工作。此外，马在1962年4月还用白话文写了一篇《五四时期我在太原的一段经历》，这篇文章连同部分资料我已放在附件中，供您审阅。

此后不久，《中华读书报》(2013年5月1日第3版)发表了署名散木的《马鹤天并非"踪影全无"》一文，文章指出：

《中华读书报》"文化周刊"发表的范子烨《马鹤天和他的〈内外蒙古考察日记〉》，介绍了马鹤天及其《内外蒙古考察日记》一书，作者亟称，"在我国现代的学者之林中，很少有像马鹤天那样不辞艰险、壮游天下的人物"，以及"作为国民政府的高级文化官员和边疆史地专家，马鹤天一生为国家而奔走，为民族而呼唤，为人民而献身，因而他的壮游既负荷着国家与民族的重大使命，其历史的意蕴和诗性的况味，也令人涵泳不尽"。笔者阅至此处，不禁感慨：马鹤天先生沉寂良久，总算是有人有所道及，并且予以了不俗的评价，然而其人其"壮游"等等，以及"其历史的意蕴和诗性的况味"云云，终究是不甚了了，这也难怪，在我们的历史史册中，还有多少过客已然被人忘却抑或差几被人忘却，就以范子烨先生的这篇文章而论，其在叙述了马鹤天及其《内外蒙古考察日记》之后，不无遗憾地称道：马鹤天先生足迹遍及西北、蒙古、东北、康藏，堪为杰出的边疆考察家和边疆学家，所谓“鹤鸣九皋，声闻于天”，“然而，在鹤唳长天之后，马鹤天却奇怪地消失了。在抗战胜利之后，他踪影全无，至今我们仍然不知其所终。一代英杰，魂归何处？令人无限迷惘”。其实，让人“迷惘”的，不是其人“失踪”了，而是此后的史家不再记叙他这样的“过气”人物了，而热火了一阵的各地的地方志也已然大功告成，全然不顾遗漏的方方面面，于是，在历史的细部，譬如马鹤天其人其事，合该是“令人无限迷惘”的空白了。

马鹤天（1887—1962）是山西人氏，笔者早年研习山西地方史时，有所关注。其原名马鸣銮，晋南芮城人。要说其人应该给予关注，一是其曾参与辛亥山西光复，继之在担任《河东日报》编辑时因揭露地方官贪污腐败而被殴，堪为三晋好男儿；又于时代转换关头，所谓新旧民主革命更替，“五四”春风飘入娘子关之内，彼时山西最早传播马克思主义和新思潮的刊物是《平民周刊》（由太原一中学生王振翼主编，一中学生姚锌负责印刷和发行，高君宇、贺昌、贺凯等参与其中），该刊号称要“以山西实况报告世人，代人民呼号”，并且要“将世界潮流输入娘子关内，供给晋民以奋斗有效的径途”，此外则是山西大学的“新共和学会”（由谢冰莹的哥哥谢焕文任委员长），编辑发行《新共和》季刊，并公开宣称“贫困问题的唯一根本原因就是资本主义”“不适时的思想和制度必须赶快推翻，适时的国潮与制度必须赶快建设”，而“代资本主义而起的当然是社会主义”，再就是太原知识界进步人士所组织和“山西学术研究会”了，该会出版《新觉路》半月刊，由马鹤天任主编，彼时在太原活动的邓初民曾为之撰写有《怎样改造中国》《半年来吾国劳工运动见闻》等文章，表示了对社会主义的憧憬，等等，而马鹤天无疑是山西传播新思想新思潮的弄潮儿之一，当时他还担任太原《共和白话报》的编辑。三是马鹤天又曾留学日本，后毕业于早稻田大学，曾会见过流亡在日本的孙中山，随即参加中华革命党，并与仇鳌等人组织“神州学会”，创办《民彝》杂志，其同仁有李大钊、高一涵、邓初民、易梅园等，宣称开展讨袁斗争，这一“神州学会”，见诸史料颇为鲜少，唯有李墨卿在《墨园随笔》中有所道及，其曰该学会并非秘密组织，而是一个“以研究学术、敦崇气节、唤起国民自觉、图谋国家富强”为宗旨的团体，可惜迄今乏人研究。四，马鹤天返国之后，参与创办太原著名的山西省立国民师范学校，并任教务长，这所学校不仅培养了众多山西青年才俊，其地也是山西诸多革命运动的摇篮之一；马鹤天此后服务国内教育界，历任西北边防督办公署教育科科长、北平民国大学总务长、兰州中山大学校长、甘肃学院院长、甘肃教育厅厅长、国民政府铨叙部育才司司长等，多有建树。五，一如范子烨文章所称道的，马鹤天以其边疆研究和活动最为著称，其曾担任国民政府蒙藏委员会委员等职，1923 年，他还发起并创建了“中华西北协会”，后来还与顾颉刚、黄奋生、韩儒林、赵守珏等创建了“中国边疆学会”；1935 年，马鹤天奉命出任国民政府蒙藏委员会驻藏大员，并被任命为九世班禅大师回藏专使行署参赞（此后还任榆林回藏办事处专使、张家口回藏办事处处长等），他是国内著名的藏学家，而彼时的边疆于国难之中频频告急，马鹤天履及的西北、蒙古、东北、康藏，无处不是危若累卵，抑或已然弃守，马鹤天“愿借明驼足，遂我长征志”，未始没有苍凉的回眸，当年他的众多行记，如《东北考察记》《内外蒙古考察日记》《赴藏日记》等等，曾经被收入进《民国丛书》等，而由于显然的原因，此后再难重见人世矣。

或许，这也是马鹤天“踪影全无”的一个原因了。

晚年的马鹤天，先后在中央民族学院和中央民族事务委员会工作；期间，他曾被聘为山西省文史馆馆员。

二君所言，皆足以补正拙文，匡我不逮，转引于此，以广视听。

和与爱：山中来信

王兄志清教授：

见字如面！

今日早起，大约 6:30 在茶店子乘长途汽车离开成都，一路向西北行进，途经汶川，在大约三个小时后，我抵达了此行的目的地——四川省阿坝州的茂县，一个别名为“羌城”的地方。天气微阴，雾霭弥漫，澌澌急流的长河在宽阔的河谷间奔腾，河谷的两岸就是茂县县城。碧绿的河水把县城一分为二，县城拥护着河水，群山缠绕着县城。山势巍峨，巉岩高耸，令人敬畏。而次日晨起，当我轻轻拉开窗户的时候，一缕清爽的山峦气息霎时涌入我的房间，涌入我的心田，让我情思激荡，让我欲罢不能。或许，这就是王子猷所说的“西山朝来，致有爽气”吧。浓浓的云雾笼罩在重峦叠嶂之上，山水与云雾的配合相得益彰，其中似乎蕴含着令人体味不尽的诗意，“仰之弥高”的感觉油然而生。

于是，带着这样的自然情怀，我走进了你在《且说新语》中精心布置的第一个美文花园。这是一个人伦的胜境，激扬着高山大河的仁智精神。人间的爱的光辉总是如此地令人激动，就像我眼前的山水一样。对建忠的《和爱赋》我最为钟情。《生活百味》是你在《且说新语》中精心布置的第二个美文花园。所谓芥子纳须弥，在对生活的点滴透视和细腻体味中尽显作者的超越情怀。建忠《疼痛的声音》别有风味，我仍然推举他得第一名。看来，建忠真是一个富于感情的人，遗憾的是我们从未谋面，只是我当年在中华书局工作时和他有过通信交流，当时他是我非常看好的一位作者。当然，仅仅富于感情，并不足以成为优秀的文章家，好的散文既来自对人生对世界的切实体悟，更来自对日常生活的艺术升华，来自作家自身的艺术修养。你在《且说新语》中精心布置的第三个美文花园《动情回眸》比较典型地说明了这一点。作者们都非常善于观照自我。在对自我的审视中，发现具有普世意义的人生价值。由七篇散文组成的《人物素描》是你在《且说新语》中精心布置的第四个美文花园，这些散文应该与《仰之弥高》的前四篇对读，因为这些都是纯粹以人物为中心的。曹旭兄的《捉蟋蟀的男生》真是不俗，你的《真热爱的张永祎》和《小城男孩眼中的那个时代》也令我折服。对老曹的散文、诗艺和书法乃至歌唱，我早已倾心，而在你的《且说新语》中他无疑也是最为强势的作者之一。他的《我的祖母》《京都六月的小事》《晕船》《表哥盖房》和《我和台湾的学生》等等都是上乘的散文妙品。自然的美似乎能够让人忘记过去，无论是幸福的，还是创痛的。当我置身于眼前的自然山水时，再进入你在《且说新语》中精心布置的第五个美文花园《世事沧桑》当中，感到其中的花朵似乎与我的当下心境非常不合拍。面对齐静的《私奔》《会馆》和《神奇的韭菜》，王育红的《生命不能承受之轻》以及赵薇《喜儿与丽莎》，我感到有点“隔”，王国维说“隔”与“不隔”是两种审美的境界。但是，对这三位女诗人的作品，我确实很喜欢，请允许我在以后向你汇报读后感。我辈本是学问中人，对于学术本身寄托了太多的生命激情。因此，第六个美文花园《问学寄情》的八篇文章写的都是当行本色，而建忠的三篇美文尤其富有诗意。在第七个美文花园《四季烟岚》中，建忠更以他的《春之四面》《秋声赋》和《过年》宣泄了他的生命激情，展示了他的过人才华。王兄的《书院二题》，清幽淡雅，富有古趣，仿佛是王摩诘笔下的山寺，静谧而有声，画意与诗情交融无间。第八个美文花园《口无遮拦》的六篇是知识分子的心语，都是恺切平实的议论，作者们既能直面现实，又能够保持冷静，很值得关注。《审美阅读》是你在《且说新语》中精心布置的第九个美文花园。这十篇文章将我的思绪推向更远更广的文化原野，在那里，或者百花盛开，或者万叶吟秋，或者流风回雪，或者惊涛拍岸。一切都是美丽的，一切都是怡人的。

面对《且说新语》这样的美文集，能够先睹为快，真是我的幸运，就像我在茂县的深山中仔仔细细地品读自然山水一样。好的书籍要读，美的山水也要读，二者是不可或缺，相辅相成的。因为其中灌注着人的精神。我要特别彰显一下后者。山水孕育着人文，人文构建了历史，历史流动着文化。茂县的孤游，使我切实感受到山水与人文的辉耀和光彩。其实，我独自一人到这里来，有一个非常明确的目的，那就是对羌族的传统音乐进行深入的田野调查。羌人是我国境内最古老的民族之一，其形成远远早于汉族。许慎解释说，羌是西戎的牧羊人，本来在以甘肃为中心的西北地区游牧，后来由于战争的原因，辗转进入了岷江上游的西南山区，茂县就是最大的一个羌族聚居地。这两天，我在这里结识了王志强、王宝泉、王国亨、杨羌仔和陈荣等羌族朋友，还有两位羌族妇女王母木子和于兴妹。其中王宝泉和王国亨是羌笛乐师，他们既能制作羌笛，还能演奏羌笛，目前都是国家级非物质文化遗产的传承人。王母木子也是如此，但是，她演奏的乐器叫作口弦，又叫弦子，是一种借助口腔共鸣通过弹拨而发声的微型乐器，古人称之为“簧”，又叫口簧。《诗经》中“既见君子，并坐鼓簧”，“吹笙鼓簧”，“巧舌如簧”等诗句说的就是这种乐器。口簧的种类有很多，最古老的是绳振式竹制口簧，茂县的羌族女性用的就是这种口簧。陆云《为顾彦先赠妇诗》“鸣簧发皓齿，朱弦绕素腕”，说的就是这种口簧。羌笛是一种双管十二孔的复簧乐器，每支管上各有六孔，管端各着一簧，通过鼓簧而发声，如唐诗“更吹羌笛关山月”“羌笛何须怨杨柳”和“胡琴琵琶与羌笛”，描写多不胜数。在茂县的深山中，我居然找到了这种古代音乐文化的实际遗存，总共获得了六支羌笛和六枚口簧的乐器实物，王兄必能理解我愉悦的心情。羌族人喜欢住在高山之上，他们被人形象地称为云朵之上的民族，更有趣的是，羌人称汉人为“切日”，意思是住在下边的人。羌人崇拜素净的白石，折射出这个民族内心世界的纯净。他们的宗教法师称为“释比”，那“释比”用的鼓分明就是北方草原的萨满鼓。今日下午探访著名的黑虎羌寨。一进入寨中，那在苍茫雄浑的群山中耸立着的一座座高出世表的碉楼古堡，把我的思绪引入夐迥辽远的历史时空。在这里，时光是根本不动的，唐子西所谓“山静似太古，日长如小年”讲得最贴切不过了。而昨日在坪头山寨，淳朴的木子为我弹奏口簧，又送给我两枚她丈夫亲手制作的口簧。轻轻鸣唱的簧片，如同流莺的微语，如同春风的吹拂，诉说着昔日的爱情故事，缠绵而动人。而宝泉那悠扬的羌笛之音，则似乎倾吐着峥嵘岁月的历史风云，使我仿佛从时光的隧道回到了大唐的边塞。大漠的孤烟，长河的落日，顿现于眼前！

根据古人的诗，山中人的心态有时是孤寂的，因为时间短暂，我对此尚无深切的体验。但无论如何，当我置身于山中的时候，能够读到你精心编纂的美文集《且说新语》，已经提前预防了孤寂对我的偷袭。我要深深地感谢你！在这里，我试作一篇短偈寄给王兄以及各位山外的和远方的朋友：

云是世业空，只缘在山中；
怡情此山水，和爱与君同。

当然，根据“为他人之书作序的基本原则”，我似乎不应过多地谈论此书以外的事情，但请原谅，这是一篇非序之序，所谓代序，因为以弟微末之才实在不敢压王兄与诸君之头。事实上，顾亭林先生也确实有“君子不序人之书”的雅意，而我本人更喜欢耽味一种美文与山水交相辉映的充满着和与爱的文化境界，因而饶舌至此，权且作为书序的一种变体吧。

夜，渐渐深了。

山中的夜色格外浓郁。

这是茂县山中的深秋之夜。

也是南通的美好之夜。

遥祝

王兄晚安！

愚弟　子烨　顿首

2013年10月28日晚，29日晨，29日晚20:33，四川省阿坝州茂县坪头山寨附近之九顶山国际酒店6401房间

本文是作者为王志清主编《且说新语》一书作的序，黄山书社2014年1月版

海角之思

窗外传来阵阵涛声。万古不息的涛声。不是江河的涛声，而是大海的涛声。幽深的海水，蕴藏着数不清的老蚌，老蚌们辛勤地孕育着沧海的明珠，而鲛人们幽幽泣泪的悲歌与海潮交织在一起，激扬在辽阔的海空，更让在天涯海角之滨凭栏远眺的我魂神飞逝，激动不已。这是2013年12月1日的夜晚，在海南省三亚市天涯镇红龙街6号海阔天空咖啡宾馆301房间，在一片轰鸣的海涛声中，我急速地敲击着电脑的键盘。海浪源源不断地向我传达着一种神奇的静谧和幸福的安详，并赋予我一种诡异的力量，让我的文思更加丰赡更加激扬。我深知，在人类的文学史上，大海的宽广胸怀，大海的壮美景色，大海的喜怒哀乐，常常凝结为作家笔下的文字。蒙田（Michel Eyquem de Montaigne）的《随笔》，赫尔曼·麦尔维尔（Herman Melville）的《白鲸》，马塞尔·普鲁斯特（Marcel Proust）

的《追忆似水年华》，纪伯伦（Kahlil Gibran）的散文诗，甚至苏珊·桑塔格（Susan Sontag）的文化批评杰作，从这些经典作家的作品中我们都可以领略到大海一般的文化品格，无论是直接写海的杰作，还是完全见不到海的佳构。海是一种伟大的自然存在，她创造了最早的生命，创造了最伟大的智慧生物——人类。而人类所能够回报给大海的，除了对大海的呵护与尊重之外，应当就是崇高的人文精神以及作为此种精神最重要载体之一的文学。人类文学的书写以及对文学的研究，乃是人类文化生生不息的传统。文学之神思，在于想象，在于升华，在于超越。寂然凝虑，思接千载；悄然动容，视通万里。海洋与大地是人类精神的基点，但是，天空的境界才是人类精神的真正映象。古往今来，人类的精英们扑动着想象的翅膀，从广袤的土地，从辽阔的草原，从激荡的大海，不断飞跃，不断升腾，一路攀援到人类精神天空的最高处。这就是从古希腊到莎翁的戏剧，这就是从拉伯雷、雨果到托翁以及曹雪芹的小说，这就是从《伊利亚特》《奥德赛》到《格萨尔》《江格尔》和《玛纳斯》三大史诗。辛劳的诗人们与痛苦的哲人们，千古如一地致力于伟大的精神创造，坚守着大地的现实，书写着大海的深情，追求着天空的高远。当以此种眼光来审视我国的六朝文学时，我们可以发现六朝时代的作家有着更为精致更为优美更为妩媚的文学风范。这种文学书写集中显现在这一时代遗留给我们的文学经典之中。

我和老K，都长期致力于这方面的研究，我们的相识以及结缘也都与此密不可分。与我相比，老K的学术风格偏向于冷静，更注重理性。最近看到柏俊才教授谈老K的文章，其论老K之学切实而详明，举其要者大约有四端：其一为秦汉文学的新观照，其二为文学观念的新诠释，其三为研究方法的新突破，其四为文献考据方法的新变革。当然，柏君的这种学术评论是建立在老K的学术理念为切入点的："研究文学史要有三个支点，即艺术感受、文献积累、理论素养；要经历三个层次，即走进文学、走出文学、最后回归文学。"（老K语）无论是文献考据，还是文学编年，老K的论著大都呈现出一种大理石般的冷寂和端庄，有时冷寂得让人直摇晃，端庄得也让人觉得太枯燥。但在我看来，老K的学术贡献不在于解决问题，而在于提出问题，他或者唤起人们对某些重要问题的重视，或者梳理某一历史时期文学与文化发展的基本线索，清理相关的文学史料，给青年学子们开辟新的治学门径，恢恢然游刃有余，仿佛大匠运斤，从容不迫。就老K早年的学术研究而言，《昭明文选》和《玉台新咏》是他关注的重点。这两部文学总集无疑是我国中世纪华美文学的代表，尤其是《文选》，前人素来视为枕中之秘宝。所谓"《文选》烂，秀才半"，所谓"熟读《文选》理"，足见古人之推重。老K长期致力于这方面的研究，自然与其特殊的文学魅力密不可分。性情之所至，则寝馈其中，久而弥笃，乐此不疲。

最近老 K 的《文选旧注辑存》即将面世，作为多年苦心孤诣的学术结晶，它也标志着其早年学术兴趣的回归。而眼前的这部《门阀世族与文学总集》作为中国社会科学院文学研究所的创新成果之一，无疑也是一部值得重视的著作。其实，对柏君的文章，可以补充的一点是老 K 在经典传播方面所付出的努力，如他与王莉合写的《三曹诗选》（中华书局 2010 年版）以及他作为分册主编之一率领学界青年精英共著的《中国文学作品选注》第一卷（中华书局 2007 年版），都引起了我的关注。我当年供职的中华书局，总是能出好书，也真让我感到欣慰。老 K 为人，平易、平和、平淡，刘劭《人物志》说这样的人（“聪明平淡之人”）有当君王的潜质。这种潜质使他很善于与人合作，在这方面我是绝难望其项背的。而善于学习，善于汲取他人的长处，踏踏实实，不尚虚荣，正是他的一贯特点。

我和老 K 的接触开始于 1998 年。那时我们合作编纂《六朝作家年谱辑要》一书，他当时在《文学遗产》杂志担任兼职编辑，K 是他的编辑代号，我给《文遗》的第一篇论文就是他编发的。后来，我在《文遗》和他共事一年，那时大家常常称他为老 K。记得 1999 年 9 月，我在北大访学。一天，老 K 来宿舍看我，我们算是第一次见面了。那时，我们都还年轻，他穿着牛仔裤和旅游鞋，步履轻盈，眼光明澈。在交谈中，从清华园到到西子湖畔，再到贡院西街附近的建国门内大街五号，他的经历让我感到羡慕。老K生于1958年，那是一个如火如荼的革命时代。老K恰好与这个时代同名，就像刘震云的小说所写的主人公一样。但是，我在他的身上似乎难以发现那个时代的特点——火热的激情与疯狂的理想；或许，真正的学者的本来面目应当就是如此吧。非淡泊无以明志，非宁静无以致远。从美丽的喀纳斯湖畔，到悠悠的河西走廊，从大兴安岭八百里绿色长廊，到西藏的雪域高原，我和老K一起度过了许多美好的时光，但很少看到他有激动的表现。略有例外者，可能是今年7月23—30日的西藏之行，从北京到成都，从成都到林芝，从林芝到拉萨，时空场景的不断转换，使人应接不暇，在海拔5013米的米拉山口，他显得有些兴奋。而我老罗早已激动得连呼麦都唱不出来了。罗布桑这个蒙古名字，来自我的好友朝戈金教授，那是2012年7月15—20日在青海举办的“格萨尔与世界诗史国际学术论坛”上，朝兄和几个蒙古教授在密谋之后给我起的。我知道，得到蒙古人赐名，这是莫大的荣光。而以善心为出发点进行密谋，这也似乎是某些蒙古精英的天性，这种天性也像大海一样深不可测。

夜色，渐渐深了；窗外，涛声依旧。

大海虽然没有入睡，我却要安眠了。

本文原载《中华读书报》2014年2月26日第24版，作者署名罗布桑

女娲炼石补天处

在久滞于北京上空的雾霾终于消散之后，我的心情也好了许多。3 月 19 日下午，我忽然接到了莫尔吉胡先生从呼市寄来的新著《口簧探秘——兼论古文化的多纳茨现象》(以下简称为"《探秘》")的打印稿。我一口气读完了这本书。在极度的兴奋中，我仿佛亲历了一次纵横全球的音乐文化之旅，而雾霾的深度侵扰似乎从未发生过一样。随着莫老的思绪，我首先走进了大兴安岭，这就是北魏时代的大鲜卑山——鲜卑民族以及蒙古民族的发源地，随后又踏上了蒙古高原——红山文化的发源地。从欧洲维也纳，到日本北海道，从台湾地区以及东南亚诸国到印度——古代的天竺之国，在莫老的匆匆步履和文化考察中，我体会到了一位伟大音乐家的深沉的寻根意识和激扬的文化情怀。通过对全世界范围内的口簧遗存的考察，莫老积极探索着人类音乐文化的共性特征。须弥藏芥子，芥子纳须弥，一粒微尘可见大千世界，口簧虽小，却不可轻忽。中国本是人类口簧艺术的发源地之一。最近一位俄罗斯的口簧爱好者问我：你们中国也有口簧吗？我说，有，而且至少有五千年的历史。我们都知道女娲作簧的历史传说，最早见于古代典籍《世本》。实际上，女娲不仅是口簧的创造者，而且是炼石补天的神话英雄。而我更愿意相信，她是东方母系氏族社会尊奉的女神。两年前，我在甘肃天水考察娲皇庙，天水人素来认为这里是真正的女娲文化的发源地。而据文献记载，经常与女娲相伴的伏羲，有一种更为神奇的本领，那就是能够鼓腹作气，口中发出滚滚的惊雷。熟悉蒙古声乐的人都知道，这是典型的呼麦艺术的卡基拉唱法。口簧与呼麦，都属于蒙古潮尔艺术的家族，它们是兄弟艺术，也是姊妹艺术。这是历史的巧合，还是人为的编造？去年我读到德国史诗学者卡尔·赖希尔（Karl Reichl）教授所著《突厥语民族口头史诗：传统、形式和诗歌结构》（*Turkic Oral Epic Poetry*，阿地里·居玛吐尔地译，中国社会科学出版社 2011 年版）一书，其研究的出发点在于"活性态史诗"，即仍然在口头上流传的史诗。由此我认为，"在古史研究方面王国维提出并卓有成效地运用了书面文献与地下文献相结合的'二重证据法'，现在看来，口头传承的史诗对历史研究也具有重要的价值，所以，我们不妨进一步提倡一种涵盖书面、地下、口头文献的‘三重证据法’。”（见拙文《神的存在与神的远去——评〈突厥语民族口头史诗：传统、形式和诗歌结构〉》，《民族文学研究》2014年第1期）因此，对古史传说，我们必须给予充分的重视。《探秘》一书所具有的文化人类学或者说音乐人类学的意义也在于此。就人类的历史而言，人类在不同地域的发展可能都曾经经历过一个“呼麦时代”和一个“口簧时代”，这两个时代有时又是交叠在一起的。因此，女娲和伏羲互有关联的文化呈现就不是偶然的现象。但学术研究必须是严谨的、科学的，尽管我们可以有推测，可以有猜想。

莫老最善于从小处入手，从大处着眼，在半个多世纪的学术生涯中，他的学术视域在不断扩大，他的思维穿越了时光隧道，在历史时空的巨大跳跃中，他总是能够发现其中的文化隐秘。他的发现缘于他独立思考的精神。清代著名学者焦循说：“学贵善用思。吾平生最得力于‘好学深思，心知其意’八字。学有辍时，思无辍时也。”好学深思正是莫老的突出特点。多年来，我和莫老一直彼此呼应着。譬如，在他的启发下，我一直关注非洲的土著音乐。既然人类是从非洲走出来的，那么，口簧最早也应当产生在非洲才是。一位英国人于1930年在非洲安卡拉拍摄的一张当地男孩弹奏弓琴的照片以及丰富的古代拇指琴的遗存证明了我的推测。弓琴是口簧的祖先，拇指琴是现代钢琴的祖先。不久前，我曾将这一观点报告给莫老，得到了他的肯定。最近，我又在法国的一家网站上看到了巴布亚新几内亚的巨型竹制口簧，这种口簧是当地的传统民族乐器，更加证实了我的判断。事实上，当我还不知道口簧为何物的时候，莫老已经在这一领域从事多年的创造性研究了。学术的生命力在于创造，文化的生命力也在于创造。莫老笔耕不辍，奋斗不息，他对于我国学术与文化事业的卓越贡献，必将流照学林，光景常新。“女娲炼石补天处，石破天惊逗秋雨。”我们可以用唐代著名诗人李贺的这两句诗来形容莫老筚路蓝缕的学术境界和愚公移山的执着精神。音乐因何而伟大？因为这是人类心灵的艺术。音乐是指直人心的，人类思绪的春恨秋悲以及人类文明的气象万千莫不毕现于此。学术因何而崇高？因为学术是捍卫真理的，对真理的追求，必将超越有形之躯的束缚，而塑造一种臻于完美臻于至善的永恒的文化品格。此种文化品格乃是人类永恒的精神财富。或许，莫老的音乐创作和音乐学研究，其真正的意义就在于此。在我看来，莫老实际上彰显了另一种人类的历史，这种历史暗淡了刀光剑影，而流溢着无限的无疆的普世的大爱，这就是人类的爱乐精神，这就是人类追求真善美的文化情怀。现今，在人类生活的星球上，口簧仍然余音袅袅，不绝如缕，尽管口簧的时代已经结束了，口簧的版图也在不断缩小，但无论如何，我们不应该遗忘这曾经为全人类所共有所共享所共爱的乐器。为什么？全部答案尽在莫老的《探秘》之中。

2014 年 3 月 24 日写于京城鼓簧斋

本文系作者为莫尔吉胡《口簧探秘》一书写的跋语，内蒙古文化出版社 2014 年 5 月版

《中古作家年谱辑要》序

我国传统的国学研究，素来有辨章学术、考镜源流的优秀传统，而年谱就是这一学术传统的呈现方式之一。从史传的角度看，年谱又属于人物传记之别体，它采取年经月纬之顺序而不加褒贬和议论，以客观呈现谱主的生平事迹为基本目的，以构建研究历史人物的重要文献资料为根本要旨。年谱之学兴起于宋代，元、明时期亦有发展，至清代而极盛，这与清代学术的发达特别是朴学、经学和历史学的繁荣是有密切关系的。清代之学术，超汉越宋，年谱之学的卓越成就，实乃其中之一端。近现代以来，这一学术传统得以延续和发展。如北京图书馆于1999年编纂出版的《北京图书馆馆藏珍本年谱丛刊》作为其馆藏年谱的影印版，共收入历代年谱1212种，约15万页，谱主1018人，上起三代，下至1949年9月新中国建立前夕，几乎囊括了历代名人。而回顾中国年谱学的历史，可以发现胡适在 1922 年撰写的《章实斋先生年谱》是非常特殊的作品。该谱以近现代的学术眼光，突破了既往年谱的写作范式，即在如实记载谱主生平的同时，还加以评论，总结谱主的学术思想，点明其精华 , 指出其局限，实为年谱学之绝大著述。而自 1980 年以来，新的年谱著作层出不穷，不仅在数量上，而且在质量上超越了前人的同类同题之作，这主要是由于大量新材料的发现以及思想观念、学术理念的新变，尤其是丰富的古代文献数据库的建设、电子检索系统的产生以及相关计算机技术的普及，使得年谱编纂的难度大大降低，人们要获得某一位谱主的材料也不再像前人那样费时费事费力了，由此年谱之学似乎也从云端降落到大地上，成为一种普通的学术文体。在此背景之下，如果要编好年谱，可能关键在于编纂者的学术水平、思维能力和思想水平以及对相关谱主研究的深度与广度。我从来都认为，有学术的人，未必有思想；有思想的人，也未必有学术；不学无术固然与学术无缘，有学而无术也疏离了学术本体，只有“有学术的思想和有思想的学术”的完美结合才是臻于道境者的标志。因此，优秀的年谱，必当是这种学术之道的呈现，就像胡适的《章实斋先生年谱》那样。这就是我编纂这部年谱汇考的基本理念。这部年谱汇考中的作品，以中古时代的十九位著名作家为谱主，不仅对其生平事迹详加稽考，钩沉发隐，而且对其作品、思想颇多论析，文献的丰厚与思想的深刻，有机地融为一体，传统性与现代性，完美地共生一炉，确实在各个方面超越了前人。我坚信，这部年谱汇考的问世，必将对中古文学的研究起到一定的推动作用。

2014年9月3日　谨序于梵净山龙泉寺

《中古作家年谱辑要》，世界图书出版社西安有限公司，2014年6月版

断臂的维纳斯

“芳菊开林耀，青松冠岩列。怀此贞秀姿，卓为霜下杰。”面对先师陶尔夫教授这部厚厚的《梦窗词选》，陶渊明的诗忽然鸣响在我的耳际。“凡要承受神国的，若不像小孩子，断不能进去。”《新约·路加福音》中的话语也像由远而近的帆影闪现在我的脑海。大约两个月前，我收到了商务印书馆转来的书稿清样，对我而言，本来写一篇跋是非常轻松的事，但是我忽然感到沉重，即将翱翔的文思悄然收敛了翅膀。其实，我很清楚，我的跋不及时完成，这本书的出版进度就会受到影响，我过去作为职业编辑的经验如此默示于我。然而，这篇跋的撰写竟然被我延宕至今。或许是因为常常人在旅途，或许是因为我不愿很快地了结与陶师的一段文字缘，或许是因为我年过半百、精力衰退，总之，一向雷厉风行的我，居然这样拖沓，我自己也感到迷茫。然而，此时此刻，毕竟安然地幸福地踏实地面对陶师的书稿了。

夜色沉寂。陶师的书使我情思飞跃。他是一个多么纯粹的人！他倾心研究的吴梦窗又是一个多么深情的词人！文学是心灵的门。词是文学中的文学，是诗中的诗。词中的春色也是最为动人的。春天总是无限宽广的，所以老杜说“无边春色来天地”，既然如此，春梦也应当是没有边际的，然而，梦窗却偏偏说“春宽梦窄”（《莺啼序》）。对于梦境、梦幻、梦思的书写，确实是梦窗词境的一大亮点。于是，陶师引领着我们进入那深情绵邈的充满梦幻的窗口。确乎是“超逸之中见沉郁之思”（陈廷焯《白雨斋词话》），确乎是“每于空际转身，非具大神力不能”（周济《介存斋论词杂著》），经过陶师的笺注、评析和今译，梦窗词的七宝楼台焕发出绚烂的艺术光辉。但是，这部书仅仅是他未完成的《梦窗词通解》的一部分。那是在 1991 年的春天，有一次我去陶师家里，当时他正计划注释、今译全部的梦窗词作，预计成书会有一百万字左右，当时，他正为书名而犹豫，我脱口便说“应该叫《梦窗词通解》”，他欣然采纳了。1994 年 9 月，我考入陕西师范大学文学研究所师从霍松林教授攻读博士学位，陶师是推荐人之一。记得赴陕报到不久，他便写来一封长信，对我颇多鼓励和慰勉。和许多经历风暴、离别妻儿、外出求学的青年学子一样，我那时的心境可谓“残寒正欺病酒”，真的凄凉、困惑，得到陶师的来信，心里畅快许多。其实，我和陶师的交往不是太多，算来他只给我们上过四学时的宋词专题课便因病休假了。但我深知，他是一位真正的学者和诗人，他的渊懿纯美的精神世界每每使我赞叹不已。我们曾在游泳池里一起研讨“老头漂”的功夫，可惜我没学会；我们曾经一起考察金上京遗址，一路上，他谈锋甚健，旨趣迷人。他的文章写得年轻、漂亮，这是我当时最为羡慕的。后来他的溘然长逝，更给我留下了深隐的悲思。因此，他的未完成的遗著《梦窗词通解》一直缭绕在我的心中。2013 年的春天，在商务印书馆召开的一次古典文学普及读本选题会上，我当场朗诵了这部遗稿中的一段文字，那是陶师用极其美丽的现代诗笔为一首梦窗词所作的今译，与会的学者们都表示佩服，一致认为这本《梦窗词选》可以作为这套书的范本。

断臂的维纳斯，仍然是无比美丽的女神雕像，是永恒的艺术瑰宝。我坚信，这本《梦窗词选》也是如此。它的问世也足以告慰陶师的在天之灵。

最后，我们不妨再读一首尼采的诗：

谁终将声震人间，必长久深自缄默；谁终将点燃闪电，必长久如云漂泊！

2015 年重阳佳节于北京啸轩

本文系作者为陶尔夫《梦窗词选》所写的跋语，商务印书馆 2017 年 7 月版

流水深情

2008 年 11 月 8 日，正直池州菊黄蟹肥的时节，我应安徽省东至县县委书记张瑞中同志的邀请出席“中国·东至第二届陶公菊花节”，并且在尧城宾馆会议厅作了题为《“采菊东篱下”：陶渊明的家与陶渊明的园》的报告，当时，东至的乡镇领导和东至县副科级以上的干部都来了。次日，县里安排我去东流古镇考察，接待我的是刘金贤镇长。离开东流，刘镇长又陪我游览九华山，满眼的苍松翠柏、寺观楼台，尤其是那株亭亭如盖的六朝古松，给我留下了深刻的印象。金贤话不多，却简明扼要，不仅温文尔雅，而且朴素无华。当时，我只知道他是一个文化修养很好的基层干部，特别擅长书法艺术。后来，在《“历山苍苍，菊水泱泱”：对陶渊明与东流之关系的历史考察》（《池州日报》，2009 年 3 月 12 日、19 日 B3 版）一文中，我还特别提到了这位酷爱文化的好镇长。今年年初，我和金贤建立了微信联系，他的书法作品源源不断地传进我的朋友圈，他的两幅墨宝也被我请进了书房。6 月 23 日，金贤忽然发来微信，说要在安徽文艺出版社出一部诗集，请我作序一篇。我在惊讶之际，欣然同意了。说惊讶，是因为我不知道金贤还喜欢写诗，大概是因为他的书艺之名掩盖了他的诗才之美；表同意，因为我料定一个文化修养如此之好的人写诗也必定不俗。事实的确如此。这就是呈现在我眼前的这本《流水的声音》（以下简称为《流水》）。

就内容而言，《流水》最突出的特点是本土化叙事与本土化抒情。所谓本土化，就是地域性，具体来说，就是以池州为中心的诗性书写。诗人带着浓郁的乡土意识，诗中处处体现着他的故乡情怀。池州是诗人的摇篮。池州诗人的诗笔总是离不开流水的意象。于是，霏霏的江南烟雨，浩荡的万里长江，流水般的诗思和意绪，在金贤的笔下自由地流淌；于是，我们看到：

一条小溪叮咚在绿树深处 / 云在山腰迷蒙 / 锁不住的心思颠簸在路上 / 那窄窄的木板桥 / 能否走来逝去的印象 / 现在的秋雨 / 怎么绵绵如春的模样 / 满怀的湿漉沉重了欲飞的翅膀 / 轻掩柴扉让空旷留在西厢 / 柿子像灯笼把流年挂在树上 / 寂静生了惆怅 / 萧瑟 / 不源于表象 / 轮回 / 且由他独自感伤（《萧瑟》）

在淡淡的愁思中，诗人寻绎着秋日萧瑟的本真，在一片超旷的寂静中，诗人反思着秋雨中的春色之美。春天是万物繁茂的时节，秋天则是万物凋零的季节。然而，诗人在淅沥的秋雨中发现了“绵绵如春的模样”，这是何等的惊喜啊！再如：

经常地 / 想起外婆门前的河 / 河水清粼 / 河面空阔 / 大大小小的鹅卵石 / 这样那样地铺陈着……我是不是已经老了 / 时不时回忆小时候的事 / 我想念外婆 / 也经常想起这条河（《经常想起这条河》）

外婆门前的这条河，印证着诗人对儿时生活的记忆，在记忆的烟波中，诗人对这条河的印象格外深刻，因为“您让我玩水 / 却经常背我过河”，河代表着外婆的爱。显然，作为池州诗人，金贤的乡土化抒情总是与流水密切相关。

如果说流水是金贤诗歌艺术建构的深层的核心秘密的话，那么，美丽的池州风物则是外在的更为鲜明的本土性书写。《大话池州》《东流印象》和《梦晓》等等，都属于这类作品，《梦晓》比较典型地表现了诗人的“东流情结”：

我把心作桥 / 魂牵梦绕 / 十里菊江的岸堤 / 看西天的晚霞 / 金鳞闪耀

我把剑作锚 / 风急浪高 / 沧江百折的浪涌 / 记得住悠然 / 等不及逍遥

大士阁里的光阴 / 那是晨钟暮鼓的岁岁朝朝 / 秀峰塔下的夕照 / 应是菊柳共享的炊烟袅袅

东流 / 是我的年少 / 东流 / 是我的起跑 / 东流 / 是我的成长 / 东流 / 是我的离骚

诗言志，“东流 / 是我的离骚”，这是多么深情的呼唤！“沧江百折来，至此始东流”（黄庭坚《丙申泊东流县》），“旧恨春江流不断，新恨云山千叠”（辛弃疾《书东流村壁》），宋代的文学巨擘们已经开始了东流书写，金贤无疑是对这一诗歌传统的回应，也是与古人的深层对话。值得注意的是，潜隐在“东流情结”中的还是诗人的“流水意识”！如果说《我愿是水》是这种意识的典型书写的话，那么，《春雨》则是更令人回味的诗篇：

春雨绵绵 / 她不是妇人的泪 / 那是天与地的约会 / 天很高 / 地也厚 / 谁是他们的媒

云也迷离 / 烟亦朦胧 / 太阳隐去了光辉 / 任细雨淅沥 / 好好的发生 / 恣肆地 / 轻坠

江船明火 / 红花野径 / 执着的尘封 / 滴水的记忆 / 滋润着世纪的轮回 / 紧也好 / 慢也罢

隔篱呼取的 / 不是兼味的酒醅 / 却是对饮的春水

“兼味的酒醅”与“对饮的春水”，相映成趣，令人回味。

而“滴水的记忆”实际上也正是“流水意识”的深厚的文化积淀。东流之地，古来号称“菊邑”，黄菊东篱耀古今，当地民间素有关于伟大诗人陶渊明朝发彭泽、夜宿东流的美丽传说，确实，我们在东流这样一个钟灵毓秀的地方时时能够窥见并感受到一代田园诗人的文化身影。山水、隐逸、田园、自然，构成了东流文化的核心内涵。

在《人间词话》中，王国维先生将诗人分为两类，一类是客观之诗人，一类是主观之诗人：“客观之诗人，不可不多阅世。阅世愈深，则材料愈丰富，愈变化……主观之诗人，不必多阅世。阅世愈浅，则性情愈真……”也就是说，前者必须深于阅历，而后者则不必如此，盖纯情之人，诗作自然天成，直吐胸臆便可，不必阅尽人间的悲欢离合。在我看来，金贤当属主观之诗人。因此，对自我思想自我意识自我情感的深度开掘与诗性呈现，是其诗歌艺术的第一个突出特色。在《流水》中，这方面的好诗很多，如《孤自先行》《这样的我》《我不是诗人》《路》《亲近》《喜欢》《情怯》《也说七夕》《超越时空的痛》和《摇篮》等等。《摇篮》是一首抒情长诗，令人想起艾青的《大堰河——我的保姆》。这首诗触及了人类的心灵中最为软嫩的部分，那就是隔代相亲的特殊的亲人之爱：

人间三月 / 大地芳菲 / 清明 / 下着细雨 / 我在祖母的墓前长跪 / 阴阳两分 / 隔着墓碑 / 我的记忆

在思念中闪回 / 三十七年 / 离开您的羽翼我活得好累 / 二十六载 / 您的音容时时梦回 / 奶奶 / 我还想睡在摇篮 / 麻烦您再摇我一回

纯然是一片天真，纯然是一片爱的世界，诗人对祖母的怀念，带着一点点歉疚，显得更为深切动人。在《孤自先行》中，诗人大声吟唱：

一根稻草 / 救了沉沦的命 / 一片菜叶 / 度了浮世的生

一叶红帆 / 点化了沧海 / 一骑黄尘 / 偃息了边城

习惯黄钟大吕 / 听不懂流水的声音 / 沉迷庙堂威仪 / 看不到丘壑万仞

我穿过大半个中国 / 只想与你亲近 / 我面朝大海 / 想看看潮落潮平

这无疑是《流水》的诗意宣言书，其中蕴蓄着诗人激荡的豪情与对人生和世界的深沉思考。在诗人看来，“一”代表着“多”，弱张扬着强，雅乐与流水，魏阙与江湖，都具有平等的人文意义。可见，诗人善于发现对立中的统一以及统一中的对立，因此，在绵缈的深情中寄寓深刻的哲理，是金贤诗歌艺术的第二个特色。我们读《盆景》：

高大是渺小的拉伸 / 粗犷是细腻的映衬 / 所有的绵长

沉静 / 只是补偿的效应

苍茫是一种境界 / 青涩是暂时的混沌 / 青苍 / 与其说是眼神 / 不如说是沧桑后的温存

站立 / 坐起 / 不须注意分寸 / 讲着故事 / 其实 / 他在咀嚼梦断时分

高山和流水 / 何必在旋律中寻找知音 / 纵是小作盆景 / 也能张扬丘壑万仞

这首诗的理性很强，诸多诗句都出自诗人理性的思考，但我们并未感到枯燥，因为诗人不是说教，而是富于诗意的哲学发现。诗人善于以我观物，故所观之物，皆着我之色彩，所以楚楚动人，不因理性而妨碍其情韵。既有理性之胜，又有情韵之美，正是《流水》的美学风格。总之，金贤的诗是感人的。他的诗表现了自然美和人性美。热爱乡土，钟情流水，深于理性，浓于热情，也正是《流水》的本质特征。

这篇序断断续续地写完，时间拖得太久，或许是因为故人情重，我不愿意过早地了结与金贤的一段文字缘；或许是常常人在旅途，未遑仔细品味金贤的诗。然而，无论如何，现在可以交卷了。希望不辜负金贤的雅意，也希望读者欣赏我的评说。

本文系作者为刘金贤诗集《流水的声音》所作的序，安徽文艺出版社 2016 年 12 月版

力之《昭明文选论考》跋

力之先生书成，求序于我，而平生实未尝为他人之书作序。过去顾炎武曾经说过：“凡书有所发明，序可也；无所发明，但纪成书之岁月可也。人之患在好为人序。”（《书不当两序》）力之先生此书多有发明，自当有美序一篇，如同潘耒之序《日知录》，可惜我对《选》学素无研究，所以只能作跋，以附骥尾了。

德国哲学家亚斯贝尔斯说：“本真的科学研究工作是一种贵族的事业，只有极少数人甘愿寂寞地选择了它。原初的求知欲是对人生而俱来的挑战，但仅仅依凭这种求知欲就不可能有科学的风险。在商品经济发达的今天，真正献身于学术研究的人是需要勇气的，在一般人看来也是一件不平常的事，但有史以来研究工作就不属于普通人所能从事的工作。一个运用科学方法进行研究的人，只有当他把追求真理当作一种内在需要时，才算是真正参与学术研究。科学的危机就其实质而言，就是人的危机，是人们不能以无限的求知欲面对科学发展所产生的危机。”（《什么是教育》，邹进译，生活·读书·新知三联书店 1991 年版，第 141 页）力之的学术研究正是出自“追求真理”的“内在需要”，用他自己的话来说，“我写文章主要是兴趣，为了探明真相”。力之是一位有着坚定文化信仰并且把读书治学当作主要生活方式的人。惟其如此，才能摆脱世俗的桎梏，而在学术的王国里纵横驰骋，勤勤恳恳，其乐陶陶。

这是一部刨根问底、严谨细密、新见叠出的学术佳构。它不仅属于现在，而且属于未来。相信热爱学术的人们会作出同样的判断。在我们的时代有如此优秀的学术著作出现，是一件值得庆幸的事，而拥有力之这样的学者，更是我们时代的奢侈。一切都将成为历史，历史自有定评。

力之先生固非一世之人，而此书亦非一世之书。

2019 年 11 月 27 日写于五柳斋

本文系作者为力之《昭明文选论考》一书所作的跋语。广西师范大学出版社 2020 年版

六士新说陶渊明

一时间，六篇赏陶品陶论陶之文汇聚于此，令人感到热闹，令人情思飞跃。

建新之文（《多元共融　归于自然——陶渊明与儒道玄之关系》），阐发陶渊明与儒道玄之关系，是从思想史的角度解读陶渊明的文学创作，深厚而有力，这篇文章令我们回想起陈寅恪的《陶渊明之思想与清谈之关系》。他指出，陶渊明早年接受的主要是儒家教育。儒家的积极用世、投身人生社会、实现个人的理想价值等思想，曾激发青年陶渊明施展才能、实现政治理想的热情；陶渊明的随顺自然、执守个性、超然生死、忘怀得失、厌弃功名、鄙视官场、追求独立自由、乐与大自然为伍等思想及行为，都与道家思想有关。凡此等等均系卓见。

彬彬之文（《亲情与友情：陶诗情感世界发微》）也见及陶公的儒学精神，其论陶公的亲情与友情，掘发陶诗的情感世界，细致入微，读来饶有情致。陶公其人外道而内儒，故既潇洒而又端庄，有魏晋人的自然，却没有魏晋人的放诞，真是理想的知识分子典范。

Pauline Lin 之文（《陶渊明何以被称为“古今隐逸诗人之宗”？——重审陶渊明与应璩的诗学关系》）从钟嵘《诗品》“其源出于应璩”的论陶之旨出发，对陶渊明与应璩的诗学关系进行了全新的阐释，揭示了陶渊明的文学创作与中古隐逸文学传统之关系。作者指出，陶诗大部分特有的意象、姿态以及语言皆来自前代文学对贫困隐士的概括，陶潜进一步扩大了隐士修辞的运用，他被称为“古今隐逸诗人之宗”是符合逻辑的，也是合适的。

导微之文（《陶渊明与普希金》），比较陶渊明与普希金，开创了比较文学的新局，令人耳目一新。从前学术界有以俄国文豪托尔斯泰比较陶渊明的，有以英国湖畔派诗人华兹华斯比较陶渊明的，当然，我们或许还可以把美国作家梭罗和陶渊明加以比较。俄罗斯汉学家瓦·米·阿列克谢耶夫称陶渊明“在中国诗歌中所起的作用，大抵相当于我们的普希金在俄国文学中所起的作用”，本文是对这一观点的论证，抢点很准。但我认为，即使普希金不能被称为“俄国诗歌的太阳”，我们却可以把陶渊明称为“中国诗歌的太阳”。

然而，子彦之文（《冈村繁的陶渊明新说》），却让我们看到了太阳背后的阴影，她评介日本学者冈村繁《陶渊明李白新论》的陶渊明新说，足以引起我们对真实的陶渊明的历史反思。确实，陶渊明的思想发展经历了一个极其复杂的过程。思想也并不能代替思想者本人，在人类历史上，思想、思想者以及相关思想的个人与社会实践，从来都是存在着巨大差异的。具有浓郁的自传性是陶诗最突出的艺术特点，对自我的形象的强力塑造是陶渊明一贯的文学追求。因此，陶诗中的自我形象与历史生活中的陶渊明本人肯定是有差别的。陶渊明不仅是一个诗人，也是一个军人，还是一个官员，陶诗中不仅有芬芳的菊花和挺拔的青松，还有寒光闪闪的兵器，不仅有归隐田园的情志，还有运筹帷幄的机心。诗人、军人、官员、隐者、思想家、知识分子以及两个女人的丈夫和五个男孩的父亲，这就是陶渊明。陶渊明有爱，也有恨，有超越，也有世俗，有欢乐，也有悲伤，有真话，也可能有谎言。

拙文则以《九日闲居并序》(《多声部的交响：陶渊明〈九日闲居并序〉的互文性建构》) 为核心，凸显陶渊明与前人文学创作以及古代文化资源的关系，彰显其互文性建构的现代意义，可与 Pauline 之文互相印证。互文性的学术视境，使我们窥见了一个极为复杂的陶渊明的文学世界。文学的记忆诚然是厚重的，而且注定要浸润每个创作主体的记忆,但它的层层累积永远为新的作品做着铺垫。在人类文学史上，任何一位作家的心中都不可避免地晃动着另外一些经典作家的身影。在文学的汤汤河流中，前波与后波总是相续不断的。没有人能够隔断或割断与既有的文学传统的联系。因此，每位作家在影响的焦虑中，都要或多或少地、有意无意地追步前人的踪迹。对创作主体而言，影响的焦虑也是一种动力，它压扁了文学领域的小才，却激发出了创造文学正典的大才。陶渊明正是如此。

受到诸君妙文的感动，出于对陶渊明的欣赏，故作此文，并略作点评如上。

2014年3月10日写于北京啸轩

本文原载《名作欣赏》2014年上旬刊第7期

第四辑

崇尚征实，锐意创新

——评《六朝文学丛书》

黑龙江教育出版社出版的《六朝文学丛书》，是我国目前唯一的一部关于六朝文学研究的专门学术丛书。该丛书由著名学者南京大学中文系卞孝萱教授主编（全八种，九册），已经于一九九九年岁末前全部出齐。本丛书的宗旨是崇尚征实，弃绝浮言，提倡寓新颖观点于详密材料的治学风格，每位作者各抒己见，自由发挥。该丛书内容丰富，视角多变，在理论阐释和材料整理方面，都有全新的开拓。

在这部丛书中，有对于六朝文学名著的研究。如范子烨《〈世说新语〉研究》，采取考论结合、由考立论的方式，对《世说新语》的体例、成书时间、编纂原因，敬胤《世说注》及刘孝标《世说注》，传世古抄本《世说新书》残卷，宋人对《世说新语》正文及刘孝标注文的删节，以及《世说新语》文本的疑难诸问题，重新进行深入的探索，提出了许多独到的见解。著者对书中的故事原型、人物形象和语言艺术亦多新颖的阐发。罗国威的《敦煌本〈昭明文选〉研究》，则是一部研究“选学”的力作。本世纪初，在敦煌石室发现的一大批六朝和隋唐间的《昭明文选》写卷，一直为学术界所关注，但由于种种原因，目前对这批写卷的研究，既不系统又不深入。本书汇集了已经刊布的所有敦煌本《文选》的录文，并以传世的《文选》(一种唐抄本、五种宋刊本）与之勘核，订正了敦煌写本和今本《文选》的若干讹误。在此精细的工作基础上，作者进行宏观的研讨，使这批写卷在《文选》学和文献学上的价值得到了充分的显现和展示。

有对于作家个体以及某一作家群体的研究。如赵以武的《阴铿与近体诗》，一方面用诗史互证的方法，深入考察了南朝诗人阴铿的家世、生平，重新解说了阴铿现存重要作品的历史背景与思想意义；另一方面，又按照中古字音，标注阴诗四声，统计出阴诗与永明体、唐代定型的近体格律诗之间在声韵方面的对应状况，揭示了在中国古典诗歌由消极避忌声病转向积极遵守格律的进程中阴铿及其诗作的特殊地位。而丁福林《东晋南朝的谢氏文学集团》，针对陈郡谢氏在东晋南朝人才辈出，长盛不衰，在文学创作领域中形成一个庞大体系的历史实况，力图对这个历时几百年的在中古文学史上最为雄强的家族文学集团，作一全面系统的论述。本书全面展现了这个家族文学集团之文学创作的历史长卷，反映出六朝文学的一个侧面。书末附陈郡谢氏世系表和年表，二表经著者翔实考证，列出一百多位人物之间的关系及其主要活动情况。

有对于专体文学的研究。如王琳的《六朝辞赋史》，运用宏观与微观相结合的治学方法，专门探讨了六朝辞赋演变的历程及创作风貌。书中挖掘出一大批学术界未曾注意或少有涉及的赋家、赋作及赋论材料，覆盖面广；又经过考索，对一些似是而非的问题予以匡正。该书从宏观上把握了汉末建安时期至魏晋时代赋风的阶段性、南朝赋风的衰变及南北赋风的差异等现象；关注赋与其他文体（尤其是诗歌）的关系，在比较中见异同，凸显其相互影响以及各自发展的轨迹；同时在对许多赋家的微观分析中，说明其传承创变之联系，揭示其个性特征。

有的学者从文学语言的角度进行研究，如王云路的《六朝诗歌语言研究》。本书上编为概说篇，论述六朝诗歌的构词方式、语汇特色及其研究价值和研究方法等等；下编为释词篇，是全书的重点部分，集中考索和解释了三百三十余条六朝诗歌语词，包括新词、新义以及习语、俗语等等，部分条目兼补《汉语大词典》之不足。著者从宏观与微观两方面对六朝诗歌语汇进行了全面而深入的探讨，尤多个人之发明。作者采撷之第一手语言材料极为丰富，追本溯源，创获甚多，堪称六朝文学研究与中古语言研究领域的一部力作。

有的学者着眼于世家大族与六朝文学的关系，如程章灿的《世族与六朝文学》。世族是六朝文化史上一个极为重要的特殊群体。本书将其置于历史的大背景中，集中考察它对六朝文学的影响与贡献，新解迭见，趣味盎然。作者擅长以史入文，考论融汇，在文学与历史的结合点上实现突破。全书十章，分属上篇（总论）、中篇（分论——家族论）、下篇（分论——作家作品论），附录三篇专论，既有统摄全篇的宏观研究，更有以点代面的个案解剖，视角新颖多变，论证深入细密，颇见功力。

丛书的最后一种是刘跃进、范子烨编纂的《六朝作家年谱辑要》（上、下）。本书汇集了由十六位学者撰写的十八种六朝作家年谱。即《陶渊明年谱汇考》（袁行霈撰）、《陶渊明年谱简证》（王孟白撰）、《陶渊明年谱汇订》（杨勇撰）、《谢灵运年谱》（杨勇撰）、《临川王刘义庆年谱》（范子烨撰）、《鲍照年谱简编》（丁福林撰）、《沈约任昉年谱》（罗国威撰）、《谢朓事迹诗文系年》（曹融南撰）、《王融年谱》（陈庆元撰）、《四萧年谱》（胡德怀撰）、《江淹年谱》（俞绍初撰）、《刘勰年谱汇考》（牟世金撰）、《钟嵘年谱简编初稿》（张伯伟撰）、《何逊行年考》（李伯齐撰）、《华阳隐居陶弘景年谱》（罗国威撰）、《刘孝绰年谱初稿》（瞻鸿撰）、《徐陵年谱简编》（跃进撰）和《庾信年谱》（鲁同群撰）。就其中所收年谱而言，无论是已经发表过的，还是本书首次发表的，都显示了严谨扎实、功力深厚的特色。此外，本书还有跃进编写的三种附录:《本书所收年谱出处及作者简历》《六朝作家年谱参考文献》和《六朝作家生平研究论文要目》。这些资料对研究者也颇有参考价值。本书的确不失为本丛书之殿军。

本文原载《博览群书》2001 年第 6 期

古代家族文学研究的力作

——评《宋代家族与文学——以澶州晁氏为中心》

自有人类之始，便有家族的存在。如果说早期的人类家族的出现，仅仅是为了生存的需要，而体现了一种“集体无意识”的话，那么，当人类的文明进入到自觉的成熟的阶段时，则家族除了维系其原有的特征之外，则又增添了许多新的功能，如作为文化载体以及文化传播媒介的功能就是其中最为重要的一个方面。《庄子·渔父第三十一》有这样一段故事：

孔子游乎缁帷之林，休坐乎杏坛之上……有渔父者下船而来。……指孔子曰：“彼何为者也？”子路对曰：“鲁之君子也。”客问其族，子路对曰：“族孔氏。”客曰：“孔氏者，何治也？”子路未应，子贡对曰：“孔氏者，性服忠信，身行仁义，饰礼乐，选人伦，上以忠于世主，下以化于齐民，将以利天下，此孔氏之所治也。”

在这里，子路向渔父介绍的是孔氏的家族特点，依照他的话，则孔氏家族诞生孔子这样一位文化巨人就不是偶然的。而纵目华夏古国辉煌灿烂的文化史，我们可以发现，历代文化人所进行的文化创造，在相当大的程度上是基于家族文化开展而实现的，先秦时期是如此，两汉魏晋南北朝以及以下各朝各代也莫不如此。故陈寅恪先生研究我国中国史，以谙悉当时之家族关系为第一要务，由此而骋其俊才，阐幽发微，多有创获。王伊同先生《五朝门第》踵事增华，至今仍然沾溉学林。而张剑博士的《宋代家族与文学——以澶州晁氏为中心》一书（北京出版社 2007 年 12 月版，以下简称此书为“张著”），则继承、发扬了这种学术传统，同时由于作者作为青年学者的一往隽气与知识结构上的优长，故能给人丹葩满眼、触目生新的感觉。张著在结构上分为导言、正文、余论、附录、参考文献五部分。导言阐述论文意义、研究现状、研究方法、论文结构和概念使用等。正文分六章，第一章《祖宗家法》，通过对晁迥及其文化价值的论述，观照不同家族类型中核心人物对家族文化起到的作用。第二章重在从生物遗传学的角度考察家族兴衰的因素，论述晁氏天分、寿夭、婚姻、迁徙、卒葬对家族的影响。第三章重在从后天诸因素探讨晁氏家族文化，并适当论及宋代家族文化的特征及晁氏家族的典型性与独特性。第四章论述晁氏家族的文学创作以及其中体现出的家法意识，晁氏家族文学的继承性和变异性等问题。第五章着重分析晁补之代表性诗体五古的风格和艺术表现，还对其散文创作做了较为全面的论述，指出其古奥文风在苏门文学中的意义；第六章通过对晁冲之生平、性格、诗词艺术的分析，展现其人格魅力以及善于表现自我的诗歌艺术和清疏的词风。余论则就论文本身没能展开或尚可开拓的部分予以讨论，重在从家族史和文学史方面总结晁氏家族的意义，探寻家族作为一个重要的社会单元和历史因素在宋代文学与文化中的作用。附录有五：（一）晁迥年谱；（二）晁冲之年谱；（三）晁公武及其《郡斋读书志》研究述论；（四）《晁氏家乘》的发现及其意义；（五）《晁氏丛书》序跋及总目。参考文献列举写作时主要参考的著作。

近年来学术界在前人研究的基础上，撰写了许多研究古代家族与文学关系的优秀著作，对晁氏家族文学的研究也不乏其人，但张著能够别开生面，不仅在数据的搜集、整理上十分齐备、完整，而且在理论阐发上也非常深入、准确，确实不失为一部古代家族文学研究方面的力作。

原载《中国出版》2008 年第 9 期

神的存在与神的远去

——评《突厥语民族口头史诗：传统、形式和诗歌结构》

作为中国古代文化的研究者，我常常为汉民族没有史诗而遗憾，譬如，《诗经·大雅》中的《大明》和《生民》，前者叙述周人的开国史，后者咏叹后稷的诞生，但何以就没有发展成为辉煌壮丽的史诗？或许是周人的歌诗太礼乐化了，或许是汉语的历史书写太发达了，或许是陆游诗中所说的“负鼓盲翁正作场”（《小舟游近村舍舟步归》）的那种民间说唱艺术太吸引在大地上辛苦耕耘的人民大众了，或许，正是这些强势的文化传统消抵了史诗的诞生？在汉文化中，由于史诗的空缺以及史诗意识、史诗思维和史诗审美的匮乏，我们的诗学视野便受到了极大的局限，先民历史的激越壮美常常隐沦在历史家枯燥的叙述当中。但是，周边民族史诗的丰厚遗存并非与汉文化无关，特别是突厥语民族的口头史诗从我国的新疆到俄罗斯的雅库特，从西伯利亚到中亚地区，其广阔的地域分布已经呈现出对汉文化的“半包围”态势。所以，长期以来，我一直在考察突厥语民族的口头史诗对我国中原文化的影响，我总认为在我们生活的小小地球上，既然一草一木一山一水互有关联，那么，人类的文化也自然是息息相通的。因此，史诗学研究一直为我所关注。而著名德国史诗学者卡尔·赖希尔（Karl Reichl）教授所著《突厥语民族口头史诗：传统、形式和诗歌结构》（Turkic Oral Epic Poetry，以下简称为《口头史诗》，阿地里·居玛吐尔地译，中国社会科学出版社 2011 年版）一书汉语译本的面世，极大地满足了我求知的渴望。但是，这部书并不易读，主要是书中涉及的内容太广，诸如民族、地域、语言、音乐、宗教、历史和风俗等等，以我的贫瘠的突厥语族知识应对这些问题，实有捉襟见肘、八面受敌的感觉，尽管作者在撰写本书时就已经“把本书的读者群设定为没有任何突厥语族知识的人群”。

《口头史诗》是对人类口头传统（Oral Tradition）的回归。本书研究的出发点在于“活性态史诗”，作者的兴趣是由“活性态史诗与中世纪史诗研究的关联性”产生的。“活性态史诗”研究对非“活性态史诗”研究具有重要意义，如史诗的生成环境和演化过程，史诗与音乐以及其他艺术的关系，史诗与萨满教的关系等问题，在对“活性态史诗”的文化观照中均可不同程度地发现其奥秘。事实上，长期起来，西方学者在不自觉中一直把纯粹的书面文学的研究经验用于《荷马史诗》的研究，结果是南辕北辙，用力愈勤，距离目的地就愈远。而当人们把自己锁在象牙之塔中进行滔滔不绝的史诗论辩的时候，史诗研究就被经院化了，史诗本身也变成了僵死的文本。此中的利弊得失，赖希尔是了然于心的。因此，他从狭小的书斋走向了广袤的田野，在对突厥语民族口头史诗的追寻和探索中，在不断“走出去的学术路径”中，他构建了自己崭新的史诗研究体系，为传统的史诗研究提供了鲜活的文化参照。为此，他首先确定了一个突厥语民族口头史诗的“中心传统”，那就是乌孜别克族、维吾尔族、哈萨克族、柯尔克孜族和卡拉卡尔帕克族的传统。围绕着这一“中心传统”，他展开了关于土库曼、阿塞拜疆和土耳其的史诗以及阿尔泰人、图瓦人、雅库特人乃至巴什基尔人的史诗描述。在这一规模宏大的史诗学叙述与阐释体系中，学术亮点是几乎无所不在。这与多数学术著作有很大不同。通常我们读学术著作，都能够很轻松地发现并把握书中的重点章节，当我们带着这样的阅读习惯来审视《口头史诗》的时候，却遭遇了很大的障碍。当然，最终我还是能够适应本书的，这种适应来自我对一些德国经典哲学著作的阅读经验。因此，当我深入到赖希尔教授的史诗学术语境中时，我又感到非常亲切，就像面对望之俨然、即之也温的作者本人一样。他首先对有关突厥语族史诗的语言、概念进行了严格而科学的界定，包括发音和转写方面的问题，从而避免了歧义的产生，为全书的展开奠定了坚实的基础。

作者擅长多学科的交叉研究，诸如文学分析、语言学分析、历史学分析、音乐学分析和民族学分析等等。在分析和比较中，他重点揭示了突厥语民族口头史诗的共性特征。作者注意“寻找突厥语民族传统中的相似性”，又认真“区分其中的区别”。譬如，他说：“神奇受孕和诞生是英雄史诗中流传最广泛的母题之一。它同无子夫妇母题一起在突厥语民族史诗中极为普遍，而且反映出土耳其游吟故事传统最原始的状态。”他列举的典型例证是《先祖阔尔库特书》。但是，对这部史诗他是以动态的眼光来观察的和描述的，其立意在于揭示最后形成的定本与其较早的突厥语族口头史诗的渊源关系。第七章《传统程式句法的多样性》和第九章《修辞、风格、叙事技巧》更全面地展示了突厥语族口头史诗与固化了的史诗之间的血脉联系，而第十章《时间和空间上的转化》则揭示了突厥语族口头史诗的新变与转化，作者的阐释具有相当的力度。但是，在我看来，本书最动人心弦的是第三章《歌手：萨满、游吟歌手、诗人》，第四章《表演》和第八章《表演中的创作和记忆艺术》。作者对突厥语族口头史诗的艺术传统中的仪式性因素、仪式的结构和音乐特征，包括场景、歌手和听众的互动关系以及歌手、萨满和诗人的关系等等，都进行了充分的描述。这是对突厥语族口头史诗的全方位研究，而不是单一的史诗文本研究。在通常情况下，史诗文本的某些特征的形成与其口头活性形态的史诗渊源是分不开的，包括文学作家以特定的观念目的有意识地编写的“文学史诗”如维吉尔的《埃涅阿斯纪》和约翰·弥尔顿的《失乐园》等等，因为它们是《伊利亚特》和《奥德赛》一类史诗的仿制品。在作者对史诗音乐背景的描述中，我注意到他敏锐地发现了用喉音吟唱史诗的事实。这实际上是突厥语族口头史诗颇具共性的艺术传统之一，也是其最震撼人心的艺术传统之一。所谓喉音，蒙古人称为呼麦，但是，这是一种唱性呼麦，具体来说就是卡基拉（Kargyraa）唱法，过去也为藏传佛教中的喇嘛诵经广泛使用，蒙古音乐家称为堪布潮尔。具言之，赖希尔在乌兹别克斯坦地区的田野调查时发现，乌兹别克史诗歌手用杜塔尔演唱史诗时具有一种独特的音乐风格，那就是歌手首先是用一种阻塞的发音开始，似乎是在发出一种喉音，进而根据史诗歌的需要逐渐将音步提高到比较高的音域。在到达高潮时，歌手进入一种比较高的吟诵状态中，称为“卡依纳马科（qaynamak）”，其含义为“沸腾”。在这种演唱中，尽管旋律只是在少数几个程式化韵律基础上创造出来的，但它并不显得单调乏味。基于诗行的音乐显而易见，但在一个比较大的变异性方面他尤其有别于诗行之间真正的旋律。歌手在演唱时十分强调自己的音乐才能，特别是唱到那些持续的音符时，很自然地在诗段的末尾行唱出对应的感叹词。这种歌手的演唱风格在压低的声调、绷紧的嗓音以及喉部的特殊发音。有些本土学者将其称为“喉音的”或“喉部发音的”演唱风格。中亚地区突厥语民族史诗歌手的这种演唱史诗的方式毫无疑问与漠北阿尔泰传统中的为萨满和史诗歌手所共有的“喉部演唱”特征是完全相同的。方严正大、悲壮深沉的喉音，尽显史诗的英雄风流与佛国的神圣静穆。当然，这本书并非音乐学著作，所以书中对这种史诗吟唱艺术并没有系统的讨论，对此我们是可以理解的。书中特别提到了卡拉卡尔帕克斯坦的伟大吉绕居玛拜·巴扎尔，并记录了他在 1952 年、1981 年和 1995 年的三段史诗歌唱（第 264—268 页），他的尖利的紧缩的喉音在库布孜琴的伴奏下抑扬顿挫、时高时低，极富感染力。对哈萨克阿肯弹唱的描述也是书中撩人的一笔。巴克斯挥舞的神鞭也令人感到神奇。通过作者的描述，我们在突厥语族口头史诗的吟唱中，总是能够感受到神的存在，正如书中提到的一位吉尔吉斯歌手所言：“我能演唱所有的歌，因为神赐予了我这样的能力。”（第 97 页）

而今，在与史诗吟唱风马牛不相及的城市文明中，诸神已经远去了。我们所处的时代实际是一个消灭史诗的时代：既有的史诗即将从口头消失，幸运者将凝结为千古一律的文本，不幸者在不为人知的情况下悄悄逝去，寂然无声，仿佛从未存在过一样，而随着人类现代化进程的深入，史诗时代人类特有的光荣与梦想也将不复存在。《口头史诗》是对突厥语族口头史诗的总结，也是对史诗时代的回归，映射着研究者深沉内敛的文化激情。这部严谨的史诗研究著作，无疑将伴随其所研究的史诗走向遥远的未来。需要略作记述的是，我与本书的作者卡尔·赖希尔教授曾经有一面之缘，那是 2012 年 7 月 15—20 日，在中国社会科学院民族文学研究所在青海西宁召开的“格萨尔与世界诗史国际学术论坛”上。会后一同外出考察。在烟波浩渺的青海湖畔，在格萨尔史诗的诞生地，我看见两个洋人举着鞋赤着脚从浮桥上涉水而过，而我却穿着德国旅游鞋直接蹚水过桥了。那就是卡尔·赖希尔和他的儿子——一对“史诗父子”。“我的德国鞋比你们的鞋好，不怕水。”我开玩笑说。“我们的鞋是从瑞典买的。”小卡尔告诉我，随即发笑。当时，本书的译者阿地里·居玛吐尔地教授也在场，他补充说：“在德国鞋店，有的旅游鞋就泡在水里，展示给人看。”就《口头史诗》一书的翻译而言，阿地里教授确实做到了信、达、雅。他不仅通晓多种语言，精于汉语的写作，同时又是一位卓越的史诗研究专家，其全面而精深的语言、文化与学术素养决定了他的译著的成功。但是，原著不仅充斥了大量的专有名词和术语，并且涵盖了过去史诗研究史当中的主要经典论著，其翻译难度之大是可想而知的。事实上，当译者翻译这样一部书的时候，他面对的乃是西方史诗研究领域中的经典著作群和史诗学者群，书后附录的《译者参考书目》和《原著参考书目》可以证明这一点。所以，这是一个想一想就令人汗如雨下的艰巨任务。但译者的气度从容不迫，仿佛大匠运斤，庖丁解牛，他的雄厚实力令人啧啧称奇。尤其宝贵的是，在翻译的过程中，他对原著并不盲从，而是努力矫正原著乃至其他史诗研究著作的失误或表述不准确的地方，这种情况常常见于他的附注当中。就此而言，本书不失为卡尔·赖希尔与阿地里·居玛吐尔地两位教授的“合唱”。所以我们读此书，对书中每页的注释都是不可忽略的，对书后的两种《参考书目》也要给予充分的重视。

在赖希尔的史诗理念中，突厥语族口头史诗无疑彰显了人类史诗艺术的源泉，即使它不是人类所有的已经脱离其口头吟唱之艺术母体的即已经固化为文本形态的史诗的源泉，也与这些史诗文本早期的口头形态存在着千丝万缕的联系。通过全面而系统地描述突厥语族口头史诗的形态特征、内容特征、类型特征和表演特征，包括言语、背诵和歌唱模式等等，赖希尔为人们确立这种联系提供了丰富的学术依据，而这实际上就是本书的任务，作者出色地完成了这个任务。就此而言，赖希尔的书无疑是对著名的“帕里—洛德理论”（口头程式理论）的拓展与深化。因此，作者关于非专业人员的读者定位，或许是他在孤独和寂寞中说出的一句无奈的充满善意的“谎言”，其本质意义乃是史诗学上的启蒙，而他本人并不愿意充当启蒙大师的角色，因为我相信，无论如何，即使在现代西方的史诗学界，重视固化的史诗文本，忽视活性史诗的第一手资料，或者将活性史诗中的文本从其史诗吟唱艺术的母体中细绎出来，仍然是大多数人的一种学术惯性。实际上，在西方互文性的文本解构理论中，人类的口头传统是一切文本的起点。譬如，佛陀时代的佛经，都是以口头方式来讲解和传播的，到后来才用梵文记录下来，而即使在佛经文本大量产生的南北朝时期，口头的佛经转读依然兴盛不衰。另一方面，在古史研究方面王国维提出并卓有成效地运用了书面文献与地下文献相结合的"二重证据法"，现在看来，口头传承的史诗对历史研究也具有重要的价值，所以，我们不妨进一步提倡一种涵盖书面、地下、口头文献的"三重证据法"。由此看来，赖希尔这本书的学术意义已经超出了史诗研究本身，在当代学者的著述之林中，这确实是一本令人回味、发人沉思的好书。

本文原载《民族文学研究》2014 年第 1 期

关于人类文学经典的沉思录

——评《论经典》

在文学的天国里，那些璀璨的星辰总是能够穿越历史的烟尘向我们发出永恒的光辉；在这光辉的照耀之下，我既珍重现世的幸福，又超拔了尘世的苦难，建立起自我的自由的宁静的恬美的精神世界。人类需要文学经典，就像需要阳光、食物和水一样。同时，对文学经典以及阅读自由、阅读机会的渴求，也足以代表一个人的文化素养和精神层次，因为这种渴求显示了人类本性中超越物质层面的精神因素。一个人一群人一个民族乃至一个国家的精神特质，实际上就生成于经典阅读与吸收的过程中。“人就是精神，而人之为人的处境，就是一种精神的处境。”（雅斯贝尔斯《当代的精神处境》，黄藿译，第5—6页，生活·读书·新知三联书店1992年版）因此，经典的生成问题以及经典的阅读、传播和接受问题，实际上也是各个时代面临的共同问题，这个问题在我们的时代显得比较异常。因此，近年来关于文学经典的讨论和论争时有发生，并成为文学研究界普遍关注的热点。

2015年7月10日，国家图书馆原馆长詹福瑞教授新著《论经典》（人民文学出版社，2015年3月第1版）发布会在国家图书馆举行。而此前半个月，我已经得到了詹福瑞先生的签赠本。对于同行和友人的新著，我从来都是一拿到手，便认真阅读，从不含糊。所以，有一次蒋寅先生居然表扬我，说我经常看别人发表的新成果。其实，在我看来，对职业学者而言，了解相关学术领域的最新进展是自己从事学术研究的基本前提，即便是卖萝卜卖菜也得了解行情，何况是研究学问！而根据我的了解和观察，目前中国古代文学研究明显呈现出三线分布的研究格局：首先是一线研究，即直接研究作家作品；其次是二线研究，即研究作家作品的传播史，或曰影响研究或接受研究；复次为三线研究，即是研究的研究，实际是古典文学研究之学术史。这三线研究互相配合，相得益彰，形成了当代古典文学研究的多层次格局。而从研究方法和治学路径上看，当代的古典文学研究也表现在三个方面：理论形态的研究，文献形态的研究以及理论、文献兼融的研究。

《论经典》则属于既与三线有密切联系而又超越三线的理论形态的研究。这种研究难度很大，当然也很有意义。再不要说应该重视文献这类废话了，真正的学者不应该不重视文献的，因为这是研究的基础，在我们的时代获得任何文献都不成问题，而“应该重视文献这类废话”也不应成为理论低能或审美无能的遮羞布；因为古典文学研究的当代的现实的价值，主要是由理论形态的研究来评判、张扬的。真正的学者必当服务于现实社会，由此而走向未来。实际上，就学术研究的价值取向而言，我最佩服的是有思想的学术和有学术的思想。读《论经典》一书，对这一点感悟更深，同时也确实遭遇了久违了的文化感动和学术感动：酣畅淋漓的情绪急涌于胸中，仿佛是一曲春江，汩汩而来，势不可遏。那是大约在2005年的春天，我第一次见到詹福瑞教授，当时我开玩笑说：“您到国家图书馆主持工作，全国的读书人都高兴了！”因为我深知，他是一个真正的读书人，一位真正的学者，一位真正的诗人。在我们这个时代，“真正”意味着“罕见”，因为我们的学术队伍中夹杂着太多的“不真正”。对詹教授十几年当轴于国图的成绩，业界自有公论，我这里不作评价；无论如何，国家图书馆的领导重任，使他结下了更深的书缘，他对书籍和读书对个人和社会的重要意义的认识，无疑比一般的学者要深刻许多，关怀也要深切许多。面对当代社会传统文学经典已被边缘化的残酷现实，他对文学经典，特别是与文学经典的相关理论问题进行了深入的思考和研究，十多年的苦心孤诣凝结为这部《论经典》。

《论经典》是关于人类文学经典的沉思录。“经典，这是一个十分熟悉的名字，回顾以往的历史，它已经成为我们深深的记忆。但是，这个名字在今天，有可能渐渐远离我们，以致我们担心有一天它会变得异常陌生。经典，自古至今永远是一个沉重的话题。”（第 1 页）作者开篇就这样写道。随后，通过对古今中外关于经典定义的回溯和追寻，作者确定“本书讨论的经典，亦主要限定在文学经典以及与其相近的人文经典”（第 5 页），显示了非常清醒的理性意识。在此基础上，作者展开了恢宏大气的学术格局，以十章的篇幅逐次讨论了“经典之争”“经典的传世性”“经典的普适性”“经典的权威性”“经典的耐读性”“经典的累积性”“经典与政治”“媒体之于经典的传播与建构”“教育之于经典的传播与建构”和“大众阅读与经典面临的挑战”等十个方面的重要问题。显然，作者建构了一个非常完整的现代性文学经典学理论体系。经典为何是一个沉重的话题？因为“经典常常成为人类思想的策源地，人的灵魂的栖息地”（第 120 页），而这也正是本书的出发点。王念孙说：“凡学者著书，必于所托者尊，或后人不能诋正，则董理之。”（《高邮王氏治学且要语》，刘盼遂《高邮王氏父子年谱》）所谓“尊”，就是研究对象本身具有尊贵性，这也就是经典；至于校勘一道，必须是后人做不了的工作始可为之。真是大格局大气魄！在王氏看来，学术研究对象和领域的选择，永远比为学术研究而付出的努力重要，选择重于奋斗，这是乾嘉学术史给我们的重要启示。《论经典》既然以人类的文学经典，特别是中国古代的文学经典以及相关领域为研究对象，其总体的学术气象已经笼盖群伦。因此，《论经典》乃是一部关于文学经典的沉思录，一部关于文学经典的对话录，学者的理性、儒者的理想和诗人的激情在此书中融为一炉。王念孙说："学问须有灵性，苦功而无灵性，是人役也。"（《高邮王氏治学且要语》，刘盼遂《高邮王氏父子年谱》）苦功与灵性使得这部书亮点密布，读来饶有趣味，发人深思，引人入胜。这里，我们试为读者揭橥一、二，以彰明此书之现实意义和历史关怀。

其一，于丹缘何把大鹏变成麻雀？

捍卫经典的尊严，捍卫文学的尊严，这种严肃的文化态度贯穿全书。"考察经典与现代大众传媒的关系，重要的不是要看大众传媒是否传播了经典，而是看其如何传播经典。"（第 214 页）在此方面，他对《于丹〈庄子〉心得》的批评最为典型。对于这本《心得》，詹福瑞指出，"于丹讲《庄子》，为了使《庄子》的思想嫁接到当代人的生活实用，则把《庄子》的类似于《逍遥游》中的大鹏之思，降低为枋榆间的蜩与学鸠之飞。""庄子逍遥游的实质就是要超越现实与自我，而于丹之所讲落脚点恰恰正是在现实与人的自我。抛弃眼前的遮目一叶，不过是为了谋取认得更大利益而已。所以于丹教给读者的不是超越，而是讨巧，是谋求更大利益的机心。这岂不与庄子的精神超越和由超越获得的自由精神南辕北辙!”批评似乎尖刻，但是，他对于丹似乎还有一种“了解之同情”:“从作者的讲述中，还是可以看出他们面向的是职场的青年，并且把抚慰这些受众的职场失意和工作带来的压力作为讲述的目的。他们既要贴近这些读者的关切，同时还要照顾其接受能力，因此，尽量做到通俗易懂，尽量用穿插的小故事来调节气氛，如同戏曲中的插科打诨，都是为了吸引人的眼球，争取有更好的收视率。而其付出的代价，就是减损经典的内涵，降低思想的高度，甚至曲为之解，把庄子这只薄天而飞的大鹏变成抢树数仞的麻雀。”伟大作家与伟大作品的精神核心就是其“不可摧毁性”(indestructibility)，任何人对经典的歪曲都是徒劳的，譬如，“文革”期间刊行的《论语批判》和《孟子批判》之类，并没有摧毁这两部伟大的儒学经典。其实，于丹本人是否能够读懂《庄子》，她是否具有歪曲经典的能力，本身就很值得怀疑，她的心得也许就是她的真实感悟，故意迎合大众的心理前提通常是具有与大众不同的内在体验，这样的人常常很痛苦，而于丹的讲述似乎并没有痛苦的意味。其实，误解经典或曲解经典的过程不仅是媚俗的过程，也是毁人不倦的过程，伪文化伪国学的罪恶无过于此。

其二，“样板戏”能够成为永恒的经典吗?

“权利影响经典的另外一种手段，是试图制造经典和神圣化经典。”“在中国，最典型的莫过于上个世纪六十到七十年代的‘文化大革命’期间，由权力机构推出的八个样板戏。”“1966年11月28日，在中央文革召开、万人参加的‘首都文艺界无产阶级文化大革命大会’上，中央文革小组顾问康生宣布，京剧《智取威虎山》等八部作品为革命样板戏。1967年5月，八个样板戏齐聚北京汇演，直到6月中旬，演出达218场，观众达到33万人。”“时间过去了四十余年，当年红极一时的样板戏，今天又被命名为‘红色经典’，继续在舞台上演出。”（第178—179页）那么，这些样板戏“今后是否可能成为可以流传于世的真正的经典”？詹福瑞认为，“要看它是否能够经得起时间的检验，是否具有普适价值”（第180页），“经典的普适价值在于把一个民族、甚至个人的经验连接上人类经验，使经典不仅具有民族性和作者的个人性，同时具有超越民族性和个人性之上的普遍意义”（第52页）。“作品反映了人类共同关注的问题和表现了人类普适价值的作家，如但丁、莎士比亚、雨果、歌德、托尔斯泰、萨特、卡夫卡等经典作家，既是西方的，也是东方的、世界的；孔子、庄子、李白、杜甫、曹雪芹、鲁迅既是中国的、东方的，也是西方的、世界的，并且是当代的”（第53页）。这些伟大作家不是哪个政府能够“领导”出来的，也不是哪个“文化工程”能够“打造”出来的，他们来自人类的文明社会，他们是人类疾苦、悲哀和不幸的代言人。他们对人类的深切关爱以及相关的文学经典永远指引着人类文学之船的航程，他们是人类文学海洋上的永不熄灭的灯塔。这些经典作家已经超越了不同历史时期的种种意识形态的藩篱，成为人们共爱共读共赏的精神财富。正如德国诗人席勒所言："以具体的意义来说，我们希望成为自己时代的公民；但是在精神的意义上，逃避某一特别国家和特定时代的束缚，成为各个时代的公民，却是哲学家和有想象力作家的特权和责任。"（转引自雅斯贝尔斯《当代的精神处境》，黄藿译，生活·读书·新知三联书店 1992 年版，第 12 页）当然，我们必须看到，即使是经典作品，我们如果长期面对同一部作品，也会产生审美的疲劳、倦怠乃至反感，譬如，你每月把《约翰·克斯多夫》看一遍，每天把贝多芬的《三》《五》《六》《九》四大交响曲听一遍，看你是否受得了？至于样板戏在"文革"期间天天看月月看年年看给人带来的疲劳和厌烦，当年的观众谁都不会忘记，在这种背景之下，《第二次握手》之类的小说自然要被广泛传抄了。以权利干预经典的构建与传播，历史的教训既荒唐而又沉重。在这种意义上，本书对于当代中国的人文建构，政府的文化决策以及出版事业和文学教育事业无疑具有重要的指导作用和参考意义。

詹福瑞的文学经典学充满了辩证法的精神。他分析问题不仅能够一分为二，而且善于一分为多，尤其善于在动态的变量中寻觅、发掘不变的东西，在不变的东西中捕捉到种种动态的变量。"经典阅读的关键亦是发现，而这种发现即来自阅读时对前见的证明、更是对前见的打破，为新的前见的建立打开了更深邃、更广阔的视野。”（第 115 页）“如果我们把经典文本称为经典原生层的话，经典经过历史累积而形成的读者阅读的前见，就是经典的次生层。次生层因依经典的原生层而产生，并且随着时间不断增加，仅仅包裹在经典原生层周围，构成经典完整的生态圈。经典正是在这种不断的重新阐释中得以流传，并且生生不息。”（第 135 页）“经典的累积性所造成的阅读前见，也会影响读者对经典文本的阅读和接受。所以就有一个如何对待经典的累积性前见问题。或者剥离外在的前见，回归文本；或者阅读经典文本，同时也接受前见；不仅如此，对前见的剥离、接受也总是有所选择。而读者在阅读经典时剥离什么前见，保留或认同甚至强化某些前见，都决定于读者阅读时的当下性所形成的与经典次生层的价值关联。”（第 160 页）这些精彩的观点都显示了一位杰出学者的卓越智慧。又如作者在探讨经典的传世性问题时指出，一部精神产品能够成为经典，主要是在经典的传播与接受过程中，经过两个以上的文化阶段，不同时代、不同时期的读者克服了阅读的“时尚性”，达到了对一部作品价值的历史共识。他举例说，中国古代儒家的经典《周易》《诗经》《论语》《孟子》和道家的经典《老子》《庄子》，历经千年，流传至今。儒家经典在漫长的封建社会作为主流文化直接影响到社会的政治制度，也影响到士人的安身立命。道家经典，则作为与儒家思想并行的思想体系，作用于政治，成为儒家思想的补充。如道家的无为而治政治观，在不同时期与儒家的积极有为政治观互为消长，共同构成了封建社会的政治治理理念。而对于士人而言，道家的思想与儒家思想一样影响深刻，出则为儒，入则为道，几乎成为大部分封建士人的处世之道。在1911年以后，中国的社会制度发生了深刻变化，儒家和道家赖以存在的社会制度已经不在，但是儒家经典《十三经》，除《尚书》《周礼》《孝经》等逐渐变为只具有认识价值以外，以上所说的几部儒家经典和道家经典作为思想资源依然对中国社会发生着重要影响，其经典地位并未因社会变迁而发生根本性的动摇。其原因即在于这些传世经典凝聚了中华民族的智慧，里面保存着我们前面所说的超越了时代和意识形态的共识，并且已经渗透到我们民族的血液之中。由此可见，不走偏锋，遍观衢路，兼容并包，打通古今中外，将诸家理论融为一炉，并巧妙吸纳，出以己意，是詹福瑞治学的突出特征。

总之，《论经典》在学术上有厚度，有力度，有强度。德国哲学家伽达默尔说："对于研究者来说，在科学中具有决定意义的就是发现问题。但发现问题则意味着能够打破一直统治我们整个思考和认识的封闭的、不可穿透的、遗留下来的前见。具有这种打破能力，并以这种方式发现新问题，使新回答成为可能，这些就是研究者的任务。"

（《诠释学》II《真理与方法——补充和索引》，洪汉鼎译，商务印书馆 2013 年版，第 65 页）在文学经典学领域，詹福瑞确实出色地完成了自己的任务。当然，书中有些地方点到即止，有些地方欲说还休，有些地方化整为零，明眼人均可见出作者的匠心和苦心。真正的文学来自一个有文化信仰有审美追求的人类世界。真正的学术和真正的学者也是如此。《论经典》处处闪耀着文化信仰与学术信仰的光辉，它一定能够经得起时间的考验，伴随着那些不朽的文学经典走向未来。

本文原载《博览群书》2016 年第 2 期，又载《中华读书报》，2015 年 12 月 30 日第 15 版，题为《对“时代公民”的观照：詹福瑞的文学经典学》，作者署名罗布桑

文学史家的“会通之义”

——评《魏晋经学与诗学》

中国文学史在我国是近现代以来兴起的一门学科，尽管对文学史的研究古已有之。一百多年以来，我国文学史研究的成果汗牛充栋，已经难以尽览，但什么样的文学史研究是臻于上乘之境的研究，人们对此并没有统一的标准，实际上，可能也永远不会有统一的标准，就文学史的书写或研究而言，人们可以说哪种情况不好，却难以说哪种情况最好。郑樵《通志总序》说：“百川异趋，必会于海，然后九州无浸淫之患；万国殊途，必通诸夏，然后八荒无壅滞之忧，会通之义大矣哉！自书契以来，立言者虽多，惟仲尼以天纵之圣，故总《诗》《书》《礼》《乐》而会于一手，然后能同天下之文，贯二帝三王而通为一家，然后能极古今之变。是以其道光明，百世之上，百世之下不能及。”生当人类文明的轴心时代，孔子的伟大建树确实是不可企及的，郑氏所说的“会通之义”乃是孔子平生治学的关键，而这也是郑氏撰写《通志》的宗旨。近读刘运好教授的新著《魏晋经学与诗学》（中华书局 2018 年 2 月版，以下简称为“刘著”），一种久违了的学术感动蓦然重现心头，不禁想到郑樵所说的“会通之义”。

刘著的“会通之义”主要体现在经学与文学的会通。会通的前提是破除，正所谓不破不立，而破的对象就是长期以来人们对魏晋经学的错误认识。皮锡瑞的《经学历史》就是此方面的代表作。在此书中，他将我国经学的历史划分为十个时代：（一）经学开辟时代；（二）经学流传时代；（三）经学昌明时代；（四）经学极盛时代；（五）经学中衰时代；（六）经学分立时代；（七）经学统一时代；（八）经学变古时代；（九）经学积衰时代；（十）经学复盛时代。皮氏认为，“经学盛于汉；汉亡而经学衰”，所以把魏晋南北朝界定为“经学中衰时代”。他首先指出：

世传《十三经》注，除《孝经》为唐明皇御注外，汉人与魏、晋人各居其半。郑君笺《毛诗》，注《周礼》《仪礼》《礼记》；何休注《公羊传》；赵岐注《孟子》；凡六经，皆汉人注。孔安国《尚书传》，王肃伪作；王弼《易注》；何晏《论语集解》；凡三经，皆魏人注。杜预《左传集解》；范宁《穀梁集解》；郭璞《尔雅注》；凡三经，皆晋人注。

也就是说，在著名的《十三经注疏》中，有六种出自魏晋学者的手笔，这一事实本来是长期以来人们以自觉的文化态度进行学术选择的结果，其本身即代表了魏晋经学的辉煌，“以注而论，魏、晋似不让汉人矣；而魏、晋人注卒不能及汉者”，主要原因在于“魏、晋人所注经，准以汉人著述体例，大有径庭”，可见皮氏完全是以汉人经学的“著述体例”来审视和要求魏晋经学的，所以他对魏晋经学的创新成果根本就视而不见。刘著的上编《魏晋经学论》通过对魏晋经学的深入研究，彻底颠覆了皮氏的观点，开篇“魏晋经学并未‘中衰’”一节，直指皮氏之说，随后以恢宏的气势、宏大的篇幅和缜密的论证彻底终结了皮氏的“魏晋经学中衰说”，并对魏晋经学的内在动因和外在动因进行了深入的揭示，对魏晋经学的历史发展脉络也进行了全面的梳理。实际上，“魏晋经学中衰说”是混淆经学理论和经学研究与经学的社会实践的区别。任何理论与其相关的社会实践都不是完全对等的，譬如，尼采的超人学说不同于纳粹的暴行，基督教教义也不同于太平天国运动，此类例证比比皆是；事实上，魏晋经学的中衰主要表现在儒家思想的社会实践领域，在理论层面，魏晋经学恰恰是继汉开唐、泽被后世的一个高峰时期。由此刘著为下编“魏晋经学与诗学关系论”的展开奠定了坚实的基础。

魏晋经学的辉煌成就与玄学、佛学是密不可分的，多元文化的交融以及异域文化的输入为魏晋经学的发展创造了契机。因此，刘著对魏晋经学、诗学以及此二者关系之研究，是依托在中古时期多元文化的大背景之上的。譬如，中编的“建安：儒家诗学的回音”，“正始：玄学诗学的勃兴”，“西晋：儒玄并存的格局”，“东晋：玄释圆融的蕲向”，以及下编第二、第三、第四章的讨论，都体现这种研究特点。作者说：“魏晋文化多元，儒家诗学、玄学诗学以及佛教诗学，互相缠绕。如果抓住一点，不及其余，就可能顾此失彼，盘桓于皮相之见。历史与逻辑、共时与历时的学理联系，一体与两翼、一元与多元的生生互证，主体与群体、学术与政治的错综交织，构成了那个时代立体的斑斓的学术画卷。”（《后记》）因此，本书能够将魏晋诗学还原到真实的历史文化场域中去，而以现代性的学术眼光观照之，用现代性的理论阐发之，既鞭辟入里，又常常发人所未发，如关于支遁“理中之谈”及其诗学意义的讨论，关于杜预《左传》学的诗学意义以及《华阳国志》诗学意义的阐发，皆填补了学术界的空白。这些创获虽然来自作者的博观约取、辛勤劳作，也是由正确的学术选择和所尊奉的理论原则决定的，用作者自己的话来说，就是：“沉潜史料的功夫，是学术创新的基础。”“理论视野的开阔，是学术创新的保证。”“逻辑思辨的抽象，是学术创新的境界。”（《后记》）因此，作者不仅能够填补学术空白，而且善于推陈出新，创造性的学术之光照亮了整部气势恢宏的著作。

尤其难能可贵的是，作者能够将自己的学术研究与自我的人生感悟和生命体验打通，这也是另外一种“会通之义”。刘著具有一种特殊的精神气质，那就是将“精神的泉水”“思想的摇篮”与“生命的亮色”（《后记》）融为一体，用富有诗意的畅达的优美的文笔淋漓尽致地书写出来。德国哲学家雅思贝尔斯说：“一个运用科学方法进行研究的人，只有当他把追求真理当作一种内在需求时，才算是真正参与学术研究。”（《什么是教育》）刘著表现出的学术激情，正来自作者的“内需”，所以作者说：“深入研究魏晋经学和诗学，不仅提升了我的学术层次，也提升了我的学术境界。在整个研究过程中，魏晋时期的学者最让我肃然起敬。在那样一个动荡的时代，在那样一个艰苦的岁月，竟然有那么多的文人能够潜心学术，并且创造了如此辉煌的成就。这是怎样的一种学术自觉，怎样的一种学术责任啊。这些学者真正是中华民族的学术脊梁，真正是中华文化薪火相传的使者。不仅昭示于后代，而且激励着今人。”（《后记》）确实如此，一个国运不昌、多灾多难的时代，往往能够孕育辉煌灿烂的文学艺术，譬如，在楚国走向衰微之际，伟大的楚辞诞生了，而处于衰弱期的德国，在哲学上却能够演奏欧洲的第一小提琴。因此，本着个人的“学术自觉”，履行个人的“学术责任”（《后记》），作者已经回归到魏晋了。而在我看来，刘运好先生本来就是魏晋人——真性情与真学问在他身上珠联璧合，或许这也是文学史家的一种“会通之义”吧。

本文原载《中华读书报》2018 年 8 月 5 日第 15 版

第五辑

痴望的男孩儿

书写完了。“大战”之后，格外冷阒。一幅孤寂的童年画蓦然重现心头：“暮日下的苍山。苍山下的茅檐。茅檐下的庭院。在厚厚的积雪中，一个男孩儿痴痴地向远方眺望……”这是被我丢弃的“小说”《雪》——我读大学一年级时的“作品”的开篇。主人公——男孩儿，也就是我本人。我的童年是孤寂的。孤寂培养了我对书的爱。由爱书又滋生了对作家、学者的崇敬和自己著书立说的渴望。现在，我的理想部分地成为现实。这是真正的幸福。依照卢梭 (Jean Jacques Rousseau，1712—1778) 之言，“真正的幸福不能描写”，“只能体会”，而“体会得越深就越难加以描写”(《忏悔录》第一部)。所以，在这里我只想谈谈体会。

二十年寒窗苦，凝结为这本书。这些年来，我得到了许多师友的帮助。没有他们为我所做的一切，也就没有这本书，乃至我现在所有的一切（可惜我不能将他们的名字具列出来，否则本《后记》就成了一份“人名录”）。他们给予我的爱心，我此生是难以回报的，特别是我的一些老师。《史记》卷七十四《孟子荀卿列传》曰：“齐襄王时而荀卿最为老师。”欲副“老师”之名，谈何容易！他们那种自爱爱人、自度度人的人格风韵，汪汪如万顷的烟波，肃肃若长松下的清风，总给我以瞻之在前、忽焉在后、体味不尽的美感。而我所能奉献给他们的，只有我对学术与文化的虔诚和经过刻苦努力而取得的实实在在的成果。毋庸讳言，我天性笨拙。“本（‘笨’）人范老大”，我妻子曾经如是调侃。这便注定了我不会一鸣惊人。但是，我愿以自己终生的渊默酝酿一个激越而悠远的雷声！

我自信本书的生命要比我个人的生命长一些，因为它的撰写，并非如卢梭所谓“为生计而远思”或“屈从于对成功的追求”（《忏悔录》第二部）。平心而论，我对所谓“成功”并无兴趣。唯其如此，本书才有可能成为一部真正的书而多活几天。但它绝不会“传之不朽”。在我看来，能够伴随人类走到遥远的终极的书，世界上只有一部，那就是《圣经》（*Holy Bible*）。《圣经》开启了我的智慧之门（the Door of my Wisdom）。为此，我要感谢 Penner Steve 先生。

记得在英国作家斯威夫特 (Jonnathan Swift，1667—1745) 的著名小说《格利佛游记》中有这样一个情节：一些中世纪经院哲学家（Philosophers in Scoholasticism）的亡灵与亚里士多德（Aristoteles，384—322 B.C.）、柏拉图（Platon，427—347 B.C.）诸大师的魂魄邂逅，竟然不敢直面相对，所以格利佛船长连这些“家”们的脸都看不清楚。做学问做到如此地步，就成了不幸。这种不幸的滋味，我是领略不到的。换句话说，倘若有朝一日遇到《世说新语》的作者，我不会“没脸见鬼”，因为我对他们创造的杰作是虔诚的。

时下“反馈”的风尚颇为流行。其实，苍天的浩渺，大地的辽阔，都不是由人的唇吻来决定的。一部书，只要还成其为书，自然也是如此。故本书无“馈”，我心中坦然；本书有“馈”，我也不会激动。我与我周旋久，宁作我！

此刻。万籁俱寂。我又坠入茫茫的思绪。恍惚之间，已过而立之年的我，又恢复为当年立雪庭中的男孩儿——在暮日苍山、茅檐低小的背景下，痴痴地向远方眺望着……

1997 年 5 月 8 日夜记于哈尔滨竹林轩

本文系作者《〈世说新语〉研究》一书的《后记》，黑龙江教育出版社 1998 年 4 月版

回归与创新

回顾这些年走过的学术道路，我深深地感到自己是一个万分幸运的人。我不仅拥有许多学识渊懿的师长，还拥有一大批志同道合的朋友。从他们身上我获取了无限的营养。我为此感到幸福，也为此感到惭愧。幸福不用说，惭愧不妨一谈。平心而论，到现在为止，我仍然不认为自己有写文章的资格，至于著书之不朽胜事，就更与我无缘。这并非谦虚之辞，更非故作谦虚之态以博取读者的好感。实际上，每读王国维、陈寅恪或钱钟书诸家的著作，我不仅感到自己学术的欠缺，更能感到自己文化的浅薄。这种感觉强烈而深切。因此，即使在有人为自己的“学问”骄傲得几乎达到了不幸的地步而令我万分同情的时候，我还是傲不起来。

话说远了，还得收回来。敝帚自珍。这本《中古文人生活研究》，毕竟是我十年磨剑的结晶，无论好，还是不好，它伴随着我青春的足迹，浸透着我心灵的激情与追求真理的渴望。多年以来，我差不多将自己全部的精力和热情都投入到对中古文化的研究工作中去了，这也构成了我个人生活的主旋律。就此而言，学术研究几乎是我个人的唯一的生存方式，也是我沟通大千世界的唯一途径。在执着于缤纷绚丽的物质生活的人们眼中，我的追求无疑是无味的，当然也是无谓的，然而我自己却觉得有滋有味，因为我的学术研究实际上是我对人生和世界表达情感的一种方式。就本性而言，我是一个以冷为热，以苦为乐，喜欢在孤独与寂寞中顶风冒雪、寻觅幽香的人。如果有幸从时间的隧道重返中古时代的话，那么，我相信我肯定会成为一个“痴”名在外的士林名流——所谓“古董”“棺材瓤子”之类的评语，早在我的大学时代，在我年未弱冠之际，不是就已经十分荣幸地赢得了么？世界是如此寥廓，人生是如此宽广，而我却将自己交付给故纸堆，并在其中讨生活。为人如此，岂非痴乎！然而，痴意味着真。我的真就是我对学术和文化的虔诚与热爱。我的学问有愧，我的真无愧。因此，我愿意将这部书敬呈于读者的面前，而芹曝之诚，庶几也可效万一了。在本书中，我试图把艰深的问题讲得浅易些，将复杂的问题说得简单些，做到知识性、趣味性与学术性的和谐统一，从而使更多的古典文化爱好者易于接受也乐于接受。我不知道自己是否做到了这一点，但在我本人确实是尽力而为了。记得一位与我契合甚深的朋友说拙著《〈世说新语〉研究》(黑龙江教育出版社，1998)“庄严得像一块大理石，冷峻得让人受不了”。它作为我的博士论文，我要追求的就是功力；而在本书中，我要挥洒的乃是才气，所以我非常希望它能够获得另外一种评价。

本书的撰写乃是缘于我对中古文化的偏爱，特别是对六朝文化，我向来是情有独钟的。我总认为六朝时代的莺飞草长和文采风流是中国文化廊庑中的胜景。没有六朝的满目芳菲，就没有大唐的万紫千红。于是，《世说新语》成了我屡窥不厌的枕中秘宝。实际上，它也确实不失为中古文化史中的一座宝山。值得庆幸的是，我没有入宝山而空回。这些年来，我阅读了大部分六朝时代的传世文献(可惜一千万字的内典和不知道有多少字的道藏还没有读完)。这种苦功使我对《世说》看得更清晰，也使我对六朝文化有了更为透彻的了解。从学术价值的取向以及方法论的角度着眼，近年来我对中古文化进行了多方面的艰苦探索，所以也有一些体会想就教于方家。而究其实，也不过是痴人的一得之言罢了。

回归中古文化的“原生态”，将中古文学置于“原生态”的大背景中进行考察。我之所以这样做，乃是基于长期以来形成的这样一种体悟：在我国古代，尤其是在中古时代，人们的知识是不分科的；换言之，一个人具有的知识往往囊括了当时世界上所有的知识，一个人阅读的书籍通常就是当时的社会所拥有的全部书籍。因此，当时的人们所进行的文化创造，也是基于这种文化的“原生态”的创造。由此产生的文化人，也就不仅仅是某一方面的专家，而多为文化上的通才。如果你想对他进行准确的观察和深入的研究，就必须回归到他所处的时代文化的“原生态”中去。但长期以来，我国的传统文化研究，通常是研究文学者论文学，探讨历史者论历史，钻研哲学者论哲学，将古人原本合和为一、交融无间的大文化系统弄得支离破碎。尽管人们在理念上知道文史哲不分，也常常说文史哲不分，然而在实际的学术研究中还是分的；不仅分了，而且界限划得很严。既然大家各执一端，鲜观衢路，所以用力愈勤，可能有的时候离问题的本质也就愈远。客观地说，我近年来所开展的学术研究，有意去打破这种格局。如拙文《极数的辉煌：中古文学品位观念的文化透视》（《学习与探索》1998 年第 6 期），通过对“九品”这一文学观念之特质的考察，溯其源流，发其奥蕴，彰明了其所特有的文化灵境。我首先指出在中国的数字文化中，“九”是一个极数。它以谐音的表意方式传达着永久——永恒的终极企盼。而我们的先民向来是以“九”为人，以“九”为最的。由此而形成的“九品”文学观念，是我国中古文学艺术的创造主体所特有的。当时的文学艺术绽开的绚丽丹葩，结出的累累硕果，莫不与此相关。“九品”之观念发端于夏禹时代。它首先是一个地理概念，那便是“九州”

的划分。在此基础上，“九”这一极数深深植根于华夏民族的思想意识之中。周代的文明礼乐踵其步武，又添新彩，使它得到了进一步的强化。于是，东汉学者班固以九品叙录古人，三国时代曹魏之学者陈群立因之而立九品官人法。由此，“九品” 作为一种臻于极致的品位观念，开始形成强大的辐射力，仿佛是一片夺目的林峦，一簇绚丽的丹葩，静悄悄地融入了我国中古文化的草色烟光，潜滋暗长，最终蔚为大观，形成了浩浩汤汤、横无际涯的恢宏气派。影响所及，包括中国中古文化的各个层面，其中以文学最为突出。于是，六朝文学批评家钟嵘《诗品》的文化渊源便昭然若揭了。

广泛摄取第一手材料，将宗教学、文化学等方面的内容结合起来进行综合性的考察。对学术研究来说，材料是最为重要的。然而使用材料，是为了解决和说明问题。我的学士论文《〈世说新语〉的语言美》(《求是学刊》1986 年第 4 期）是我撰写的第一篇学术论文，它完成于 1985 年。当时刘敬圻师在鉴定中指出：“该文材料丰富，观点亦多可取，然而许多观点被淹没在大量的材料之中，是为本文之不足。”据此，这篇文章在发表时，我将它由 20 千字删到 6 千字。十多年过去了，每当临文之际，未尝不念刘师之言，而深以自警。现在看来，同样的错误，我再也没有犯过。而我使用的材料，几乎都是自己读书得来的第一手材料，这样就使自己的学术研究建立在可靠的基础之上。试举一例以说明之。众所周知，北魏作家杨衒之在其精思傅会的《洛阳伽蓝记》中，创造了一种由正文与注语合体构成的独特文体，在中古文学中格外引人注目。其意义与价值自不待言，其发生之原因更令人深思。迄今为止，对这一问题的研究，仍以国学大师陈寅恪先生的阐释最为有力。陈先生之所言，本来属于版本学的范畴，而从文学的角度看，则无疑涉及一种新文体的起源问题。依陈氏之说，此种新文体源于六朝时期的“合本子注”体佛学著作，同时，它也是彼时之学林流行“合本子注”体著作的具体表现。对陈先生之博雅与卓识，我是万分钦佩的，然而我并不为其观点所囿。拙文《〈洛阳伽蓝记〉的文体特征与中古佛学》(《文学遗产》1998年第6期)，认为《洛阳伽蓝记》新文体的诞生与我国传统文化也有密切关系。具体言之，我国的史官文化和经学训诂作为“合本子注”文章体式的原始胚胎，乃是其真正的渊源所自。在中古时代，这两个胚胎被僧侣学者的“格义”风尚激活了，同时使它们步入佛学之门，并在其中不断成长、壮大，由此而孕育了中古文学“合本子注”的写作模式。这样，就发展了陈先生被学术界视为定论的成说。在阐明上述观点时，我使用了大量的佛典材料，没有这些材料，也就不会产生这些观点。而以丰富的材料为依据，对前人之成说，或破或立，或在前人的基础上，有更进一步的发明与创获，确实是我的一贯追求。

选择新视点、新视角，采取“旧瓶装新酒”的方式，对老问题进行全新的现代阐释。如关于“竹林七贤”的故事，在我国中古史籍中记载颇多。此类记述，貌似可信，但若细加推究，则疑点自见：其一，此七人年龄有别，辈分不同，如山涛（205—263）比王戎和阮咸（234—305）大二十九岁，二阮是叔侄关系，如何能够经常在一处纵酒遨游？其二，七人之作品绝无关于竹林的描写。山、王和阮咸未以文章名世，而其他四人皆当时之大手笔。如果他们终日在茂林修竹之间盘桓，又岂能不咏之于诗？其三，此七人在身世、性格、履历、品德、思想诸方面各具特点，又岂能共为雅集、契合甚深？其四，七人遨游之地山阳（今河南修武）距当时京城洛阳甚远，而据向秀（227？—272？）之《思旧赋》（《全晋文》卷七二），该地有嵇康故居，嵇、向确曾一度在此隐居，然而向秀对另外五人却不置一词。原因何在？……这一系列问题，甚不可解，故“竹林七贤”之名目必有待发之覆。物换星移，十六个世纪的悠悠岁月逝去了，无人觑破其秘。逮至民国时期，陈寅恪先生著文指出：“大概言之，所谓‘竹林七贤’者，先有‘七贤’，即取《论语》‘作者七人’之事数，实与东汉末‘三君’‘八厨’‘八及’等名目同为标榜之义。迨西晋之末，僧徒比附内典、外书之‘格义’风气盛行，东晋初年乃取天竺‘竹林’之名加于‘七贤’之上，至东晋中叶以后江左名士孙盛、袁宏、戴逵辈遂著之于书，而河北民间亦以其说附会。…… ”（《陶渊明之思想与清谈之关系》，《金明馆丛稿初编》）此说一出，云翳散尽，而中天昭朗。陈先生复云：“寅恪尝谓外来之故事名词，比附于本国人物事实，有似通天老狐，醉则见尾。如袁宏《竹林名士传》，戴逵《竹林七贤论》，孙盛《魏氏春秋》，臧荣绪《晋书》及唐修《晋书》等所载嵇康等七人，固皆支那历史上之人物也。独七贤所游之‘竹林’，则为假托佛教名词，即‘velu’或‘veluvana’之译语，乃释迦牟尼说法处，历代所译经典皆有记载，而法显、玄奘所亲历之地。此因名词之沿袭，而推知事实之依托，亦审查史料真伪之一例也。”（《〈三国志·曹冲华佗传〉与佛教故事》，《寒柳堂集》）这一凌越千古的卓见，显示了一代学术大师独具之慧眼。拙文《论异型文化的合成品："竹林七贤"的意蕴与背景》（《学习与探索》1997 年第 2 期），在陈寅恪先生观点的基础上，对“竹林七贤”的问题重新予以阐释。文章指出，“竹林七贤”并非有组织的在竹林下肆意酣畅的名士群体，这一名目也并非客观的存在，而是后人意念虚构的产物。其实际的创造者是在东晋时代深具影响力的谢安。就其内蕴而言，它是由天竺佛家文化和我国传统文化的某些基因合成的，其产生与晋人的审美观念、心灵意识以及当时的社会历史背景均有千丝万缕的联系。我得出这样一些结论，也是以丰富的第一手材料为依据的。

采取考、论结合的撰述方式，即首先澄清基本事实，然后进行阐述。从我的实际情况看，我的学术风格界于新、老之间。我不愿意一味地考，因为我考不过清朝人，而处于白山黑水之间走这条路也实在不会有太大的出息；我又不喜欢单纯地论，因为高屋建瓴、悬河泻水非我之所长。于是，我选择了考论结合的撰述方式，即不脱离扎实的第一手材料，同时亦融入对这些材料的细密而富有新意的阐释，着重彰明和阐发中古文学和中古文化的普遍意义以及其中所浸透的文化规律，从民族思维、民族文化的高度揭示其共性特征。所摄取的材料，皆来自学者常见之书，而不去猎奇求异。因为我既没有这样的能力，也没有这样的兴趣。就此而言，陈寅恪先生是我魂牵梦萦、心摩手追的大师。其片言只语，我亦视为璧珍。具体言之，我憧憬的是“有思想的学术和有学术的思想”（王元化先生主编《学术集林》第一辑《后记》中语）。张永言教授以此二语评论我寄给他的两篇论文，恰好暗合于我心中的学术胜境，真使我惊喜莫知所云。

选择小题目做大文章，以专求通，以点代面。拙文《说麈尾：六朝名士的风流雅器》（《中国文化》第17期）是比较典型的一篇。拙文指出，六朝时期，士林中流行一种雅器，名曰麈尾。这一微小之物，凝聚了六朝的绮丽与辉煌，昭示着士人的倜傥和风流，具有极其深厚的文化内蕴。拙文从“麈与麈尾”“麈尾的种类与形制”“麈尾与六朝名士”“麈尾与六朝名僧”和“麈尾与维摩诘”等五个方面入手，结合书面记载和考古资料深入探讨了麈尾的问题。对于这个问题，明季以前，学林中人很少予以关注。有清学术发达。乾嘉之际，著名学者赵翼在《廿二史札记》中率先揭示了麈尾与六朝清谈文化之关系，极富创见。至民国时代，王伊同先生在《五朝门第》第八章的两篇附录里，对有关麈尾的史料加以梳理，并略作阐发。嗣后，贺昌群先生作《〈世说新语〉札记》。此文从六朝之文化背景出发，结合东瀛之实物遗存与我国石窟之造像以及壁画之摹绘，初步考察了麈尾的形制特点与日常功用，颇为引人入胜。八十年代初，白化文先生著文向文史爱好者介绍麈尾，详明而严谨，亦足资研究者借鉴。拙文在诸家的启迪下，从文学、历史、哲学、宗教学等方面，对这个问题进行了全面的探讨。

对同一个问题进行连续不断的、反复的研究，对有关材料进行“竭泽而渔”或“一网打尽”式的处理。我写论文，仿佛是滚雪球——总是由小到大。我对“啸”的研究便是一个典型的例证。目前，仅仅关于这个问题，我就发表了四篇学术论文：《论“自然之至音”——“啸”》（《求是学刊》1994年第3期），《“啸”：东方古国的口哨音乐》（《中国文化》总第12期），《论“啸”——绝响的中国雅乐》（《求是学刊》1997年第4期）和《论阮籍善啸》（《北方论丛》1999年第2期）。目前，我正在撰写的还有三篇文章：《论道家之“啸”》《六朝诗歌中的“啸”音》和《成公绥〈啸赋〉的文化阐释》。我打一个洞，就挖一口井，问题能解决多少，就解决多少，能做到什么程度，就做到什么程度。摆在我前面的路还很遥远，上帝给予我足够的时间，使我能够在持续的进取中不断纠正自己的错误（这就是我所理解的“年龄优势”）。因此，我没有必要为每一篇文章战战兢兢。属文之时，只要尽力，也就心安理得了。

本书就是我十余年来研究中古文化的一个总结性成果，所以上述的种种情况在书中都有比较充分的体现。这一点明眼的读者是一望即知的。需要特别予以说明的是，本书所有引述文字的文献依据，均见于书后的《参考书目》和《参考文目》。这两种目录作为本书的“根”，也足以表明我关于中古文化的知识来源。由于我想从多角度、多层面对中古文人生活进行阐发，所以征引材料有个别重复之处（我没有能力让某些材料在书中只出现一次而能够说明我想说明的全部问题，中古时代遗留于今日的文献又太少了，我为此而苦恼不已），希望读者能够谅解。本书没有石破天惊的高论，本书也没有虚浮不实的危言，但是矢志求真，言必有据，所以尽管它不一定是“优质产品”，但肯定是“信得过产品”。毋庸讳言，我在学术上的幼稚和文化上的肤浅，决定了我在以往的学术研究中必然所见有限，甚至谬误百出。譬如在公开发表的文章中，我曾经把南宋的刘应登说成是清朝人，把民国时代的聂崇歧也说成是清朝人，把“韩卢”这种战国时代的名犬当成了人名……诸如此类的令我羞愧得要死的几个大谬，都被好心而又细心的老师和朋友给捉住了。确实，在我涉猎、研究中古文人生活这一课题的漫长的时间跨度中，无论是我的老师、学长，还是我的朋友、同道，他们当中有许多人都曾经真诚地帮助我、指导我，我承受了太多太多的恩泽。刘敬圻教授（黑龙江大学）、袁行霈教授（北京大学）、王孟白教授（哈尔滨师范大学）、田余庆教授（北京大学）、李锡胤教授（黑龙江大学）、霍松林教授（陕西师范大学）、张锦池教授（哈尔滨师范大学）、卞孝萱教授（南京大学）、刘梦溪教授（中国艺术研究院）、杨东波教授（香港中文大学）、江健俊教授（台湾成功大学）、郑学弢教授（苏州大学）、罗宗强教授（南开大学）、张永言教授（四川大学）、金长焕教授（韩国延世大学）、金周汉教授（韩国岭南大学）、横山弘教授（日本奈良女子大学）、马瑞志教授（美国明尼苏达大学）和王伊同教授（美国匹兹堡大学）……在这里，我谨郑重记下他们的名字，以表达我由衷的敬意与谢忱。同时，我要感谢我们的校长衣俊卿博士，感谢黑龙江大学科研处的赵经贵处长和陈长喜处长，感谢山东教育出版社的朱晓晨先生，感谢黑龙江教育出版社的孙延风女士。他们的大力支持使我顺利地完成了这一课题，也使本书得以迅速地出版面世。对他们为我付出的辛劳，我将永远铭记。

本书为1998年黑龙江省教育委员会社会科学基金项目。本书为1998年黑龙江大学杰出青年科学基金资助项目。本书为黑龙江大学中国文化研究所学术专刊之一。

2000年10月1日写于竹林轩

本文系作者《中古文人生活研究》一书的《后记》，山东教育出版社2001年7月版

偷换的流年

对我这样一个个人文化兴趣至上乃至常常不顾及他人感受的人来说，开始陶渊明的研究纯属偶然的事情。为什么这样说？因为青年时代的我，根本就不喜欢陶渊明。但是，我与陶渊明的结缘却似乎有着某种必然。因为在我走过的学术道路上，有两位导师都是在陶渊明研究方面造诣极深的著名学者，他们对我的影响实在太大了。

一位导师是王伯英（笔名王孟白）教授。那是在1985年9月至1988年7月间，我在哈尔滨师范大学中文系攻读中国古代文学专业的硕士研究生。王先生作为我的导师，给我们开的一门课就是“陶渊明研究”，当时先生的《陶渊明诗文校笺》（黑龙江人民出版社1985年版）也已经出版。先生退休后，于陶渊明之研究用力更勤，先生对我经常重复说的一句话是：“陶渊明的人格境界，代表了亚细亚生产方式之下的最高人格境界。”可惜那时的我只是一味推崇方严盛大的气象和潇洒不羁的气质，所以特别钟情于李、杜一类诗人，同时还憧憬魏晋风流，狂读《世说新语》和嵇、阮诗文；我也深受那个时代学术思潮的影响，所以读了大量的美学乃至思想史方面的著作。在这样的背景下，陶渊明自然也就受到了我的冷落；而每次聆听先生那意味深长的话语，虽然表面上唯唯称是，实际在内心深处却是毫无反响。

另一位导师是袁行霈教授。那是在 1999 年，我刚刚 35 岁，在北京大学中文系做袁先生的访问学者。那时，先生的《陶渊明研究》（北京大学出版社 1997 年初版，2009 年再版）已经面世，这是让我百读不厌、耽味不已的一部好书。同时，先生的《陶渊明集笺注》（中华书局 2003 年版）也已经开始写作了。但是，过了很长一段时间，我才真正认识到先生所从事的这些研究工作的巨大意义。而这种认识的产生，又是与我对陶渊明的认识的加深分不开的。那是在 2001 年夏季的某一天，当我在美国佛罗里达大学的 ALICE 湖畔漫步的时候，我似乎突然对陶渊明有了一点体悟。“久在樊笼里，复得返自然。”枝叶凌乱的湖面清波荡漾，湛然空明，各种鱼儿一层一层地排列着，包括乌龟和鳄鱼们也都纹丝不动，各安其位，成群的鸬鹚在湖边的树丛中喳喳地鸣唱，时而高翔，时而低翥……也许这就是本来如此、原来如此和应该如此的一种“自然状态”？陶渊明所倾情表达的“自然理念”，就是这样的吗？带着这瞬间产生的小小疑问，我回到了魂牵梦萦的祖国。回国后不久，2003 年的夏天，我在哈尔滨忽然收到了袁先生惠寄的《陶渊明集笺注》，真是惊喜不已。这是先生竭二十年之心力完成的一部巨著。在无数遍的阅读中，先生那详密、准确的注释和校勘，严谨、精到的考证与辨析以及优雅、简劲、含蓄的文风，都给我以深刻的启迪和教益。从此，我对陶渊明着了迷，并开始研究，乃至一发而不可收。

时至今日，我已经步入了中年人的行列。流年的暗中偷换，确实常常改变一个人的兴趣。

根据我个人的经验，陶渊明的作品似乎是给中、老年人读的。血气方刚的年轻人，要读懂陶渊明真的是很难，起码对青年时代的我来说是如此。而今日在我这样一个中年人的心目中，陶渊明的伟大之处在于他是人类自由、平等、博爱观念的先驱者，虽然他既不能舍身饲虎，也不能化雁疗饥，更不能一下子变出足够几千人食用的饼子，但是，他却是人类自由、平等、博爱观念的一个创造者和实践者。他出现的时代既晚于耶稣，更晚于佛陀，同时，他也没有这两位教主身上那万般神异的光辉，尽管如此，他却是同样的伟大而崇高。泰戈尔说："人在本质上既不是他自己的，也不是世界的奴隶，而是爱者，人类的自由和人性的完成都在于'爱'，'爱'的别名就是'包容一切'，由于这种包容力，这种生命的渗透力，使人类灵魂的气息与弥漫于万物中的精神才能结合起来。”（泰戈尔：《人生的亲证》第1页，宫静译，商务印书馆1992年版）陶渊明正是这样的爱者，他也由此成为宁静的人，成为与神合一的人，成为人类的至圣先哲乃至精神导师。全面地揭示陶渊明的这种文化品格将是我在五十之年到来之前的一个重要任务。我必须完成这个任务，我能够完成这个任务。本书就是为了完成这个任务而取得的阶段性研究成果。所以，我衷心希望自己下一本关于陶渊明的书能够写得更好一些。

2009年10月31日凌晨4点于北京竹林轩

本文系作者《悠然望南山——文化视域下的陶渊明》一书的《后记》，东方出版中心2010年2月版

幸福的我与我的幸福

对我而言，幸福就是幸运加福气。而直到这部学术论文集最后编定的时候，我才强烈地感受到自己是一个多么幸福的读书人。

本书收录的论文一共有十二篇。这是一个幸福的吉祥的令人眉开眼笑的数字。当我意识这一点的时候，就情不自禁地为自己偶然创造的这个“十二”而兴高采烈了。但是，我之所以在自己拥有的一百多篇学术论文中选出这十二篇来，却是经过反复斟酌、再三考虑的。因为这不仅涉及比较纯粹的学术标准，而且还涉及个人的文化趣味、学术理念乃至求学历程等等。前四篇论文是我对中古时代若干重要作家、作品的理论思考，此后的五篇论文是关于中古文学与音乐之关系的考察，最后的三篇论文是中古文学文献方面的探讨。我研究问题喜欢追求视角的多变，所以常常“打一枪换一个地方”。因为就个人的学术价值取向而言，我特别不喜欢千军万马过独木桥的景象——我不愿意和别人挤在一起争论一些千人亦见、百人亦见，被炽热的阳光灼烤着的，在滚滚的红尘中摇曳着的——那些“陌上桑”式的问题。我尤其不喜欢在由现代性的学科概念界定的某个学术小圈子里与人较短量长，而是喜欢独自一人发现问题，就一个小小的题目深挖下去，开掘出一片风光妩媚的新天地。在这样的新天地里，我或者独自欣赏着莺飞草长的春色，或者独自凝听着万叶吟秋的絮语，那种感觉真是好极了。所以，我个人的学术拓展带有很强的主观色彩。文学是人学，是心灵之学，我总认为对文学的研究，必须以个人的心灵意识和心灵感悟为出发点，而只有这样的文学研究才可能是真正有趣味的研究。而学术研究的趣味往往来自研究对象本身。所以，多年来我一直持续不断地寻觅着中古文学的种种奇趣、妙趣、高趣和雅趣，由其趣味而彰显那个旖旎、绚烂、迷人的历史时代的骚人墨客与名士清流们的智慧、风度和才情，我也试图在这样的探求过程中显露自己的身手。

其实，对于古典文学的趣味，我早在读初中的时候（1976 年 9 月—1979 年 7 月）就已经有所感悟了。那时，我的基本古典文学读本有《唐诗三百首》《千家诗》，几册又软又黄的《中华活页文选》，余冠英的《汉魏六朝诗选》，吕叔湘的《笔记文选读》，还有一些古典小说，如《三国演义》之类。到了读高中的时候（1979 年 9 月—1981 年

7 月），我就已经确定了自己的人生理想，那就是在将来成为一位中国古典文学专家。当时，我在课堂上写了一篇题为《谈理想》的短文（由王农圣老师临时命题），大致上表述的就是这个意思。那篇命题作文在当时家乡的中学里引起了不小的反响，甚至连数学组的老师都表扬我呢。在老师们的辛勤培育下，在一片喝彩、鼓励声中，我顺利地进入了大学的校门。读了四年中文系，饱览古今中外的文学名著，我最感兴趣的还是中国古典文学。当时，我把能够找到的所有《世说新语》版本都看了，并在 1984 年 10 月间完成一篇题为《论〈世说新语〉的语言美》的论文，洋洋三万多字，当年获得“黑龙江大学大学生学术论文竞赛”一等奖。这就是我在 1985 年 7 月大学毕业之前提交的本科毕业论文。这篇文章后来经刘敬圻教授推荐，首先于 1986 年 8 月在《求是学刊》杂志（1986 年第 4 期）上发表（时年 22 岁），以后又有两部分经过修改，也陆续在刊物上发表了。这就是入选本书的第一篇论文。毫无疑问，我在大学时代就养成了“《世说》癖”，并由此进入了中古文化那气象万千、姹紫嫣红的胜境。置身其中，我俯仰赞叹，我流连忘返，我心旌飘摇……带着这种强烈的文化情结和火热的学术追求，在 1985 年 9 月，我考入了哈尔滨师范大学中文系攻读中国古代文学专业硕士研究生，研究方向即为魏晋南北朝文学。当时，系中名师云集，他们各有专长，各具风采：有王伯英（笔名王孟白）教授讲陶渊明，吴忠匡教授讲先秦诸子，王大安教授讲文献学，任中杰教授讲古典文论，张志岳教授虽然未给我们这一届研究生开古代文学史课，但在当时，他的学术声音依然如洪钟在耳。而今，虽然这些先生都已经作古了，他们给我的影响却是历久弥新。入选本书的第二篇就是我的硕士学位论文。1991 年 9 月，在担任两年助教以后，我考入了陕西师范大学文学研究所，师从霍松林教授攻读中国古代文学专业博士学位，研究方向仍然是魏晋南北朝文学。西安的三年，是我个人学术生命中最重要的三年。在这三年之内，我通读了魏晋南北朝各朝史籍，写下了五十多万字的读书笔记，掌握了基本的治学方法，奠定了比较扎实的学术基础，并且顺利完成了我的博士论文《〈世说新语〉研究》（时年 30 岁），于 1994 年 6 月通过博士学位论文答辩。这部博士论文后来在 1998 年 4 月由黑龙江教育出版社出版发行。作为一个读书人，那时的我获得了最大的满足感。从此，我正式成为古典文学研究队伍中的一员，并且进入了第一个“学术爆发期”，初步实现了自己在高中时代确立的人生理想。2006 年 5 月，在结束了十五年的教学生涯之后，我调入中国社会科学院文学研究所中国古代文学研究室，从事专职的学术研究，从此进入了第二个“学术爆发期”。对我而言，所谓“学术爆发”，是指表达个人文化趣味和学术理念的学术成果在数量上比较多，并且由于这些成果比较充分地表达了个人的文化趣味和学术理念，而自我感觉良好，心情特别舒畅。本书就是这样一些论文的结集。

衷心希望读者诸君审视我的趣味及理念，分享我的愉悦和幸福，指出我的缺点与错误。

需要特别说明的是，我与台湾著名出版家和中国地方志专家成文书局黄成助总经理的偶然相识并承蒙他的热情帮助，使得本书得以顺利地出版面世。在此谨表达我对他的诚挚谢意！

2011年2月18日深夜记于北京竹林轩

本文系作者《中古文学的文化阐释》一书的《后记》，台湾成文书局2011年7月版

平安夜，圣善夜

平安夜，圣善夜，一切都是那么祥和。忍受着牙齿的剧痛，我彻底完成了对这本书的修改和润色。此时，妻子还坐在从澳大利亚回京的航班上，孩子也正行进在从清华园回家的路上。寂静的房间里，徘徊着一个孤孤单单的我，一个情思激荡、浮想联翩的我。

本书的撰写，历时三载，焚膏继晷，辛苦备尝。我仿佛是一位瘦小、孱弱的母亲，孕育一个高康大式的婴儿，既艰难、痛苦，又愉悦、幸福。时而八面受敌，时而四面楚歌，时而峰回路转，时而柳暗花明，在经历了雨雪霏霏、空山寂寥、擿埴索涂的种种情境之后，终于完成了一次艰苦的学术探索——一次回归陶诗本旨的风光无限的诗学之旅。确实，这条回归的道路是充满艰辛的。困难之一是：必须在真正理解、全面把握的基础上，将西方的互文性理论转换成清晰准确的中国话语；困难之二是：必须努力纠正互文性理论自身的偏颇，那就是只注意作品内容，而没有将艺术形式的互文性纳入互文性理论的总体框架当中；困难之三是：必须做到完全契合陶渊明创作的实际情况，既能够解决问题，又避免生搬硬套。可以说，我的研究过程，乃至本书的写作过程，就是克服这三重困难的过程。

在克服这些困难之后，携带着清醒的理论认识，我终于踏上了一马平川的坦途。

“横看成岭侧成峰，远近高低各不同。不识庐山真面目，只缘身在此山中。”（《题西林壁》）苏东坡这首诗所揭示的真理，人们素来以为深刻，但深刻的东西往往都带有片面性。试想：如果不置身于庐山之中，如果仅仅在山外望山，那不还是照样看不清“庐山真面目”么？欣赏秀美的自然山水是如此，鉴赏伟大的文学经典又何尝不是如此？离开由外及内和由内及外的反复阅读、体察以及细大不捐的有关经典作家和经典作品的信息把握与文本分析能力，也就不可能真正进入作家作品的艺术世界。因此，“此山外”的总体认识，与“此山中”的细节观照，都是认识作家作品的必要手段和必由途径，必须将它们有机地结合起来，只有这样，才能发掘作家的深心与作品的意旨。事实上，就陶诗而言，西方的互文性理论，正是帮助我们达到这一目标的利器。由此我们窥见了春蚕的往事和曹植的人生以及汉魏变迁之际的历史云烟与苍凉人世，也真正体察了诗人的潇洒与止酒的情怀——正如同“说不尽的莎士比亚”（歌德语）一样，陶渊明也是说不尽的陶渊明！别林斯基曾经指出，“体验一个诗人的作品，这就是在自己的灵魂里体验并感受痛苦，为他们的悲哀而落泪，为他们的欢乐、他们的胜利、他们的希望而欢呼”。“当一个伟大的思想侵袭一个人，充盈在他心里，以致成为他的骨之骨，肉之肉的时候，——在这个人的心里，已经没有地位留给其他的思想了！”因此，在撰写本书的过程中，我的心情时而高昂，时而沉郁，时而激动，时而凄惘。雅斯贝尔斯说：“我们不必将历史奉为神明，也无须接受那种认为历史就是最后审判的无神论调。它并不是终极审判。失败不是反对那种根植于超越之中的真理的理由。我们应把历史看作我们自己的东西，由此而通过历史将锚抛入永恒之中。”（《智慧之路——哲学导论》）曹植在政治上是失败的，但是，他一生苦苦追求“根植于超越之中的真理”，由此而走向了永恒的精神圣域，陶渊明别具法眼，洞幽烛微，因而创作了《拟古》九首。在陶渊明的引领下，我行走在曹植那苍茫、雄伟、深厚、博大的精神高原，仿佛渺远的星空也触手可及，而于心旌飘摇之际魂神飞逝，也似乎有不知人间何世的感觉。《文心雕龙·知音篇》说：“知音其难哉！音实难知，知实难逢，逢其知音，千载其一乎！……夫缀文者情动而辞发，观文者披文以入情，沿波讨源，虽幽必显。世远莫见其面，觇文辄见其心。岂成篇之足深，患识照之自浅耳。夫志在山水，琴表其情，况形之笔端，理将焉匿。故心之照理，譬目之照形，目瞭则形无不分，心敏则理无不达。”我希望自己能够成为陶公的千载知音，故而竭力摒除阐释的主观性。萨莫瓦约说：“读者必须具备的深层挖掘能力，这种要求一方面使得阅读不再像传统的方式那样承接和连贯，另一方面也使得作者可以对含义有多种理解，甚至可能改变和扭曲原义。每一个人的记忆与文本所承载的记忆既不可能完全重合，也不可能完全一致，对多有互文现象的解读——所有互文现象在文中达到的效果——势必包含了主观性。只有博尔赫斯构想的依雷内·弗那那样的人物才会具有无懈可击的记忆，他看到一杯葡萄酒便可‘捕捉到所有那些构成一个葡萄架的幼枝、葡萄串和果实’，同时一眼就可以看出所有的相关信息；然而正因为如此，他使互文性丧失了乐趣，这乐趣恰恰源自于感受上的千变万化，正是这种变化使得作品可以有多姿多彩的生命力。”（《互文性研究》）本书的阐释使《拟古》九首以曹植作品为核心的底文乃至互文本一一现身。哈罗德·布鲁姆说：“一首诗的意义只能是另一首诗。”“批评是摸清一首诗通达另一首诗的隐蔽道路的艺术。”（《影响的焦虑》）这种观点确实是相当深刻的。乌里奇·布洛赫 (U. Broich) 说：“既然一部作品是互文的组合，那么读者就要在文本中读入或者读出自己的意义，即从众声喧哗中选择一些声音而抛弃另一些声音，同时加入自己的声音。”（转引自陈永国《互文性》）我在解读《拟古》九首的过程中，既没有抛弃任何声音，同时也加入了“自己的声音”，这就是我的现代性阐释。这种阐释的基础建立在两个方面：一是对组诗底文和互文本的揭示，二是由此发现的组诗与曹植其人其诗在思想、内容和艺术上的同一性。在此基础上，本书论述了组诗的文本生成机制，阐发了作品的人学意义。我的阐释不仅不排斥前人的阐释，而且与前人的阐释也构成了一种互文关系，与古往今来众多的阐释者并肩站立在同一块无限广大的阐释场域，我是万分愉悦和幸福的。巴赫金说：

我把对问题的回答称作涵义。不能回答任何问题的东西，对我们来说，就没有涵义。……涵义总是对某些问题的回答。对什么也不能作出回答的东西，在我们看来，就是脱离了对话而变成毫无意义的东西。……意义是从对话中截取出来的，但这是有意截取的，是假定性的抽象。意义具有成为涵义的潜能。……涵义就其潜能来说是无尽的，但它要实现自己，则必须与别的涵义联系起来，哪怕是与理解者内心言语中的发问联系起来。涵义每次都应与别的涵义相接触，才能在自己的无尽性中揭示出新的因素（正如词语只能在语境中才能揭示出自己的意义一样）。现实的涵义不是属于一个（与其相同的）涵义，而只能属于两个相会一起相互接触的涵义。不可能有“自在的涵义”，涵义只能为其他的涵义而存在，即只能与其他涵义一起共存。不可能有唯一的一个涵义。因而也不可能有第一个和最后一个涵义，涵义总是处在其他的涵义之间，是涵义链条中的一个环节；这个链条只有整个地作为一个整体才是现实的链条。而在生活的历史进程中，这一链条要无止境地生长，因此，它的每一环节便一再地更新，仿佛重新产生的一样。（《文本、对话与人文》）

而《拟古》九首的涵义的丰富性，也就决定了本书的阐释既不是唯一的阐释，更不是终极的阐释。巴赫金说："与某种伟大的东西相会，而这种伟大的东西总在决定着什么、赋予某种义务、施以某种约束——这是理解的最高境界。"（同上）尽管我对《拟古》九首的理解可能还未达到"最高境界"，但我确确实实"与某种伟大的东西相会"了——那就是踏上了曹植的精神高原，发现了作品那宏大的叙事结构，解释了作品所蕴含的宏伟的人学意旨。从文学欣赏者和文本研究者或者诗学分析者的立场看，我所扮演的是一个"受话者"的角色。我以组诗的词语作为基本的观察点切入到组诗的文本中去，进而彻底彰显了这组诗和以曹植为中心的建安时代作家作品的互文性关系。互文性的世界正是通过小小的词语构建起来的，而《拟古》九首的诗性语言，其表义的多重性和底文的多重性特征也主要表现在语言上，这一点正是由组诗的互文性建构所决定的，因为"整篇文本都来自其他文本，互文是绝对主要的依据”，而我所做的工作就是分析其“断取文本的深层原因”（萨莫瓦约：《互文性研究》）。巴赫金说：“深刻有力的创作，多半是无意识而又多涵义的创作。作品在理解中获得意识的充实，显示出多种的涵义。于是，理解能充实文本，因为理解是能动的，带有创造的性质。创造性理解在继续创造，从而丰富了人类艺术的瑰宝。理解者参与共同的创造。”（《文本、对话与人文》）尽管《拟古》九首属于“深刻有力的创作”，属于“多涵义的创作”，然而却不是“无意识”的创作，而是伟大诗人在艺术上进行惨淡经营，在思想意旨上进行深入开掘的结晶。相对而言，《游斜川诗并序》和《止酒》诗则要简单许多；然而，即使面对这样相对简单的作品，如果没有对陶渊明以前的乃至整个中古时代的文学和文化传统的深刻了解，如果没有对现存的中古文献的细致阅读和深入思考，如果没有引入西方互文性理论作为解密的利器，要看清它们的“庐山真面目”，也是不可能做到的。

如果说我的阐释有一点“过度”之嫌的话——“由于理性对于意义的饥渴而暗中塞给事物”（荣格《论分析心理学与诗歌的关系》），那么，这种“过度阐释”其实才刚刚开始。因为对陶渊明文学世界的互文性研究，尚有极大的开拓空间。在这个空间内，《五柳先生传》处于核心性的位置，这篇作品是陶渊明文学世界的核心，也是陶渊明精神世界的核心，同时，在悠悠华夏的绚丽诗国中，这篇作品也是最具有东方特色的艺术瑰宝。而以《五柳先生传》为核心，再次以互文性理论作为切入陶渊明文学世界的利器，将是我下一本书的任务。通过这种刨根问底式的阐释和竭泽而渔式的研究，我试图表明，当今之世，文学研究急需科学化，文学科学的建立为大势所趋。然而，文学科学亦如历史科学，其中的难点、疑点往往就是学术的尖端问题，我们当尽力探索之。狄德罗说："我们把科学的广阔园地，看作是一个广大的原野，其中散布着一些黑暗的地方和一些光明的地方。我们工作的目的，应该是或者扩大光明地方的界限，或者在原野中增加光亮的中心。一种是属于创造的天才的事；另一种则要有使事情日臻完善的聪明智慧。"（《对自然的解释》）我于狄氏所谓"创造的天才"固不敢当，但希望本书能够为中国古典文学之研究"扩大光明地方的界限"，"增加光亮的中心"，而老杜所谓"语不惊人死不休"，也是我平生的志愿！当然，学术研究，贵在平实。桂纶翠饵者，往往失鱼；索于象外者，多失环中；过求幽眇者，难免荒唐；欲证甚深者，常有未谛。希望本书能够免于此类弊病。然而，铁函初发，坚冰乍破，失误必多。学术是天下的公器，我真诚地希望同行专家们以及所有爱陶嗜陶的人们能够匡我不逮，助我完善，我自当虚心而受之。

需要特别提及的，是我在 2011 年所进行的四次文化考察，由此产生的真切而生动的感悟或直接或间接地促进了本书的写作。

5月12日，艳阳高照，云淡风轻。我考察了向往已久的东阿鱼山。这是东方的诗神、华夏的诗圣曹植的归葬之所。在子建墓前，在羊茂台上，在隋碑亭边，在梵音洞里，我徘徊辗转，流连忘返。回想子建的一生，我不禁黯然神伤；而他那惊风泣鬼、才高八斗的文学天赋，他那潇洒不羁、超世脱俗的风神气度，他那忠于国家、死而后已的人格精神，更使我追怀不已。久久地伫立在鱼山之上，东望碧波荡漾的大清河，北眺芳草萋萋的鲁西平原，人世的代谢，江山的今古，瞬间凝聚在寂静的山巅，凝聚在思接千载的脑海。子建在初次登临鱼山之时，他的所思所想又是什么呢？是否和我一样呢？蓦然，我明白了，也悟到了，陶渊明的《拟古》九首就是描写他此时此刻的所思所想的作品！于是，对这组诗的艺术建构以及相关的所有问题，我都心领神会了。砉然响然，凑刀豁然，为之四顾，为之踌躇满志。

9月6日，秋高气爽，林海滔滔。我在位于大兴安岭腹地的塔河县邂逅著名作家迟子建，在轻云蔽月、流风回雪似的风采中，我知道她的名字正得自曹子建。“我父亲喜欢曹植，所以给我起了这样一个名字。”她这样解释说。“抗琼珶以和予兮，指潜渊以为期。”她随口吟诵了两句《洛神赋》。千古之下，知音尚存，我为曹子建感到欣慰，同时也想起了他的人生际遇，再次为他黯然神伤。

10 月 19 日，清阴蔽空，衰黄遍地。我考察了沁县南涅水村二郎山石刻艺术博物馆。在大饱眼福、啧啧称叹之际，多年来关于“陶渊明传世书法作品”《拟古》九首的困惑也被彻底驱除了。这里珍藏着相关的石碑和拓片，它们清楚地显示这是后人假托陶潜之名制造的书法赝品。但是，假托者的书法水平极高，那娴熟的飘逸的草书，一般的书法家也是难以企及的。当时，同行的还有美国魏晋南北朝史学会会长南恺时（Keith Knapp）教授，一路谈来，也颇为愉快。

10 月 23 日，天气微寒，雾霭弥漫。我们中国社会科学院文学研究所国情调研小组一行 11 人来到了著名的邺城三台，并考察了中国社会科学院考古研究所邺城考古工地。这就是当年“三曹”与“建安七子”吟诗作赋的地方吗？何处是西园？西园的月夜有着怎样的美丽？何处是铜雀台？铜雀台的风姿依然如故吗？过去无数的疑问，在这里得以圆满落实。遥想当年，子建在这里留下了他那意气风发、猛志纵横、诗思飘舞、文采激扬的青年时代，恰好与他后来登临鱼山时的人生况味形成了鲜明的对照。想到这一点，我再一次黯然神伤了。

回京之后，重新整理思路，充斥本书的繁复、碎乱的文献材料得以彻底贯通。

我深知，在我们这样一个物质至上、科学至上的时代，人的精神追求、精神生产以及过去乃至未来的人的精神走向问题，已经不是大多数人关注的中心，知识分子的个性作为精神发展的至高境界，已经降格为大众化的集体标准。但是，对我而言，精神的追求永远是第一位的，当然，我本人并不能完全超脱物质绳索的羁绊。“人生归有道，衣食固其端。孰是都不营，而以求自安？”（陶渊明《庚戌岁九月中于西田获早稻》）尽管如此，我都始终以作为一个精神生产者为荣；同时，学术个性的保持，也使我信步于自己的学术乐园，躲开了在物质主义的驱动之下颠沛流离、漂泊无依的心灵灾厄，这种灾厄正如陶渊明所说：“九流参差，互相推陨。形逐物迁，心无常准。”（《扇上画赞》）我之所以如是说，既非出于对自我的陶醉，更非出于骂官鄙商式的自命清高。这是纯粹的精神层面的问题。因为真正的学者，往往不是集体的，而是个体的，他一般不会接受外部环境和普遍期待的操控与摆布，即使如此作为有很大的现实利益；他恪守自我，包括自信、自爱、自尊、自律、自足、自由等等，只有如此，他才能将自己的能力在学术领域发挥到极致，由此介入人类的高知识群体以及古往今来一切高知识群体所创造的充满智慧、无限丰盈的精神世界，才能实现其超越于芸芸众生之上的，立足东方走向西方，伫立此岸走向彼岸，面对今世走向来世的普世价值，实现其为国家为人民为世界为人类服务的宏伟意旨。另一方面，我对现实社会与现实世界也是非常关注的。我总认为在目前中国的社会环境中，自我意识与集体意识，个人利益与国家利益，现实思维与未来思维，家庭建设与社会建设，都可以达到充分的完美的统一，关键的前提是必须把握住自己。这一点，我做到了。因此，我的学术研究就是我个人介入现实社会的一种方式，也是在形而上的精神生产的层面上为现实服务的一种方式。我的学术写作是纯净的纯粹的，我的精神生活是丰富的怡悦的。作为二十世纪六十年代出生的人，我亲眼见证了中国共产党所领导的中国第三次现代化进程（1980—2010），我为此感到幸福和自豪。我要为此奉献一份绵薄之力。从2010年到2040年，这是中国现代化进程的完善和完成时期，也是最为关键的历史时期。我坚信，在中国共产党的领导下，我们的国家和民族必能开辟新机，创造美好的未来，中华民族的百年悲情也将一扫而光！而到那时候，我就是一个78岁的老人了。“前途当几许？未知止泊处。古人惜寸阴，念此使人惧。”（陶渊明《杂诗》其五）前路迢迢，但我也确实感觉到，人生之秋的萧萧落叶已经在头顶上盘旋飞舞了。我要及时努力，争取把下一本关于陶渊明的书写得更好一些。毕竟，无论时代的氛围如何，陶渊明的诗永远是我们精神的家园，是我们灵魂的会所，是我们心灵的港湾。我愿意给人们当一个向导，也希望自己能够成为一个合格的向导。

走笔至此，电话铃忽然响起。一个熟悉的悦耳的声音告诉我：从澳大利亚飞回的国航航班已经在首都国际机场落地了。

平安夜，圣善夜，一切都是那么美丽。点亮一支橙黄的香蜡。在温和的烛光里，在馥郁的香气中，我静静地等候着他们的归来。

2012 年 12 月 24 日深夜写于京城竹林轩

本文系作者《春蚕与止酒——互文性视域下的陶渊明诗》一书的《后记》，社会科学文献出版社 2012 年 6 月版

“悠逸双鱼福接天”

——后记

继《竹林轩学术随笔》之后，我又编纂了这本《鼓簧斋学术随笔》，内容没有重复。我酷爱写随笔，是因为随笔之文写起来比较自由，意到笔随，天马行空，无拘无束，虽然不够严谨，但是可以过一下作家创作式的瘾。另一方面，可以不必堆砌文献，可以淋漓尽致地表达自己的思想观点，文笔轻松而洒脱。中国传统学术，不外义理、考据与辞章三途。义理要深刻，考据要严谨，辞章要美丽，这也是我本人的一贯追求。学术文字的文采书写传统，是我平生最看重的，所以，每篇论文，我写得都很累。我忍受不了大白话式的学术书写，从来都认为那是没文化的表现。比较论文写作而言，写这些随笔要舒服多了。但是，随意不是任意，随笔不是漫笔，如果读者有兴趣了解我个人的思想观念，那么，读这些随笔或许更容易发现一些有参考价值的东西，因为即使在这些率性的文字中，我也尽量遵循客观与科学的原则。另一方面，我不是一个读死书的人，我喜欢行走在江山与朔漠之间，从中发现一些有趣的文化现象，并用以激活古典文本。而对现实的思考，我也始终没有放弃，所以对当下社会的关注，在这本小书里也有所体现。

这本随笔分为五辑：第一辑有 5 篇，涉及诗学、音乐学以及二者的交融等方面问题；第二辑有 7 篇，主要涉及文化领域的田野调查问题；第三辑有 13 篇，主要是序跋一类文字；第四辑有 5 篇，全部是书评；第五辑有 5 篇，全部是我已经出版的个人著作的后记。以上总计 35 篇。对于各篇文字，首先给予大致的归类，在每类之中则大体按照发表的时间顺序来编排。本书中凡涉及陶渊明的文章均属于国家社科基金重大项目“陶渊明文献集成与研究”（项目编号：14BZW176）。

感谢凤凰出版社再次推出我的学术随笔，感谢责任编辑李相东博士的辛勤付出。

“汉砖庚子岁鼠年，悠逸双鱼福接天。更有武神持剑戟，何忧魔鬼乱心田。”新春将至，谨以上海明止堂老友朱明歧先生的贺岁画诗与读者诸君共勉。而两本随笔，不正是我的“悠逸双鱼”么？希望有美感，希望有鲜味。

范子烨写于鼓簧斋

2019 年 1 月 19 日，时在将赴西班牙度假前夕

凤凰枝文丛

三升斋随笔	荣新江　著
八里桥畔论唐诗	薛天纬　著
跂予望之	刘跃进　著
潮打石城	程章灿　著
会心不远	高克勤　著
硬石岭曝言	王小盾　著
云鹿居漫笔	朱玉麒　著
老营房手记	孟宪实　著
读史杂评	孟彦弘　著
古典学术观澜集	刘　宁　著
龙沙论道集	刘　屹　著
春明卜邻集	史　睿　著
仰顾山房文稿	俞国林　著
马丁堂读书散记	姚崇新　著
远去的书香	苗怀明　著
汗室读书散记	王子今　著
西明堂散记	周伟洲　著
优游随笔	孙家洲　著
考古杂采	张庆捷　著
江安漫笔	霍　巍　著
简牍楼札记	张德芳　著

他乡甘露	沈卫荣　著
释名翼雅集	胡阿祥　著
壶兰轩杂录	游自勇　著
己亥随笔	顾　农　著
茗花斋杂俎	王星琦　著
远去的星光	李　庆　著
梦雨轩随笔	曹　旭　著
半江楼随笔	张宏生　著
燕园师恩录	王景琳　著
鼓簧斋学术随笔	范子烨　著
纸上春台	潘建国　著
友于书斋漫录	王华宝　著
五库斋清史存识	何龄修　著
蜗室古今谈	丰家骅　著
平坡遵道集	李华瑞　著
竹外集	朱天曙　著
海外嫏嬛录	卞东波　著
耕读经史	顾　涛　著